善始善成

中国留美经济学会25周年纪念文集

孙涤 主编

The 25th Ceremony of
Chinese Economist Society

格致出版社 上海人民出版社

U0505346

学会和我（代序）   孙 涤

> "人类是运用技能来解决问题的社会动物。在满足存活的要求后就追求两类重大的体验。第一类最深刻的追求，是运用其技能去响应挑战，这可以是击出一记好球，或是漂亮地完成一项任务；第二类最深刻的需求，则是寻求和一些同类建立有意义的和谐关系：爱及被爱、尊重及受尊重、分享经验、为共同目的而工作。"
>
> ——Herbert Simon，1965

2010 年 12 月 10 日，"CES 会长会议"在南开大学开了成立 25 周年的研讨会，尽管天气严寒，会议开得热情洋溢。大家探讨是否编撰一个文集，以纪念学会自创办以来推进中国开放和现代化的努力，以及会员们亲历其过程的体验和感悟，或许对后来的学人还有些鞭策和启示？我把这个编辑活儿揽了下来，倒不是我介入学会工作有多深，当然更不在我对学会有多大贡献，而是深感加入学会自己获益远超过所付出的，敲此边鼓，充作对学会同仁和赞助者的些许回馈。

富兰克林曾讲过，人类历史的构成，是有些人做了值得记述的事，有些人用值得记述的字写了下来。我们这一辈，想必大家同意，是非比寻常的幸运。正像老子说的："出生入死。生之徒十有三，死之徒十有三，人之生动之死地亦十有三。夫何故？以其生生之厚。"（《道德经》第五十章）我们中的大多数人，在生命的前三十年吃了点苦头，在中间的三十年做了点事情，这点事表明了这点苦没有白吃，也为生命的后三十年能写出一点字添了素材。这种运气,委实说,我们中国人恐怕千年难以一遇的。

本书呈献给读者的,是这点字的开头。愿作者们继续做值得记述的事,并用值得记述的字写下来。我的编辑原则,是尽可能保持其原汁原味。再套用老子的话语:"以身观身,以家观家,以乡观乡,以国观国,以天下观天下,吾何以知天下之然哉?以此。"(《道德经》第五十四章)从读者的角度,我们会发现,作者都各抒己见,记述自己以及周边的感受,显出了真的性情。

谨代表作者们,衷心感谢陈昕、何元龙、范蔚文、钱敏等诸位朋友的支持和辛劳,使本书的编撰和出版成为可能。同时也借此机会,追谢历年来对学会的创立成长和各项工作作出贡献的不可胜计的友人和机构。

和许多朋友一样,我参加学会工作是因缘际会;成为会员后,无论在交游、观念、学养,还是职业生涯,都有意想之外的收获。令我特别感佩的,是我担任会长那届的理事会的协同。六位理事,海闻、单伟建、徐滇庆、许小年、杨昌伯和左小蕾——目前在国内都是展露头角各领风骚的人物——和本人一起挺过了一年半。按学会每年换届、会长不得连任的规矩,这可算是破天荒的。在那段日子里,我们始终能互信互谅,护送学会驶过湍流险礁,令人终身欣慰。为了不打破学会的规矩,我坚持改选理事会不要超过1989年12月底,获得了理事们一致同意,而且得到了在匹茨堡的会员和朋友们的通力合作。在徐滇庆等骨干的协调下,圣诞节前在匹茨堡成功召开了学会的第五届年会,一次真实意义上的"团结的大会",非常难能可贵。

记得12月23日那天匹茨堡的天气奇冷,打破了多年的记录,与会者仍是济济一堂,负着使命感,来积极展望学会和社稷的前景。我的会长致辞,基于前天晚上的感悟写下的,用了一段幽默做结语:"三个人在争辩,各自从事的职业哪个最为老牌。医生称他的职业最老,自创世以来就有伤残病痛得救治,难道不是吗?工程师不以为然,争辩说若没有工程师的制造,世界怎么能够走得出混沌?政治家马上奚落他们说,要是没有政治家在先,哪来的混沌!"我对学会的职责做了期许,认为我们的会员可能不擅长政治权术,却都在孜孜努力,钻研救治和生产之道,以期响应中国的需求,"China is in demand of expertise of healing, producing, and making order out of chaos. Let's keep hoping, keep learning, and keep cultivating."

　　赞同我这样的期许的，包括与会的学会顾问赫伯特·西蒙。老人冒着风寒在圣诞前夕莅临致贺，令大家很感动。西蒙教授听了我的致辞居然大加赞赏，告诉我说中国人崛起的"气数"还很长（以我的理解），断不至于小挫而沮丧，致力建设终能有成果的，他甚至用了些中文的词句。西蒙签送给了我他的两卷论文集，署上了他的中文名字——司马贺，中国字竟也写得中规中矩。

　　前一天我为了感谢西蒙到年会来作主题演讲，同时也受我的博士导师之一比尔·库伯教授之命，去他办公室去拜望。卡内基·梅隆大学正有一座大楼要以库伯来命名，库伯曾是那里著名的工业管理学院的创始人和多年的院长。库伯老师和我的另外两位博士导师——A. Charnce 和 G. Kozmetsky 并称"三剑客"，都来自 Carnegie Institute of Technology（后与梅隆大学合并成卡内基·梅隆大学），均是西蒙的好友。比尔·库伯教授是一位极富创造力和个人风采的大师级人物，同西蒙的交情尤其深挚。西蒙在自传里通篇谈到比尔，并辟有一章专门讲述。库伯不但是西蒙在芝加哥大学的同窗，把他延聘到 Carnegie Tech 来，还介绍西蒙和他太太结成连理。在我看来，西蒙是大师中的大师，他的许多创见极具前瞻性，也是对人类文明历程的精粹解释。西蒙戏称他幸好没有沦为全职的经济学家。他那广泛的兴趣和深厚的人文关切也不允许他仅仅停留在经济学的理论研究。西蒙以浩瀚的智慧，游刃有余地开拓出多种领域。比如他的经典之作《管理行为》（*Administrative Behavior*）值得人们反复研读。该书总结了人类组织四千年来的选择机制和群体行为的基本架构，切中了人类何以能够合作的要旨，历久弥新，成为众多理念的前导和经济管理研究方法的源头。

　　通过为学会服务，我结识了不少素质优异和学养卓越的人，或师或友，不经意间提升了自己对事理的感悟和对态势的感知能力。我介入学会的工作颇出于偶然，是经过正积极投入学会建设的陈平的引介。当时他完成了物理学博士学位，力求突进到经济学的堡垒中来，我则惶惑于经济学的牵强假设，想到堡垒外张望新途径，我俩对人文历史向来有兴趣，因此常讨论在一起。陈平作为第三届会长四处奔忙，终于在北京联络工作时病倒。行前他嘱托我代为照料文书联络事宜，遇到了这种场面，只得顶了上去代打。记得为了拓展和筹款，勉为其难拟写过不少信件，同知名人士和机构接洽，想方设法来推介学会，其中包括台湾地区的经济政策研究重镇"中华经济研究院"的院长蒋硕杰。

　　蒋先生是有数的前辈经济学家，望之弥高，与他书信往返，自是翼翼小心。

1990年我第二次台湾之行，蒋硕杰约见，其时他年高已不每日办公视事了。到了他的办公室——研究院行政楼左侧的一栋小楼里，蒋先生已在等候了。我们交谈了许久，并没有涉及经济学和经济形势的内容。蒋先生有兴趣的，是我们这一辈在大陆是怎样进学的。承他频频垂问，我有无家学的渊源，又如何在闭锁的状况下汲取有价值的信息之类。待走出他的办公室，陪同的于宗先院长告知，蒋先生如此长时间细细询问对后进学子是殊为难得的，看来他对我的印象甚佳，我才省悟到，蒋硕杰准是看重了我撰写的信件，以及繁体字的书法。个人的修习，包括平时练的书法和读的经典古文，有时真还派点用场呢，而老人家关切的，恰好是在文化的传承方面。

学会能够安然度过1989年，并非水到渠成之事。当年和经济学会同样方兴未艾的大陆留学生团体，譬如政治学会，有不少就垮于一旦。

那年八月政治学会在加州大学伯克利分校召开，我应邀出席。当时的我怀有一个简单的念头：作为看护人我有无可卸贷的责任，学会无论如何不能在我们手里夭折。我挪后年会和推迟改选的提议得到了理事会和广大会员的认同。果然，冷却了几个月后，我们在匹茨堡年会得以平顺交接工作，产生了新的理事会，学会也略无波折地驶入坦途。对此我们深感宽慰，这也许是本届理事会尽责工作中的最大一件。我们这一届还在陈平会长和张欣会长之间，承上启下，做了不少建设性的努力，纪念文集的各篇也提供了不少记述。其中《中国经济评论》的创立，是由单伟建理事主持的，有着深远的意义，开启了学会在国际经济学领域登堂入室的历程。

我去美国相当早，尤其是作为自费留学生。所谓自费，实际上靠的是申请美国学校的助学金，这个主意来自在上海财经学院（现称上海财经大学）帮助培训财政部司局级干部的美国专家的指点。当时我在上海财大读国际金融的研究生，英语尚过得去，担任了美国专家们的助教。他们告诉我，在美国读研究生课程可以不必自己花钱。于是靠他们帮忙，我被几所大学录取并申请到了助学金。但出国护照却被留难，理由是研究生已在国家要重点培养的"人才"之列（当时研究生的录取率在2%以下），不可随便流失，因此误了八月开始的秋季学期。后来有了转机，据说是上海有一个在读研究生的高干子弟也要"自费"出国，因此特许放行，一共16人，我是15个"搭便车者"之一，可以说这是我享受制度搭便车好处的唯一一次。我1981年底经香港飞抵美国，但误了学期，不能进几个更好的学校（包括宾大和布朗大学），只得到南伊利诺伊大学（Carbondale）插读春季班。离开上海之前我曾被到访的普林斯顿经济学院院长面试，他应承录取我，不过次年秋季才能入学。当时自己心里颇不踏实，没敢把目标设得太高而舍弃了，也因此失去了和杨小凯、于大海等成为同窗的好机会。

说来有点奇怪，我到美国后从来就没有感到过冲击，不论是文化还是语言上。我的英语靠自修，主要得益于"窃听"短波收音机里传来的"英语九百句"，当然也常听"美国之音"，因此对西方社会多少有些了解。至于经济学的训练，是在上海财大的图书馆里苦读出来的。那时财大的研究生院蜗居在中山北一路的一栋小楼里，三层有个图书室，只对教授和研究生开放，藏有数千册财经类书籍和期刊，大部分是 1980 年初美国来沪展览图书后留下来的。我视其为宝藏，整日挖山不止，也算打下点儿基础，替我的留学生涯做了些铺垫。

我感到的冲击，倒是在抵美后的第一站伯克利校区，在奥克莱的中国杂货店，所谓"屋崙马脊"里看到，从国内进口的桂圆、粉条、红枣、梅干菜，色色齐备，都是国内非年节凭票买不到的。同样的冲击还来自我 1990 年初返回国内的经验。那年初春我卸任会长，兑现了向福特基金会做过的承诺，率队回国考察。福特基金会是学会初期最主要的赞助机构，主持其事的盖斯纳是日后颇有名气的美国财长的父亲，小盖斯纳还在北京游学了一阵子呢。他们忧虑"六四风波"以后中国的发展前景，敦请对两边都有了解的学会会员去做一个评估。我和新任会长张欣和日后的会长海闻，在两种气候都还冰冻的情势下成行。当夜晚走出住宿的北京饭店，我看到路边摊的小贩在料峭寒风中守候，向行人兜售新鲜的葡萄、哈密瓜时的殷勤劲儿，不由得感到冲击：我去国不过十年，经济和物资供应从匮乏到丰盛，竟有如此巨大的改进，发展是硬道理，难道还需要什么理论来佐证市场的伟力吗？

不过，市场带来的纠结也始终存在。记得我在俄亥俄州立大学（Columbus）读硕士时，因为拿了奖学金无需打工，就去听了 E. Kane 教授的货币银行学高级课程，他是该领域的权威，尤其对金融监管有深入研究。当时里根政府力主的"解禁"政策（deregulations）正在展开，学界和业界一片叫好。Kane 教授并没有一面倒，他告诫学生，要关注规制和解禁在现实世界的博弈历程，成效如何还在于"度"的合理把握。后来我在得州大学（Austin）念博士的时候，正值美国以反托拉斯的名义把 AT&T 肢解成八个子公司，Charnce 老师做案例分析时也提醒学生，要跟踪长程效应，评断利弊若只从理念或原则着眼，偏误会是很要命的。80 年代留美的经济学生想必记得萨缪尔森和弗里德曼在 *Newsweek* 上对峙的专栏笔战,两位泰斗过招许多回合,可谓脍炙人口。当时读了直觉过瘾,许多年后才悟出其中的门道:两派为之纠缠的,可以归结成一个字——"税",其余多半是藉口或粉饰。政府孰大孰小,归根结蒂,是"这些是我应得的,你不能拿走"和"那些是我应得的,你得还给我"之间的争论。而唯有国家,现代文明唯一"合法的有组织的暴力",才有"合法的权威",把经济利益以税和费的名义在各个人群之间合法地分配来分配去。

在替学会工作的过程中也多了机会,考察美国深层次运作的潜规则,这是教科书里读不到的。当时美国在中国的贸易最惠国待遇上争议极大,我在会长任期里,颇受到压力。从媒体从机构甚至从参众议员那里,有不少到美国国会去作证支持制裁中国的要求。我们理事会定出了约束:任何会员不得以学会名义参加这类活动,而作为个人,务必本着学术的严谨和自己的良知来审慎对待。本人在回应这类要求时总是秉承这个原则,坦诚告知对方,我们的会员中有不少的确具有作证的专业水准和操守,但是不能保证会员个人的证词一定会符合要求方预设的立场。事实上,不少此类要求临了都不了了之,而我们绝大多数会员也都恪守了作为中国人的底线。这给我相当深刻的教训,在博弈竞争中人们追逐的正是自利,而不是相互标榜的原则,印证着现代经济学的开山祖亚当・斯密的教诲。

中国致力于把国家的合法权威提升为现代社会的税制,路程漫漫,但开放三十多年来我们取得了长足发展,已经登上全球舞台进行大规模的博弈,如何掌握自己的话语权已是无从回避的了。不过直至今日,在世界博弈规则的制定上,中国还只是一个跟随者,怎样争取成为制定者,对此经济学人是责无旁贷的。这令我回想起 1986 年在波士顿召开的第二届年会,当时的年轻人感奋于改革开放所取得的显著进展,盼着经济学诺贝尔奖不久能落到中国人的头上。将近三十年过去了,这项桂冠还难见踪影呢。诺贝尔的奖酬其实没那么重要,在竞逐文明的过程中,我甚至想,你要是能把人类是如何展开"抱团竞争"的(市场竞争不过是其中之一,虽说 95% 的人的 95% 以上的生命都耗在里面打拼),把"我"与"我们",以及"我们"与"他们"之间的博弈机制给整明白(Me vs. We, and We vs. Them),功业不就尽在其中了吗?

总之,市场和制度乃博弈的结果,在演进中竞取,无法由天赋而浪得,这在西方人如此,在中国人如此,在阿拉伯人亦复如此。无法靠设计出的人,无论是特蕾莎嬷嬷、雷锋叔叔，还是所谓"彻底理性的经济行为人"，来制定和贯彻奏效的政策。我们不得不回溯演化的历史找其线索，深入到演化中铸就的人脑构造内部找其依据①，才有可能洞悉人类的本性和人类合作的条件。对此，我愿意借用哈佛的知名学者，昆虫学和文明演化大师 E. Wilson 教授的一句断语来表达："在群体内部，利己者占优利他者；在竞争群体之间，利他群体战胜利己群体。唯此为大。"

　　1991 年春，我搬到洛杉矶不久，杨小凯来访，他那时已到了澳大利亚执教。在我家彻谈竟夜之后，次日找林毅夫晤谈，他当时在洛杉矶加大客座。午餐后我们去盖蒂美术馆参观，那里耗资九千万美元购得了梵高的一幅名画《鸢尾花》。我们三人在画前伫立良久，感触梵高的穷愁一生，生前一幅画都没能卖出，却给后人如此崇高的享受。毅夫兄突然冒出一句话："我们欣赏了这么久，到底该付多少，才报答得了梵高？"一个典型的经济学计算。而令我心有戚戚的，梵高追求的高远思路，也许他没有自我意识到：付出和回报，往往不能在一笔交易或一个时点上结算得清楚。经济上的"均衡"不也如此？必得拓宽视野，从长程着眼，方能解释完整。

---

① 深入发掘和剖析人脑的"战役"—— Brain Initiative 已在美国发动，被看做是继"阿波罗登月"计划之后最重要的科研工程。

　　二十年来人的认知科学和行为科学，以及脑神经科学和实验心理学取得了长足的进展，逐渐揭示出人类理性的固有倾向及其局限对市场博弈的影响。无论从人内在的大脑活动还是其外显行为，都提供了充足的观察实据，表明人拥有"无限的"私欲、意志力和谋算能力（boundless selfishness, boundless will power, and boundless computability），来贯彻一己的追求的看法，是严重的"迷思"。从演化发展的角度，我们甚至可以说，人"天生"就不具备这类"无限的能力"。科学实验、神经影像学和分析工具的突破，为人脑功能及其后果的定量解析，最终能在一定程度的反馈调节提供了可信的证据，并为进一步理论探索打下了坚实的基础。

目 录

在纪念留美经济学会成立二十周年圆桌会议上的书面发言

于大海

很高兴有机会和大家一起回顾留美经济学会的发展历程。虽然我目前无法回到国内与大家欢聚一堂,我的心却是与各位紧紧相联的。在学会成立二十周年之际,我愿和大家一起为我们的学会祝福,祝愿她在以后的二十年以至更长的时间里,继续为祖国的繁荣进步作出贡献!

我们的学会是在 80 年代改革开放的大潮中应运而生的。那时在海外攻读经济、管理专业的留学生还不太多。这些留学生希望有机会回报祖国,但看不清将来的出路,学业上也面临种种困难。我们创建学会,既是为了提供一个大家交流经验、切磋学问的机会,也是为了设法使海外学子与国内的改革开放事业挂上钩。当然,更广义地说,也是为了追求多少代仁人志士振兴中华的共同理想。为了创建学会,我和几个朋友不顾学业的压力,在筹款、法律注册、安排年会、编辑会刊以及制定学会章程等方面都投入了大量心力。但我们的能力毕竟很有限。我参与筹备学会时,还只是个二十三岁的学生。学会能够很快得到广泛的支持和参与,正印证了"形势比人强"的说法。

在当时,改革开放不仅深得民心,也开创了计划经济国家全面引进市场机制的先例,在国际上被视为奇迹。学会的创建当然很不易,但学会同时也是时代的宠儿,占得天时、地利和人和的机遇。由于学会与改革开放有明显的关联,许多著名经济学家、基金会,甚至媒体都很乐于助学会一臂之力。普林斯顿大学的邹至庄教授和福特基金会的盖纳先生,给予了我们决定性的帮助。在学会与国内的早期交流中,社会科学院的茅于轼先生和国务院体改所的陈一咨先生为我们大开方便之门。学会的筹备者和最早一批会员也真正做到了精诚合作、亲密无间。有机会担任学会的首任会长，是我自己人生中永久的骄傲。

留美经济学会的一个特别之处，是她刚一诞生就显露出当时在中国人团体中较少见的几个特征。第一，学会是由一批背景相近的学人独立注册、自行管理的；第二，学会以学术为纲，与政治保持距离；第三，学会严格遵守章程，以民主选举的方式推举负责人；第四，学会的负责人将学会视为社会公器，任内尽职尽责，任后甘做普通会员。我想，学会后来的稳步发展，是与她保持了这些特征分不开的。

喝水不忘挖井人。在庆祝学会成立二十周年之际，我愿表达对已故的邓小平先生的敬意。他所鼎力推行的改革开放政策，不但为留美经济学会的创建和成长提供了条件，更为近年来的高速经济成长奠定了基础。他的眼光、勇气和实干作风，很值得后来者效法。我也愿表达对已故驻美大使韩叙先生的敬意。在他担任大使期间，驻纽约总领事馆为学会的成立大会提供了场地。学会首期会刊于 1985 年 10 月出版前，我提出请韩叙题个词。为了不耽误会刊的出版，韩叙在出席党的十二大及十二届四中、五中全会后刚一回到美国，就为会刊题了词。我还要表达对已离世的学会创始人之一杨小凯先生的深切哀思。小凯是我在普林斯顿大学的同学，也是我亲如手足的挚友。在创建学会的过程中，小凯提出了很多切实可行的办法，作出过难以估量的贡献。

多年以来，在历届负责人和众多会员的共同努力下，学会对国内的经济学教育和经济发展作出了杰出的贡献。每次看到学会取得新的成绩，我都感到十分欣喜。在此，我也愿向对学会的成长付出了辛勤劳动的所有会员致以敬意。

过去的二十年是充满变化的二十年。在这二十年里，世界政治格局发生了根本变化，中国的经济实力成倍增长，留美经济学会也从一个学生团体发展成在海内外享有盛誉的学术重镇。但尽管世事沧桑，天道仍有其不变之处。依我看，学会促进祖国繁荣进步的功能没有变，会员间珍重友谊、相互提携的风气也没有变。我相信，在我们大家的共同努力下，学会一定会在未来的岁月里保持她的优良传统，更好地执行她的历史任务，取得更辉煌的成绩！

西天取经和中国经济学教育的机遇与挑战 *

林毅夫

北京大学国家发展研究院名誉院长

很高兴有机会再次到中国人民大学来讨论中国经济学教育的一些问题,尤其让我感到特别荣幸的是在 Joseph E. Stiglitz 教授之后做主题发言。记得在 1995 年的时候,《经济研究》创刊 40 周年,我曾经写过一篇《本土化、规范化和国际化》的祝贺文章,在文章里我提出中国经济学家要以规范的方法来研究中国本土的问题,这样研究的成果就有可能对国际上经济学科的发展做贡献。同时,我还提出一个命题,预测 21 世纪很可能会是中国经济学家的世纪,我们很可能迎来国际上的经济学大师在中国辈出的时代的到来。

现在已过了十年的时间,重新回顾当初提出的命题,我对这个预测实现的信

* 本文根据 2006 年 3 月 18 日在中国人民大学举办的"现代经济学教育:共性传承与个性彰显"研讨会上的发言整理而成。

在世行工作这三年,恰逢自 20 世纪 30 年代以来最为严重的这场世界金融经济危机的爆发,看到主流经济学界对这场危机的到来既未能有前瞻性的预警,爆发后在危机处理上也捉襟见肘,抱残守缺,未能提出有效的对策。同时,反思了发展经济学自成为现代经济学的一门独立分支以来,凡是按照主流发展理论来制定政策的国家,经济发展多乏善可陈,而经济发展成效卓著的国家,其政策从当时主流的理论来看经常是离经叛道;这种现象同样也存在于社会主义计划经济向市场经济的转型问题上。现在回过头来看,觉得 5 年前谈的中国经济学科本身和经济学教育的发展所面临的机遇和挑战的命题,在现在、在未来都还很重要。

留美经济学会成立 25 年来,对现代经济学在我国的普及和发展做出了巨大的贡献,可喜可贺! 中国经济的持续发展,成就很大,有待解决的问题也很多。如何提出新的理论解释中国经济发展的经验、解决伴随出现的问题,这既是中国经济学科发展,也是留美经济学会诸位朋友所共同面对的机遇和挑战。应孙涤主编邀约,将此旧文借《25 周年纪念文集》之一角发表,请留美经济学会的诸位朋友指正。并感谢孙涤对文中个别文字的修正。

心不仅没减弱而且是增强的。当时我认为 21 世纪很可能会是中国经济学家的世纪,首先是根据任何经济学理论本身是一个用来解释、说明我们所观察到的一些经济现象的简单逻辑体系这个事实。因为理论本身是一个简单的逻辑体系,而且,大多数重要理论的逻辑经常是很简单的,因此,一个理论不能从其逻辑本身来决定是否重要。其实,一个理论的重要性决定于这个理论所解释的现象的重要性,现象越重要,能够解释这个现象背后的因果关系的简单逻辑体系就是越重要的理论。

十年的时间过去了,毫无疑义中国经济本身以及中国的经济现象在全球经济中的地位是越来越重要了,中国的经济总量按汇率计算虽然只有美国的八分之一,但每年的经济增长率是美国的 3—4 倍,从增量来说已经达到美国的一半。如果从购买力平价的角度来计算,中国现在经济的规模已经超过了美国一半,中国每年的经济增量因此已经超过了美国。在国际贸易方面,中国则已经是全世界第三大贸易国,加入 WTO 以后,每年的对外贸易增长率超过 25%。中国的经济和贸易增长影响了世界上许许多多的国家,这也是为什么在过去一两年世界上出现了一个"中国热",所有的主要媒体、杂志,都以大篇幅报道中国发生的事情。国际上许多非常有影响的顶级经济学家,包括像 Joseph E. Stiglitz 教授这样的诺贝尔奖获得者,都是中国的常客。中国热背后的原因是中国的经济发展对世界经济有很大的影响,大家都想了解中国的经济现象。

我认为我们很可能迎来国际上的经济学大师在中国辈出的时代的到来,原因还在于中国的经济现象提供了许多进行理论创新的机会。经济规模大,发生在这个经济体的现象就重要,但是一个经济学家要成为经济学大师还要在理论上有所创新。理论的创新总是来自于一些新的未被现有理论解释的现象。以宏观经济学的理论发展来说,30 年代发达国家出现了经济大萧条,不能用新古典供给和需求均衡的理论框架来解释,于是产生了凯恩斯的宏观经济理论。到了 60 年代出现了滞胀,通货膨胀并没有像凯恩斯主义所预测的那样带来就业增加和经济增长率的提高,因此出现了理性预期理论。到了 90 年代,经济学家们又发现政府确实是可以用货币政策和财政政策来对经济进行微调,因此,又出现了新古典综合理论和新凯恩斯理论等。

自改革开放以来,中国经济确实出现了许多用现有的理论难以解释的现象。简单地举两个大家熟悉的例子来说明:第一个是,中国以"双轨制"为特征的渐进式改革到了 80 年代末已经取得了连续十多年快速经济增长的成果,但是当时主流经济学界对双轨制的改革普遍抱着非常悲观的看法,认为中国经济随时会出大问题。那时在主流经济学界广为接受的一个看法是社会主义计划经济不如资本主义市场经济,"双轨制"经济不如原来的计划经济。而且,认为要对社会主义计划经济进行改革就应该推行以华盛顿共识为基础的休克疗法,理由是一个经济体系要有效运行必须有一定的制度保证,包括价格由市场决定、产权私有、政府平衡预算。经济学家通常对很多问题意见分歧,但是,Larry Summers 在一篇文章里谈到,主流经济学家对社会主义计划经济如何转型,却出乎预料,有了以"休克疗法"来改革才会成功的共识。但是,中国经济 1978—1990 年的年均增长率是 9%,1990—2005 年的年均增长率则提高为 9.9%,并没有像当时许多主流经济学家预测那样出现崩溃或是停滞。苏联、东欧在进行了"休克疗法"以后,也没有像主流经济学家预测的那样经济出现快速增长,反倒是崩溃、停滞了,而且到现在十多年的时间过去了,许多国家还未恢复到转型前的水平,绩效比较好的东欧国家各方面跟中国比较起来还是远远不如。

另外,最近的一个例子是 2000—2002 年间,国外许多经济学家认为中国的经济增长速度是假的,争论的原因是我国从 1998 年开始出现通货紧缩,物价年年下降。在国外出现通货紧缩,一般经济会非常疲软,增长速度为零甚至是负的,只有在政府强力的财政政策支持下增长速度才可以比零略高一点。最明显的例子是 30 年代美国的经济大萧条和在日本 1991 年开始的通货紧缩。但是中国的经济增长 1998 年 7.8%,1999 年 7.1%,2000 年 8.0%,2001 年 7.5%,2002 年 8.0%,是这段时间里全世界增长最快的国家。国外的一些经济学家于是认为我国的 GDP 增长速度不是真的。而且,1997 年我国的能源使用下降 0.8%,1998 年下降 4.1%,1999 年又下降 1.6%,一般认为 7% 或 8% 的经济增长是非常高速的增长,高速增长时能源使用应该是增加的,但是中国的能源使用却在下降,这更加深了他们对中国经济增长速度的怀疑。于是,匹兹堡大学的 Thomas Rawski 教授首先写了一篇文章认为中国的经济增长速度有问题,官方公布的数字不真实。按他的研究,顶多是 3%,很可能是接近零增长,这个观点在国内外学术界被广为引用。几年的时间过去了,不管是国内还是国外的经济学家,现在则普遍认为,中国的经济增长速度可能比公布的经济增长速度高而不是低。

从上述的例子可知,国外主流经济学界对中国经济的许多预测后来证明是不对的。Thomas Rawski 提出中国的经济增长率是真是假的争论,有些人会说他是中国观察家,不是顶尖的经济学家,不足为道。然而,向苏联、东欧推荐"休克疗法",认为休克疗法会在短期内给苏联、东欧的经济带来快速转型,以及效率和福利水平的提高,同时,又对中国"双轨制"改革抱着悲观看法的经济学家中,绝大多数是主流的经济学家,而且很多是大师级的经济学家。这些经济学大师对这么重要的经济问题开出的药方、做出的预测,结果却与后来发生的事实不符,其原因应该只有两种可能:一是这些大师不懂经济学,二是现有的经济学中的许多理论本身有问题。现代经济学中的许多新理论进展是这些大师发展出来的,因此,他们不可能不懂经济学,问题应该出在现代经济学中的许多理论上。

其实,不仅现在经济学教科书里和主流文献上的许多理论在解释中国和苏东的转型问题上无能为力,而且许多有关经济发展的理论也出现了同样的困境。二战以后大部分的发展中国家取得了政治独立,开始自主地追求经济发展,可是,经济学界里众人共知的一个事实是,五六十年代,按照当时主流的发展经济学理论来制定经济发展政策的国家和地区经济发展都很糟,而发展比较好的亚洲四小龙和日本的经济政策从当时主流的发展经济学理论来看却是不对的。前天 Stiglitz 教授在北大中国经济研究中心演讲时说了一个笑话,他说有人认为中国台湾的经济发展非常成功而拉美非常失败,是因为中国台湾到美国留学的学生中,工程师回到故乡从政,经济学家留在美国教书,而拉美的留学生则相反,经济学家回国主政,工程师留在美国工作。虽然只是一则笑话,但确实刻画了现有的经济学理论在发展中国家的运用所遇到的窘境。

和五六十年代相比,现代经济学在增长和发展问题上已经有了许多新的理论进展,问题是这些理论进展是不是就真正揭示了一个经济发展成功或失败的原因?比如说新古典增长理论强调物质资本积累,内生经济增长理论转为强调人力资本积累在技术创新上的作用和经济的规模效益,认为这是决定一个国家经济增长成败的关键。然而,亚洲四小龙和日本这些追赶成功的经济体,在她们追赶阶段时,其教育总体水平比发达国家低,而整体经济规模也比发达国家小。人力资本在经济增长中具有重要作用固然没什么疑问,但它要是关键的决定因素的话,那么人力资本的总体水平较低、规模又较小的东亚经济应该是无法赶上或缩小与发达国家的发展水平差距的。另外,社会主义国家中,像苏联、东欧、古巴等的教育水平,和欧美发达国家相比并不逊色,甚至或有过之。如果说高教育水平并不能给社会主义国家带来经济发展的成功,是由于社会主义国家的计划经济体制的缘故,那么菲律宾奉行的则是资本主义市场和民主制度,教育水平和普及程度在亚洲国家亦属前茅,但是菲律宾的经济发展绩效却在最差之列。所以,内生经济增长理论很可能同样还无法揭示一个发展中国家经济发展成败背后的最重要决定因素。

在内生经济增长理论热过一阵子后,现在新的热点是制度对经济增长的决定作用,其研究的重点,是三四百年前美洲各地不同殖民地由于特殊的环境条件所形成的制度如何决定了现在美洲各国的经济发展情况。三四百年前的外生条件所内生决定的制度即使真的能够决定现在的经济发展情况,那么这样的理论对我们如何改变一个发展中国家的命运,也是没有帮助的,因为人们无法回去改变三四百年前的外生条件。何况,美洲国家的发展情况也在变动中,许多拉美国家像阿根廷、乌拉圭、委内瑞拉等,在 19 世纪末 20 世纪初位居当时世界上收入最高的国家之列,经济发展迟缓是 20 世纪三四十年代以后的事。另外像智利,在 70 年代以前经济发展的情况和其他拉丁美洲一样都很差,但在 70 年代进行了改革以后,经济一直发展甚好。三四百年前的制度条件是不可改变的,不能用一个不变的条件来解释变动的情况。因此,现在发展经济学的热点同样尚未能真正触及决定一个发展中国家经济发展的关键因素。

现代经济学在改革问题上和发展问题上遭遇到同样的困境。一位前世界银行的高级经济学家 William Easterly 在 2001 年发表了一篇题为《迷失的 20 年(The Lost Decades)》的文章,讨论从 80 年代初开始,大部分的发展中国家在国际货币基金指导下按华盛顿共识进行改革的成效。他发现,按照现代经济学里所认为的决定一个国家经济发展绩效的主要变量来看,这些发展中国家虽然取得了显著改进,例如,政府的预算平衡了,市场开放了,金融自由化了,但是,经济增长和宏观经济运行的状况并没有得到改善。他发现在 60—70 年代的时候,这些发展中国家的人均国内生产总值增长速度的中位值是 2.5%,但到了 80、90 年代则下降为零;而宏观经济变得更不稳定,增长速度的上下波动在八九十年代比六七十年代还要大。

所以,就和我国关系重大的改革和发展问题来说,现代经济学有关改革和发展的许多理论既难以解释我国经济改革和发展的成就和不足的地方,也难以解释其他发展中国家、转型中国家的成功和失败。不过我认为,任何经济现象不能用现有的理论来解释,并不代表这个现象就不能用理论来解释。其实当一个现象不能用现有的理论来解释时,正是进行理论创新的最佳时机。理论本身是一个简单的逻辑体系,一个理论在其逻辑体系中能保留的社会经济变量的数量很少,当一个经济学家构建其解释现象的理论时,在众多的社会经济变量中到底要作何取舍,我觉得会有"近水楼台先得月"的地理上的优势在。在了解中国和其他发展中国家以及转型中国家的问题方面,中国经济学家理应比发达国家的经济学家更有优势,实际上这是中国经济学家的一个千载难逢的机会,一个中国经济学家对经济学的理论进行创新,对经济学科的发展做出贡献的千载难逢的机会。如果我们能在理论上有所创新,随着中国经济发展及其在世界上的影响提升,那么我们很有可能会像世界上著名的经济学家在 19 世纪到 20 世纪初大多出自英国,20 世纪 30 年代后至今大部分出在美国那样,迎接世界上著名的经济学家大多产生于中国的时代的到来。

然而要把机遇变成现实,中国的经济学家需要克服许多挑战。1840 年鸦片战争之后,中国从天朝大国一下子堕入贫穷落后,而中国的知识分子历来以天下为己任,现代经济学在中国是学生选修最多的学科,中国学生学经济学是抱着经世济民的目的。因此如黄仁宇教授所说的,在近代史里中国的知识分子心里充满着两种情操:救亡和图强。当外敌入侵,国家处于存亡危急之秋时,他们一心想的是救国;当国家处于和平时,他们一心想的则是怎样让中国富强起来。现代经济学的发展以亚当·斯密 1776 年出版《国富论》为起点,亚当·斯密探讨的就是一个国家怎么富强起来。受着中国衰弱和发达国家富强的对比的刺激,中国的学生一心抱着赴西天取经的态度来学习现代经济学,希望学得真经,帮助中国重新富强起来。问题在于,取回的经即使是真经也不见得都能适用。况且,细想起来,绝大多数取回的经很可能水土不服。理论模型中所探讨的因果关系只在一定的限制条件方才能够成立,远非放诸四海而准的。中国是一个发展中国家,也是一个转型中国家,中国的限制条件,包括文化、社会制度、法律构架、物资条件、市场发育水平,等等,和发达国家有很大的差距。因此,取回的经在发达国家或许还能适用,但到了中国,很可能因为条件的差异,其适用性值得存疑。更何况,现代经济理论本身是在不断发展中。经济增长理论从新古典增长理论,到新增长理论,到新制度理论;宏观经济理论从凯恩斯主义,到理性预期理论,到新古典综合理论,无一不是在不断地被证伪的过程中前进的。那么,我们要取现代经济学的经回来运用于中国的实践,到底应当取哪部经? 如果我国的经济学教学要真能对我国的改革、发展、现代化做出贡献，我们这些做老师的，就必须非常清醒，这是一件非常困难、非常具有挑战的工作。

要克服上述挑战，首先老师必须改变自己的教学、研究、思维的方式。现在大学里的优秀教师，在西天取经的思维模式下，一般是把国外的理论搬回来，进行总结，系统整理，进行阐述。1987年我回国时，不论到哪个地方，大家最希望我做的是介绍国外最前沿的理论，这种求知若渴的精神是令人敬佩的。但是，经济学的教学如果是为了帮助学生了解发生在中国的经济现象，预测这种现象的演变，进而根据了解和预测来避免或改变这些现象的发展的话，这种追求现代经济学前沿的教学方式并不合适。现代经济学的前沿理论通常是发达国家的经济学家提出的，那些理论通常是为了解释眼下在发达国家发生的现象，其问题的特性可能和我国的相去甚远，因此那些理论不见得就有什么借鉴意义。有些理论即使是在讨论发展中、转型中国家的问题，也常因为那些身处发达国家的经济学家，缺乏对发展中国家和转型中国家的社会、经济、文化、政治因素的切身体认，而每有隔靴搔痒之憾。以传统的西天取经的思维方式来进行教学，很可能把经济学教育变成刚才 Stiglitz 教授所说的意识形态的、教条主义的教育，误导以天下为己任的学生，以至于如上文所说，闹出中国台湾和拉美经济绩效之所以大相径庭的那种笑话。

最近刚刚通过的"十一五"规划里，强调我国应该进行自主创新，这个需要不仅反映在科技上，在经济学和其他社会科学上我们同样需要自主创新。要做好经济学的教学工作，老师必须真正深入研究中国经济改革和发展的现实，去了解这种现象，努力从现象的背后中归纳，从而抽象出能够解释中国实际问题的理论。只有这样的教学，才能帮助我们的学生了解我国的经济现象和问题，这样的经济学教育才不会沦为一种简单的意识形态和教条主义式的灌输。

教经济学的老师们，还必须知道任何一个现象都可以从不同的角度来观察。因此，解释一个现象也就会有许多不同的理论，这些理论中有些是相互竞争的，一个对，就意味着另一个是错的；有些则是互补的，可以同时都是对的，不过相互补充而已。而且，有时即使一位老师对某一现象提出的理论在目前是对的，我们也必须了解，中国的社会经济是不断在发展的，今天是具有解释力的理论，到了明天也许就不再具有这样的解释力。从事教学工作的老师应该牢记《老子》所讲的，"道，可道，非常道。"任何理论都是可道的道，而不是常道。在教学上老师所要教给学生的，不在于一个个现成的、学生毕业以后可以马上运用的理论，而是一些看问题、分析问题的方法，也就是，要"授人以渔，而非授人以鱼"。在经济学中"道"是什么？"可道"又是什么？我的理解是经济学的永恒不变的"道"，是"一个决策者在面临选择的时候总倾向于做出他所认为的最佳选择"，也就是"理性"的基本假设；"可道"则是从这个经济学独特的基本视角为出发点，来观察现实的经济现象所形成的各种解释现象的理论。

要"授人以渔"在经济学的教学上最重要的是帮助学生建立起一个观察问题的理性视角。那么，在经济学的教学中要不要教现有的在国外发展起来的理论以及由国内的经济学家所提出来的理论，其答案则又是肯定的。只有从这些理论来进行教学，才能帮助学生了解经济学的范畴，只不过在教现有的理论时，要给学生强调，这些理论只不过是这种理性的分析问题的视角在现实的运用上的一个个范例而已。有些理论，由于其限制条件和我国的具体问题相同，因而有参考借鉴的价值，另外一些理论，条件不同则不能生搬硬套。只有应用把现有的理论的教学视为理性的分析问题的视角，把模型看做现实运用上的若干范例的精神贯穿于经济学的教程中，才能够做到"授人以渔"，而非"授人以鱼"的教育宗旨。

在本科生的阶段，经济学教育的主要目标是，教会学生在面对一个经济现象时不是去找现成的理论来解释这个现象，而要学会自动自发地用理性的视角来观察这类现象。到了研究生阶段的教育，则必须更前进一步。除了要有正确的分析视角之外，还应该训练他们有能力对根据这个视角对所观察的现象进行抽象，然后把观察到的现象背后的因果关系用严谨的逻辑表述出来。最好的情况，是学生能用国际上主流经济学界通行的数学来建立逻辑模型。其次，任何一个现象只要能够用一个内部逻辑自洽的理论来解释，就代表这个现象可以通过不同限制条件的组合，而用无数多同样是内部逻辑自洽的理论来解释。在这些理论之间，许多会是相互竞争的，有些则是互补的，因此还必须训练研究生学会收集数据、整理数据，并用计量的方法对理论模型的各个推论进行检验，以验证自己提出的理论和别人提出的理论何者不被证伪，何者可以同时接受；在可同时接受的理论中，各自对现象的影响有多大。只有这样，我们才会有一个创新型的经济学教育。

简而言之，我对 10 年前提出的 21 世纪是中国经济学家的世纪的论断充满信心，时代给了我们这个机会，需要我们经济学教育工作者和学生共同努力，改变我们对经济学的学习目标、研究态度、教学方式、学习方法。如能这样的话，21 世纪中国经济学大师在国际学术舞台上辈出就是水到渠成之事了。

中国留美经济学会的成长道路

陈 平

复旦大学新政治研究中心高级研究员,北京大学国家发展研究院退休教授,美国哥伦比亚大学资本与社会中心外籍研究员

一、从物理学到经济学

留美经济学会中最年长的是五十年代大学毕业的铁路工程师茅于轼。留美经济学会中除我之外,还有两个"文革"期间的大学生徐滇庆和尹尊生。其余多是1978年恢复高考后入学的大学生。

我是1958年的教改试验点,上海格致中学五年制试点班的学生,高中两年学完原定高中三年和大学一年的数学课程,1962年被华罗庚先生动员考入北京中国科技大学物理系,大学物理老师是中科院的两弹元勋,干部是志愿军总部的转业干部,因此对物理学和社会的基本问题都产生浓厚兴趣。我1968年大学毕业后在成昆铁路当过五年车站控制系统的电工,1974年回中国科学院合肥等离子体物理所工作五年,研究氢弹和平利用的受控热核反应堆,1978年参与全国科学大会的筹备和改革科技和经济体制的政策研究。

我当铁路工人期间,开始系统研究科技史和经济史,对李约瑟问题产生兴趣。1973年读到物理学家普里戈金的论文《演化的热力学》大受启发,认识到生命和社会演化的前提是开放系统的非平衡机制,改变了传统重视国内矛盾的研究思路。我从小农经济结构与土地战争的战略关系出发,分析了中国和西欧劳动分工演化

模式的差异,批评了毛泽东时期以粮为纲的农业政策和战略思想,受到国家科委领导的重视。在国内讨论农业政策的会议上投石问路之后,我的文章《单一小农经济结构是中国两千年来闭关自守、治乱反复的病根》,于1979年11月16日同时在《人民日报》、《光明日报》两报上加了编者按发表。我的文章从战略而非产权制度出发,讨论改革开放的重要性,使战争出身的老干部能够理解开放政策。我的另一篇调查1500名科学家成长经验的文章《历史上的科学人才》,讨论了各国发展科学的历史经验和体制教训,也在全国几十家报刊转载,对科教体制改革起了推动作用。当时我在中国科技大学近代物理系做研究生,文章发表后被安徽省政协聘为特邀委员参与议政。

我的恩师中国科技大学校长和科学院副院长严济慈坚持要求我继续物理学的研究。我决意到普里戈金那里去研究非平衡态物理学和社会演化问题。我在美籍华裔物理学家帮助下联系到美国的助教奖学金和免试资格,于1980年秋赴美留美。先在得克萨斯州的休斯敦大学物理系做研究生。第一学期通过休斯敦大学物理系的博士生资格考试后,于1981年转学到得克萨斯大学奥斯汀校区普里戈金统计力学与热力学研究中心,继续做理论物理的研究生。普里戈金是俄裔比利时籍的物理学家,他用非平衡态热力学与耗散结构理论研究生命起源的物理化学基础,获得1977年诺贝尔化学奖,在哲学、历史和社会科学也有很大影响。我因为研究劳动分工的演化动力学模型,从1982年起几乎每年夏季都在比利时访问。因为对中西文明分岔的研究,也结识李约瑟、费正清(John Fairbank)、白鲁恂(Lucian Pye)、William Skinner、黄宗智、裴宜理(Elizabeth Perry)等汉学家和人类学家。因为经济混沌的研究,也和萨缪尔森、西蒙(Herbert Simon)等结下友谊,为后来建立留美经济学会的顾问委员会建立了人际网络。1987年5月我因发现货币指数中的经济混沌现象而获得物理学博士学位。毕业后留在普里戈金中心做博士后,便有较多时间可以参与留美经济学会的工作。

二、参与发展中国留美经济学会

1985年5月中国留美经济学会在纽约总领事馆成立,并举行首届年会。那时,我因为在欧洲没能出席。当时学会的英文名称是中国青年经济学会(Chinese Young Economists Society, CYES),因为多数成员是未毕业的研究生。另一种说法是仿效北京的青年经济学会,积极参与中国改革的探索。后来毕业的人多了,要申请加入美国经济学会(AEA)成为团体会员,才改名为 Chinese Economists Society(CES)。1986 年 5 月 24—25 日在哈佛大学举行的第二届年会我参加了,还竞选上第二届的理事会理事,开始参与学会的组织工作。1987 年 6 月在密歇根大学举行的第三届年会上,我当选为第三任会长。在我的任期,发起国内主持经济改革的政府官员与国外经济学人的对话,扩大了学会资助的财源,创建了学会的顾问委员会。后来又和田国强等参与组建财务委员会和学术委员会,协助单伟建等创建《中国经济评论》(China Economic Review)的编辑委员会。我 1997 年回北京大学中国经济研究中心任教之后,逐渐淡出留美经济学会的组织工作。以下的回忆,来自个人的观察。记忆错误之处,请大家指正。

三、学会首闯财务关

初出国门的中国学生虽然爱国热情很高,但是都很穷。

我在"文革"前上的大学,每月的奖学金只有 14 元,包括全部的伙食费。"文革"时毕业,当了 12 年的实习生没有提级,每月工资 46 元,按当时汇率合 14.38 美元。出国时虽然是美方提供助教奖学金,也要工作一月后才能拿到。所以,购买出国机票和服装,都是先从单位借款。为了巴黎转机要付的小费,中国科学院开证明让我到中国银行换来 5 美元,这是我出国时的全部现金。在巴黎吃顿饭,我只敢给 3 美元小费,到美国时身上只剩下 2 美元。幸好到休斯敦机场接机的是华裔教授派来的台湾研究生,先借了几百美元给我租房子和买食品杂货。当助教一个月后才拿到 500 美元的工资,逐步还债。

我和中国领馆工作人员接触才知道中国的外交官比留学生还穷。外交官除了住在使领馆免费吃住外,大使级官员的个人零用外汇只有 50 美元,短期出国的部级官员只有 20 美元。美国号称是自由、民主、法治的国家,但是我在美国学习工作三十余年,最大的体会就是没有钱,就既无自由,也无民主。选举和打官司更得花钱。中国留学生思乡心切,中国留学生的学生会活动,最大的吸引力是在大学放映中国电影。但是我每次去中国领馆借电影这样的小事,都要被 FBI(美国联邦调查局)的官员监视约谈。联邦调查局还通知物理系不许中国留学生接近核反应堆,其实那时我已经不做实验物理,只做理论物理了。我在美国的一切活动都先调查相关法律，以免掉入可能的陷阱。在美国研究、生活三十余年，我不知道什么是自由，但是珍惜可能的机遇。我深知个人再聪明，也改变不了社会。所以始终注意联络志同道合的学人，共同努力。问题是单靠奖学金和打工搞地区活动还行，搞全美学生组织的第一关就是筹款。

中国留美经济学会得以成立，初创的功劳是普林斯顿大学的于大海。他从福特基金会筹到几千美元，用来补贴各地学生到纽约开会的机票。于大海、杨小凯、钱颖一又争取到中国驻纽约总领馆的支持，提供开会的场地和食宿。于大海是北大物理系毕业的大学生，到普林斯顿大学转为经济系的研究生。他自己研究美国的社团法律，在新泽西州为学会注册，节省了律师费。学会也设立审计制度，以检查确认会长的财务报告。后来我找了得克萨斯大学毕业后在新泽西州工作的校友刘柔和，接替于大海免费替学会服务，为学会年度的申报事宜工作多年。于大海为人不善言辞，但是深思熟虑，办事沉稳，给我深刻印象。

杨小凯是位奇才。他自学控制论和经济学，受到普林斯顿大学华裔经济学家邹之庄先生的赏识，虽然没有读过大学，直接到普林斯顿做研究生。杨小凯的数学基础并不好，但是经济学的雄心极大，要解决英国经济学家 Allen Yang 提出的劳动分工和新古典经济学的优化框架不兼容的问题。他在保留优化理论的前提下，提出用角点解加交易成本来讨论规模递增条件下的劳动分工的演化，颇得芝加哥大学教授 Rosen 的欣赏，并把他的论文发表在芝加哥大学著名的《政治经济学杂志》(*Journal of Political Economy*) 上，得以进入主流经济学。他后来到澳大利亚的莫纳什大学任教，并当上澳大利亚的科学院院士，可惜癌症在 2004 年过早夺去他的生命。我在学术上和杨小凯一直有争论，因为优化模型是保守系统的特征。杨小凯把交易成本作为劳动分工的基础，就只能是耗散系统。但是我十分钦佩杨小凯研究经济学基本问题的雄心和对中国现代化历史教训的严肃思考。我们是和而不同的好朋友。如果说于大海在筹款与注册上为学会的运行立了开创之功，对留美经济学会的会章设计贡献最大的应当数杨小凯。杨小凯和于大海一开始就坚持经济学会必须是学术组织，不得参与政治。会章明确规定任何人不得代表学会发表非学术见解。这让我觉得他俩的立场富有远见、非同寻常。像于大海和杨小凯那样把个人的政治主张和学会宗旨严格分开的人，在当时极为罕见。他们的主张获得我和其他许多老会员的赞同，成为中国留美经济学会有别于其他留美的中国学生组织，能长期稳定发展的根基。

当时,我们坚持会章以学术为宗旨的理由有三。第一,大家公认经济学是科学,不应成为意识形态。个人可以直接从政,不必打经济学的旗号。第二,中国的改革从经济开始,政治改革因有争议而非常谨慎。虽然留学生中不少人关心政治,但是多数人厌倦"文革"的政治挂帅,对邓小平的改革开放政策抱有极大希望,不愿意让经济改革被新一轮的政治斗争所取代,学经济学的学生尤其如此。在这一点上,留美经济学会比其他人文社会科学的学生组织相对更具共识。第三,学会财源不能自立,分散财务风险要求学术独立和政治中立,否则立即会中断某方资助。这是非常现实的学会生存问题。我也因此得以理解,三十年代海外留学生组织政治分立的原因,一定程度上和学生组织接受单方援助有关。

经济学会的会长工作量极大,风险极高,当选者在会员中有很高威信。为了防止元老利用苦劳换功劳换权威,杨小凯提出两个办法,第一,限制会长任期,会长不得连任,理事连任不得超过两届。第二,给会长发适量的劳务津贴。第一届会长于大海为 500 美元,第二届会长钱颖一为 600 美元。虽然钱数远低于实际付出劳务的影子价格,但是形象上是为学会服务的公仆,可以降低会长的道德权威。第二条规定不久就发生效力。因为学会竞选时不时出现西方许诺式的人物,宣布个人可以拉来赞助和不要补助。幸好多数会员对夸口许诺的真实性十分警惕,更关注会长人选本人的学术操守。杨小凯的深谋远虑,对经济学会的稳定性起了很大作用。

我在实践中观察到组织保持连续性和稳定性的重要。只要有一届会长沽名钓誉或滥权舞弊,学会就会中断甚至瓦解。为了防止投机性人物借民主程序获得权力,我在第二届年会修改学会章程时也提出两条动议:第一,我担忧创始会员人去政息,所以在修改会章的程序上仿效美国宪法,要三分之二多数通过才能修改学会章程。第二,会长候选人必须有一年担任理事的经历,以接受实践的考验。我的动议也得到通过。留美经济学会虽然不时有投机式的人物出现,当选理事而不做事者也不乏其人,但沽名钓誉者至今无人当选会长。后来,学会又修改程序,提前选出下年的当选会长,让候选会长可以提前一年筹款和策划年会。每届理事会局部改选,保留部分老理事的留任。这些组织安排有效分散了学会不稳定的风险。

四、学会二闯政治关

第一届会长于大海和第二届会长钱颖一从福特基金会共筹到 15 000 美元,用来出版会刊和办年会。纽约领馆也赞助了 3 000 美元。虽然头两届经济学会闯过了财务关,却没料到第三届学会却立即遭遇政治关。

第三届经济学年会于 1987 年 6 月 11—12 日在密歇根大学召开。密歇根大学的理事,来自复旦大学的刘珣珣,在筹款上获得巨大成功,她筹得 28 000 美元,把年会搞得有声有色。她打算竞选会长,人气很高。另一位竞选会长的人物是北大物理系出身的纽约大学商学院硕士生汪康懋,他当过第二届理事。汪康懋是另一种类型的怪才。他的想象力和投机才能让人难辨真假。我记得他的许多言论中有两个特别出格的主张:其一,中国可以学拉美国家大量借债,钱借多了,不用担心还不起,因为放债人怕借债人。其二,通货膨胀无害论;中国的价格改革无需担忧通胀,因为通胀可以刺激经济增长。他同时给中美政府写信,收到感谢回函,就要求在学会刊物上发表,以此证明他是经济和金融学的专家。我任学会通讯的编辑时,以"非学术资料"为由拒绝刊登。他就经常半夜打电话来唠叨,搞得我头痛不已。他在年会竞选会长时用西方式的竞选方式拉票,宣称他如当选会长将不取分文,还要为学会募捐几万美元,想当第三届会长志在必得。

我去参加密歇根大学召开的第三届年会时,并无竞选会长的打算。因为我刚刚胃出血出院不久。我虽然拿到物理学博士,继续在普里戈金研究中心做博士后。我的经济学博士委员会中有经济学教授,他认为我的论文已经达到经济学博士论文的标准,只要补修点经济学研究生的学分,可以再拿个经济学的博士学位,双博士将来很好找工作。我当时还没拿定主意,是继续做物理学,还是拿第二个经济学博士学位。这时杨小凯和于大海来动员我竞选会长。当时学会有一个传言,说领馆教育组官员对经济学会的政治倾向很不放心,希望经济学会保持不参与政治的立场。此传言引发学会成员中的左右之争,首次出现政治分歧。杨小凯和于大海希望我出来工作,稳定学会的学术导向。我知道当会长的工作量挺大,不知身体能否吃得消。但是,经不住杨小凯和于大海再三动员,我答应出来报名会长竞选,但是不去拉票,由会员投票决定。我的竞选纲领很简单,要努力把经济学会从研究生的组织,提升到专业经济学家组织的水准,同时积极参与中国的经济改革。刘珣珣得知我报名后主动退出会长竞选,转而竞选理事。汪康懋挑战我的身体健康不适合当会长。别的会员则挑战汪康懋的学术记录言过其实。投票结果,我当选为第三届会长,理事以票数当选的排列是:张欣,汤敏,刘珣珣,徐滇庆,韩晓跃,许小年。龚小冰当选为审计。第四届年会的承办有两家竞选。乔治城大学的诸宁建议在首都华盛顿开,加州大学戴维斯分校的海闻提议在加州大学伯克利分校开。诸宁自告奋勇去筹款和办会务。理事会决定授权诸宁在华盛顿办年会。理事韩晓跃任年会组委会主席,诸宁任副主席。各位理事分头负责编辑一期会刊。

会后我的第一步是谋划留美经济学会的长远地位。为此我开车去普林斯顿大学拜访前辈邹至庄先生,请教如何提高留美经济学会的学术水准。当时,中国台湾和香港地区留美的经济学家已经有一个"北美中国经济协会"的组织,他们是美国经济学会的成员组织。我就请教能否动员留美经济学会拿到博士学位的会员,加入北美中国经济协会。邹先生觉得内地学生背景特殊,还是独立运行为宜。后来,中国留美经济学会主要成员来自中国内地,但是也吸引了台湾、香港和美国的经济学家加入并担任理事。

我的第二步是稳定学会的学术地位。我仿照西方学会惯例,设立学术顾问委员会,请有影响的前辈经济学家坐镇。万一学会有人"走火入魔",或者外来政治力量干预学术研究,年轻的会长理事如压不住阵脚,必要时请老先生出来说话,对年轻人应当有影响力。于是我筹划顾问委员会的名单,一一亲自写信联系。我希望的阵容是:一要有影响的获得了诺贝尔奖的经济学家,可以提升学会的国际知名度;二要有国内参与改革的老经济学家,可以表明学会支持中国经济改革的宗旨;三要邀请美国著名的研究中国经济的学者,才能和国内的改革家对话。学会有一位在大学任教的中年美国经济学家自愿报名做普通会员,他叫 Bruce Reynolds,非常热心会务。依据他的经验,学会最大的压力在筹款。他建议还要邀请在美国经济学界善于筹款的经济学家当顾问,给学会增加人脉关系,我欣然接受他的建议。第一批同意担任留美经济学会顾问的经济学家包括:Kenneth Arrow(Stanford University,获 1972 年诺贝尔经济学奖),Herbert Simon(Carnegie-Mellon University,获 1978 年诺贝尔经济学奖),Robert Lucas(University of Chicago,获 1995 年诺贝尔经济学奖),Walt Rostow(University of Texas at Austin,经济史家),D. Gale Johnson(University of Chicago),邹至庄(Princeton University),马洪(国务院发展研究中心主任,中国社会科学院院长),刘国光(中国社会科学院副院长),童大林(国家发改委副主任),董辅礽(中国社科院经济所所长),Dwight Perkings(Harvard University,中国经济史学家),Robert Dernberger(University of Michigan,中国经济研究专家)。后来继任会长逐步增加的顾问还有:Lawrence Klein(University of Pennsylvania，获 1980 年诺贝尔经济学奖），Leonicz Herwicz（University of Minnesoa，获 2007 年诺贝尔经济学奖），Abraham Charnes（University of Texas at Austin 管理学家），以及蒋硕杰（台湾"中华经济研究院"院长）等。顾问委员会对提升学会的专业形象，加强国内政府机构与大学对和我们联合举办经济学研讨会的信心，邀请西方知名学者到我们在国内外举办的年会上讲演，提高学会的吸引力，帮助学会后来的学报进入国际评价体系，并最终以成员组织加入美国经济学会，提高会员的专业道德和眼界，都提供了很大帮助。

1988 年初，华盛顿地区的学会成员通知我他们的筹款努力失败，并取消了承担年会的许诺。海闻和许小年主动承担到加州大学伯克利分校举行年会的组织工作。但是年会的资金从何而来？这成了学会存亡的考验。福特基金会的传统方针是提供启动的种子基金。一旦启动之后，就逐渐断奶，逼受援者资金来源多样化，以减少受资助者的依赖性。其对留美经济学会是这样，对后来林毅夫、易纲、海闻等创建的北大中国经济研究中心的资助政策也是这样。福特基金会已经对留美经济学会的运作与年会资助三年。再要申请资助，没有新概念就难以成功。

恰在我苦思苦想之时，学会顾问、中国国家科委副主任与体改委副主任童大林到美国访问。他从纽约打电话给我说，中国改革开放的领导人想加强两岸经济学界的联系。马洪邀请台湾"中华经济研究院"院长蒋硕杰在香港对话，没有回应。估计不是对方没有经济学交流的愿望，问题出在政治的敏感和风险。童大林问我有什么办法可以促进两岸经济学家的对话。我立即想到一个方案，可以减轻台湾经济学家与大陆经济学家会晤的政治风险。我建议由我代表留美经济学会出面，在我们的年会上组织中国大陆、中国台湾、美国的经济学家加上留美经济学者与学生的"四方会谈"，研讨中国经济改革。如果中国大陆与中国台湾能派出高规格的代表团，我就有希望在国外筹集资金。童大林非常赞同这一建议，回国后就通知我，大陆可以国务院发展研究中心的名义派出代表团。我写信和台湾"中华经济研究院"的院长蒋硕杰先生联系，也获得积极的反应。

我亲自飞到纽约，见福特基金会的总裁 Peter Geithner，即现任美国财长 Tim Geithner 的父亲。Peter Gaithner 对我的"四方会谈"设想反应非常积极，他当即表示可以赞助 5 万美元。前提是我必须保证"四方会谈"的成功举行。我当时信心满满，完全没想到 Peter Gaithner 的顾虑。

　　1988 年夏天,我们四个人结伴回国:包括我、于大海、徐滇庆和张欣。我发现国内国企改革的复杂程度远远超过农村的包产到户。放松企业自主权使工人的工资大幅提高,引发通胀。领固定工资与奖学金的公务员与学生对通胀不满,把问题归之于腐败,主张政治改革先行的呼声日渐增高。主张渐进改革双轨制和休克疗法闯价格关的争论在经济学界也非常激烈。于大海回国之初对回国参政的预期很高,不知为什么转为失望,并淡出了留美经济学会的活动。张欣回国对新兴乡镇企业非常有兴趣,似乎参与投资。我和徐滇庆则忙于广交改革朋友,争取对留美经济学会的支持。体改委领导帮我组建了中方赴美的代表团,由国务院发展中心副主任孙尚清任团长,团员包括当时任外贸部部长助理,后来负责财税改革的周小川(现任中国人民银行行长),中创投资公司董事长张晓彬,体制改革研究所宏观研究室主任张少杰、唐欣,农村发展研究所的周其仁(后任北京大学国家发展研究院院长)。我万万想不到的是在最后阶段,代表团的出国签证受到中国政府有关部门的阻拦。我多方打听才了解到首要阻力来自教委,教委反对的理由是,孙尚清是部长级代表团,留美经济学会算什么级别,有什么资格和部级代表团平等对话? 要是开此先例,岂非承认海外学生组织的独立地位,以后如何管理海外留学生? 我利用所有可能的渠道宣传我们的使命,争取有关领导的支持。由于天气炎热,心情焦虑,结果十二指肠溃疡复发,连牛奶也喝不下去,最后晕倒在科学院和科委机关,被送到中日友好医院做手术,把胃切了三分之二。那时,海闻和许小年已经动身到伯克利组织会场去了。福特基金会的钱还未到位,因为代表团的签证未能放行。我做完手术无心休息,天天在医院往外打电话托人。最后在离会期前两周,代表团才拿到签证,徐滇庆赶快去福特基金会领钱汇到加州。据说最后拍板的是最高国务会议,改革初年的举步维艰,可见一斑。等到 1988 年 7 月 15 日年会在伯克利顺利开幕时,我已经连主持会议讲话的力气都没有了。

　　"中华经济研究院"派了第一研究所(大陆经济研究所)所长赵岗教授出席,他也是威斯康星大学中国经济史的教授,我在研究中国农业史时,和赵岗教授有许多共同见解。大陆出来的代表介绍国内的改革激情飞扬,留学生的问题也是尖锐多样。一改国内经济学界开会论资排辈的风气。会议期间,美国方面的学会组织工作,全是我在得克萨斯大学的同学孙涤代我主持,会务海闻、许小年搞得井井有条。我们本届理事会的筹款和会议规格也突破了前三届年会的记录。我正打算松一口气,不料匹茨堡大学的老会员左学金出来发难,指责我这个会长没有按照民主程序报告会务。许小年跳出来替我辩护，但是谁也说不清为什么我平时发言滔滔不绝，年会高峰却低声少语。假如我当时尚有余力，我会表态赞赏左学金的问责精神，借机介绍我们走过的道路和收获，表现本届理事会的责任心。但是，我什么过程都不能说。我一不能怪罪华盛顿地区筹委会的筹款失败，因为他们是义务劳动，筹款本身的不确定性很高。我二不能透露代表团出国程序的复杂，让国外不理解国内改革的听众对中国改革失去信心。我只能苦笑说我身体不好，以后再补书面汇报吧。

大会选出了下届会长孙涤。会后海闻和许小年热心地组织留学生陪代表团参观加州的经济和社会。从此中国留美经济学会逐步建立留学生与国内改革政府部门的信任与合作关系。孙涤和张欣任会长时稳定了学会。易纲任会长时首次把年会移到国内，在海南的年会请去了邹至庄、张五常。我和 Jeffrey Sachs 就渐进疗法和休克疗法的得失进行了首次交锋。徐滇庆任会长时把国企改革的研讨放到上海，尹尊生任会长时的研讨进了北京。留美经济学会和国内改革部门的合作与信任，终于经受了时间的考验。

会后我回到奥斯汀不久，又胃出血住院。医生说我手术后没有休息，结果刀口处产生新的胃溃疡，从此成为我的病根。代价一是放弃了拿第二个经济学的博士学位，也放弃在国外寻找经济学终身教职的可能；二是回国后放弃任何行政职务的机会。后果是我专心研究经济学的基础问题，成了新古典经济学的意想不到的挑战者。我的人生体验是"有心栽花花不发，无心插柳柳成荫"。自由和机遇不是一回事。

五、价格闯关、学生运动与学会的稳定

我们很快发现1988年中国的价格闯关，低估了社会不同阶层的矛盾。先是价格闯关的宣传引发民间的抢购潮，让价格闯关的决策悄然转为价格双轨制的政策。不料价格双轨制又产生"官倒"和"腐败"的问题，引发了学生上街要求政治改革的学潮。在美留学的经济学学生和学者开始日益关注国内改革的政策问题。

我们发现东西方政府改革时，都会面临学生和市民的抗议甚至冲突。经济学不能回避社会冲突和政治问题。令人欣慰的是，留美经济学会的多数骨干坚持对中国经济改革的支持。在"六四风波"后继续和中国的中央部门与地方部门合作

研讨经济改革,推进了经济学知识在民众中的普及,加强了留学生参与经济政策的对话。我们和其他留学生组织的不同之处,是从学理和历史的角度看待现实问题。我们对国内过时的规章制度,不是采取对抗的态度激化矛盾,而是用分析的态度化解矛盾。不仅批评现有体制的不合理之处,更探索合理化的改革建议,帮助有关部门改进工作,达到相互信任、共同合作的结果。中国留美经济学会在国内外建立了持久的信誉:即我们的思想是开放的,我们的努力是建设性的,我们的服务对国家、人民和会员都是有利的。历史证明,中国的干部和知识分子,无论经历和教育有多么不同,但是都有共同理想,可以长期合作。这是中国经济改革和东欧、苏联的不同之处。

六、学派多样性和新古典经济学的局限

我邀请诺奖经济学家西蒙担任学会顾问时,西蒙写了一封长信给我,语重心长地警告中国学生:新古典经济学尽管有许多应用,但是能否适用于中国国情有待于观察。我在学会会刊上全文发表了西蒙教授的来信,也依据自己经济混沌的研究,从非线性动力学的角度,在会刊上撰文批评了新古典经济学的局限。但是没有引起大家更多的关注。

1993 年,易纲和田国强主持编辑了一套《市场经济学普及丛书》,在上海人民出版社出版,使留美经济学会对国内经济学的学生产生较大影响。丛书策划时,我曾答应写一本经济学方法论的书,讨论新古典经济学的局限,但是没有如期完成。

这两年国内经济学界对是否存在"中国模式"的问题发生争议,我才认识到当初西蒙的忠告,没有在留美经济学会的骨干中形成共识。留美经济学会的局限和美国经济学界的局限类似,即过多注重英美模式的经验和新古典经济学的思维范式,忽视了其他市场经济模式,例如德国、日本模式和北欧模式。非主流经济学,包括行为经济学、演化经济学、创新经济学、政治经济学和奥地利学派的重要思想被忽略。这导致金融危机来临时,经济学家的思想准备严重不足。我们更缺乏原创性的研究。如何从中国改革的实践中,实事求是地总结中国实验,扩大中国经济学界对世界经济学的贡献,这是中国留美经济学会未来面临的新的挑战。

留美经济学会能否更上一层楼,在学术上有更大的影响,这有待更年轻的中

国留美经济学家来探索。能否加强学会学术委员会的活动，是值得老会长们研究的问题。

七、感谢和纪念

因为会员的流动性很大，所以许多好人好事大家未必知晓。回顾留美经济学会的早期活动，除了于大海和杨小凯的贡献，还有许多老会员的贡献应当提及。单伟建创办 *China Economic Review*，并和出版社成功谈判，解决了杂志出版的风险问题，是学会筹款之后的又一突破。为了防止学会因财务报表问题被美国税务局查处，田国强和我设计了财务委员会。我虽然出任了财务委员会的职务，参与监督前任会长结清财务，但是主要的会计工作是俞卫做的。他勤勤恳恳的低调作风值得大家学习。

最后，我要说明的是，虽然我曾先后提议刘玓玓和孙涤为学会的荣誉会员，以表彰他们俩对学会的贡献，但因每年荣誉会员的名额只有一人，多是投票给本届的会员，难以投票给以前的会员，我的动议未能获得足够票数通过。我个人一直觉得遗憾，特在此回忆录中以个人名义向他们致谢。我的记性不好，记录不全。还有许多老会员的贡献没有提及。遗漏或错误之处，请大家批评指教。个人观点的谬误由自己负责。

回忆留美经济学会初创期

茅于轼

天则经济研究所所长

　　留美经济学会于1985年的5月25日在纽约首次召开。那次会议叫"西方经济理论和中国经济体制改革讨论会"。到会议结束时提出要成立一个组织,起名为联谊会。由于大海任主席。理事有杨小凯,海闻等五人。会场设在纽约中国领事馆,领事馆还出钱支持这次会议。留美经济学会一开始就注意和国内官方机构保持良好关系,这是极有远见的一项原则,以后我们这个组织能够比较顺利地开展工作,不但在美国,而且也在中国国内,和这项原则有很大关系。

　　会议开了两天。参加的人除了上面提到的人之外还有:邹至庄,宦国昌,张欣,尹尊声,林毅夫,徐滇庆,陈一咨,金曦,樊民等。先是领事纪立德先生致辞,然后邹至庄教授介绍了如何招收中国学生来美国学经济学,如何考试,以及经费从哪里来等等。然后是论文报告。那时候论文的水平很一般。会后还出了一本讨论中国经济和经济学的杂志,每季度出一次。其中文章只够练习题的水平。但是提高得很快。会议两天很快就过去了。会后我搭杨小凯的汽车去了普林斯顿大学,同车的除了小凯爱人还有汤敏夫妇。小凯把我送到也在普林斯顿我的表姐家。这次我之所以有机会去美国参加会,是因为中国社科院派我参加一个经济学家代表团出席在华盛顿召开的中美经济学家会议。我提前四五天先到了美国,赶上了这次会议。那时候通讯没有电子邮件,要靠电传和电话,成本都很高。

　　次年1986年我去哈佛大学任访问学者。留美经济学会第二次年会于1986年的5月24日在哈佛大学召开。我也是筹备人员之一。我们事先讨论了第二届学会主席如何产生候选人,什么人可成为候选人,因为当时留美人员的流动性很大,并不是谁都合适可当主席的。那天到会的人有一百多,正式注册的人有86人。第一项议程是由钱颖一做筹备工作报告,第二项议程是于大海做工作总结和财务状况报告。第三项议程是哈佛大学国际发展研究中心主任Perkins教授发言,他强调了经济学对中国发展道路选择的重要性。然后是Vogel教授讲日本发展的经验对中国的意义。再下是何维凌发言(他后来不幸因车祸去世)。下午分成四个小组。我参加的那个小组中发言的有林毅夫,陈平,钱颖一,杨小凯,徐滇庆,毛立本和我。至今我还保留着本次会议20篇参会论文的题目和作者。

次日各小组汇报讨论情况。发言的有刘郦郦,于大海,尹尊声,钱颖一。然后由陈平主持讨论会章。讨论中特别注意会长权利的监督,财务的透明,制度的执行。这次会议给以后学会的健康成长打下很好的基础。当然也由于以后各届会长认真执行制度,并不断做出表率,修补制度中的不足有关。这次会议选举了钱颖一任第二届会长,并将学会定名为"中国留美经济学会"。那天还举行了钱颖一的结婚典礼,热闹非凡,大家尽兴而散。

一个月之后,6月21日留美学政治学的同学在休斯敦的中国领事馆召开了留美学政治学的同学会。会议主席郝雨凡,副主席宦国昌。大多数经济学会的同学,于大海,陈平,杨小凯和朱嘉明等也都出席了。留美政治学会以后办得不及经济学会成功,领导人的更换发生一些纠纷。事实上留美经济学会在人事上也出现过问题,但是没有改变基本制度。特别要防止个人利益造成的纠纷。要成功办成一个组织并不是容易的事。

以后两届的学会主席,据我的记忆分别由陈平和易纲担任。他们两位对学会的制度建设有很重要的贡献。特别是在财务制度上规定了会长的责任,要为学会积累资产,不得动用库存。易纲任会长的那一年,把年会移到海南岛的海口开,进一步和国内的经济改革联系起来,为经济改革出谋划策。那时候国内的气氛还很不够开放。有些著名的经济学家不大愿意和国外的学术界发生正式关系。学会的年会邀请往往被国内学者拒绝。会议的议程,谁首先发言,谁其次,都要慎重考虑,在观点上也要小心谨慎。在这种情况下开一个讲西方经济学的会,是一件冒险的事。

在这两届时我担任国内联络员的职务,为学会在国内开展活动做组织工作。其实,学会的工作重点越来越偏向国内。因为中国正在经济改革,有许多经济问题需要解决。而且留美经济学人对经济学的知识也越来越丰富,有资格为经济政策发表意见了。我和单伟健一起办了《中国经济评论》杂志。他负责英文版 China Economic Review,我负责中文版。英文版一直办到现在。但是中文版只出了两三期。

中国留美经济学会从 1985 年初创至今已经 26 个年头。在此期间国内国外发生了许许多多变化。学会的人员也新陈代谢,越来越由年轻人担当重任。老的会长和理事中有不少现在担任国家政府部门的重要职务。学会的创办是成功的。现在中国的经济改革远没有完全成功,问题还非常之多。学会还有机会继续发挥它的影响,为经济改革效劳。

经济学者的两难选择:"是否回国?"*

樊 纲

中国改革基金会国民经济研究所所长

生活中遇到的选择问题,有难有易。凡是"难"的,多半出于以下几方面的原因:

第一,就一种可供选择的方案而论,其好处十分明显,但所要付出的代价也极高,这时你会一方面受到极大的诱惑,觉得弃之实在可惜,但另一方面又不愿为之付出那么多、那么大的代价,犹犹豫豫,前思后想,难下决心。要是一个供选方案,收益不高,成本也不大,是采纳还是放弃,出入不大,随意作个决定也就罢了,错了也没什么大不了的。如果这项决定影响深远,关系到未来,又有一些不确定的、难以预期准确的因素在内,决定就更难做。

第二,就要在两种方案取其一,二者各有利弊,难分高下,令人左右为难。如果一个人一辈子事事处处遇到的都是一种方案明显地好于其他所有供选择的方案,那么他一辈子都不会为选择的问题犯难,也永远不会犯错,不会后悔。

---

* 本文是我在 1993 年出版的《求解命运的方程》(北京出版社,1993)的第 11 章和第 10 章的一部分组合而成。那本书是应出版社邀请,用经济学的原理分析人生各种问题一本通俗读物,发表后多次重印、再版,最后一版更名为《经济人生》(文字没有改动),由广东经济出版社出版(1999)。这里摘编的应该是我写过的唯一——段有关留学生活的文字,记录了当时我个人思考是否回国的心路历程,应该说都是一些坦诚的大白话。在此纪念中国留美经济学会成立 25 周年之际,我将其重新整理一下,发表在我们的文集中,希望与学会的同学们共同回忆和分享一下那一时期我们所经历的人生百味。我曾参加过学会 1986 年在哈佛召开的第二次年会。转眼已经 25 年过去了。那时我们所纠结的许多问题,与现在的留学生们已经有了天大的差别。但无论如何,我们这代人所经历的是一段非常独特的历史,我们因此有着一些独特的人生体验,将它们记录下来,也是对我们共同经历的时代的一种纪念吧。

第三,不是"初次选择"而是"重新选择"。比如职业选择,一个人生活之初,一张白纸好作画,画什么都可以有光明前景,时间也还有的是,所以做决定相对来说还是容易的,没什么既得利益需要权衡;但过了一些年之后,一旦需要"重新选择"的问题发生,由于过去已经走过了一段生活路程,自己在原来的工作已经积累了一些知识、经验、社会关系,在某方面已做了大量的投入,已到了轻车熟路的地步,这时要考虑去做别的,就有要放弃过去积累起来的一些成果、去冒新风险的利弊得失需要考虑,做起决定来也就难了。

多数人到了40来岁,我想这些难题就都多多少少遇到过了,领略了所谓的"生命之重"。新机会出现的越多,社会环境变化越大,面临的难题可能就越多,选择与决定的难度可能也就越大。在30岁与40岁之间,也就是在改革开放、社会环境发生重大变化年代里,我面临过两次十分困难的生活选择。一次是上面提到的,因为扩大"开放",我出了国,结果发生了一个在国外"是走是留"的难题;另一次是因为深化"改革",市场经济大发展,对我提出了是否还坐在书斋里搞学术研究的难题。前者主要是一个"弃之可惜、取之难受"的问题,后者则主要是一个"再次选择"的问题,都颇费一番权衡,以致我至今也还不是十分确定自己究竟是否做对了选择。特别是第一个"难题",从回国到现在,还有人在不断问我:"你怎么就这样回来了?"而且常常有那么一层意思:别人回来,你怎么也会回来?时至今日,我也还会有一种做错了事的感觉,总在怀疑是不是真的不该回来。

我们不妨就用一些我亲身经历过的生活难题,进一步说明一下"人生选择"所涉及的各种因素,以及如何应用我们前面分析过的"理论",对各种具体的选择问题进行思考。这里要分析的是我在出国之后遇到的"是否要回国"的问题。

去与留的难题

1985年10月,我还是中国社会科学院研究生院的一名博士研究生,作为社科院经济研究所派出的访问学者,到美国进修学习,正式身份就是访问学者。原则上说,我是必须回来的。去美国的访问学者,持所谓的"J1-签证"的人,在交流项目完成后需立即回国,在美期间不得找工作,当然更谈不上申请"永久居留权"(即所谓的"绿卡")。在我刚到那里的时候,还允许访问学者"转身份",即转变为学生,到大学、研究院上学,继续持J1签证或改成学生签证。但我到美国不久之后,中美政府达成了一项新的协议,禁止访问学者转身份,必须先离境回国之后再重新申请学生签证,逼得许多想上学不想回国的中国学者跑到加拿大找个什么地方从境外重新申请学生签证。有的办成了,有的没办成,东西丢在美国最后还是回了国。不过说句实话,"原则"归原则,"法律"归法律,天下还有许多在原则之外、法律之外的路可以走,并没那么绝对。我相信如果我们想留下来,无论是上学还是打工,总能硬着头皮找到什么办法,最坏不过是"黑下来",就是成为一个"非法入境者",弄好了则可能先以延期访问的办法尽可能地拖,然后再一步一步地来,申请学校,转成自费留学,等等。天无绝人之路,"榜样"也有的是,要是不懂,可以去找人咨询,中国人里面这方面的"专家"有的是。这还不是主要的。根本的问题在于假如我当时已经决定了今后的生活目标、发展方向,要想方设法在美国留下去,我是可以通过各种途径朝这方面努力。即使暂时留不下就先回国,然后再重新申请,经过两年美国政府规定的重新申请签证间隔期,5 年或 8 年中国政府规定的"毕业生服务期"等等,都可以耐心等待,能交点钱"买回些时间",就可以想办法去搞钱,等等。功夫总不会负有心人的。据我的观察,国内我所认识的人当中,一切真的想走、下决心想走、义无反顾地想走的,只要不是个人能力太差、条件太差,通过不懈地努力,最终全都走了,没有走不成的。什么中国政府美国政府,什么"签证官"今天高兴明天不高兴,什么新规定旧规定,什么"三次签证不成就要重新申请"等等,一律不构成真正的威胁。我帮助那么多人写过申请信、推荐信、填写过申请表,有的人我一开始真的怀疑是在瞎耽误功夫,可是几年后突然一个电话打来告诉我他下星期的飞机启程,我只好大贺恭喜,祝其一路顺风。我不比别人更优越、更聪明、更不疲不懈、更意志坚强、更海枯石烂心不变,但无论如何也并不就比别人笨多少、差多少、意志缺多少。有的人去美国十来年,那英语说的还不如我,我怎么就不能也被"恭喜恭喜、一路顺风"?

问题还是在于,是否"值得"。

"梁园"确有好处

"梁园虽好,非久留之地。"不过,谈到是否值得留在美国,我得先说说美国(或一般所谓的较为先进的"外国")的好处。

无需讳言,美国确实诱人、十分诱人,确实值得我们喜欢、值得我们向往。我在哈佛读书时结识的一位搞文学的好朋友,他拿了学位又做了两年访问学者之后,先我几个月回国。我回来后,记得有一次朋友相聚,请我们俩说说对美国的感受,要用最简单的词句来表达,我们俩几乎同时以类似的方式表达了同一个意思:"美国就是那么一个既招人爱又招人恨的地方!"到现在我也觉得这个表达相当准确,既道出了实际情况,也道出了我们酸甜苦辣的切实感受,而且我想,那个"爱"和那个"恨"也是相辅相成的,没有那个爱也不会有那个恨,没有那个恨也不会有那个爱。我曾听说过有几位学者,到美国访问后,回来不知是出于什么样的心理,到处大骂美国,历数其种种坏处,种种邪恶,似乎在他眼里,那地方一无是处。各人有各人的看法,天经地义。但为了与这种观点相区别,也为了与其他一些"吃不着葡萄说葡萄酸"、没有在美国留下便说美国如何不好不值得一留的态度相区别,我想我们得先认清它着实可爱的地方,不仅是它在客观上可爱之处如何,还要"落到我们个人的实处","在美国生活"这件事对我自己有哪些可爱的诱人之处。

首先当然得提物质上的满足。前些天曾在《读者文摘》上读到电影演员姜文一篇很不错、很有独到见解的访美观感。其中提起遇到一些中国人,自己在外面的日子混得很不怎么样,还一个劲地对国人大谈国外某地风景怎么怎么美,姜文驳斥他们说,回国去看看,我们也有那么多风光美景,一样美,甚至更美。我很赞赏姜文驳斥那些人的态度,但却要说那驳斥的方式有一点"只知其一、不知其二"的味道。美学上关于美的概念,争论由来已久,但我更倾向于那种"客观美"与"主观美"相结合的定义——你在欣赏同一种自然美的同时,会加进你作为一种社会动物的某种社会体验,从而赋予那外在的自然物体的美感一种特殊的社会"联想"和社会意义。记得当年在东北,我所在的连队再往南走是几百里无人烟的深山老林。我们上山伐木、到河边游泳、到小溪旁洗衣服,每每见到许多令人叹为观止的大自然美景,无论是夏天的茂盛,还是冬天的清冷,无论是阳光明媚还是冰封雪景,我常常看着那些景色发呆,心想天下有那么多人见不到这种美,我要是不来这里也见不到,遗憾不能把它们记录下来给大家看。但是,与此同时,我还是能从同一景色中感受到别的东西,那就是荒凉、原始、野蛮、偏远、贫穷与孤寂——那是一块几千万年无人烟、无文明染指、远离人类社会的一个地球小角落里的那么几棵树、几块石头、一片荒山或一条小河。记得后来读研究生时,外语课写作文,我曾描写过东北深山里的某种景色,最后用了一句"一切都是那么原始地自然"("crudely natural")。crudely 一词有"原始的"、"未加工过的"、粗野的、天然的、赤裸裸的等等含义,老师读后特意在这个词的下面画上了横线,批了一个"good!"。触景能够生情,而我在当时的处境下见到那些自然美景所生的"情"却只是寂寞、穷困、无望,是被遗忘、被抛弃,是日复一日的劳作,是被这自然所奴役;我只是在操劳中望见了美好,我要时刻想到的是身后的马车、手上的板斧,十几里外的土坯房和每天都赖以为生的土豆汤。那时我常想也许有朝一日我的处境变了,我一定要旧地重游,换一副心情来好好欣赏这大自然的美景。但后来想想,即使我们的处境变了,这地方周围几十里要是还那么穷、还那么苦、还那么偏,恐怕我还是能从这自然的树木山石中读出同样的感受来。而对美景与经济发展水平相互关系的这种认识,正是到了美国之后才最终得以形成的。

同样的一片荒山野岭、同样是一条没人碰过的山泉小溪,当你知道身后几十米外停着你的汽车,车里有立体声音响,车后厢里有一保温冰箱,里面有易拉罐饮料和三明治,边上是一条高速公路,10分钟之后你能找到壳牌加油站和麦当劳快餐店,那里有公用电话,你塞进几个硬币或输入一个密码就可以同北京的朋友讲话,你对那山林美景的感觉就会是完全不同的。你从那当中读出的是满足、是人类对自然的占有、是一副郊游的闲情逸志,而不再是荒僻与贫穷。大海也是这样。新英格兰的海岸悬崖峭壁,从自然风貌上说可与我们的胶东半岛某些海岸颇为相似,但从两个海岸的同样的壮丽景色中,你会得到完全不同的美和文化的体验。在山东,你在海边走过,想到的会是身后山中那些低矮的农舍;在波士顿郊外,你想到的是山腰上那些17世纪留传下来的哥特式洋楼,想到的是房子里那些宁可每天驱车一两个小时上下班,也要住在海边享受大西洋美景的上层中产阶级知识分子的家庭,是那房子里刻意保持下来的古色古香的家具和回荡在这家具之间的巴洛克时代的乐曲。"美"这个词是我们这些社会化的人创造出来的,因此我不相信存在着一种完全超然于我们所处的社会环境之外的绝对的美的概念。富人,以及我们一些自命为"超人"、"高人"的知识分子们经常会嘲笑穷人、劳动者们缺乏审美能力,其实这首先根本不是一个"能力"问题。我在没下乡之前看到描绘原始树林的绘画,觉得非常美,令人心驰神往,应该说颇有"审美能力"了,可是下过乡真的见到过这些原始树林之后,再见到这样的画我的第一个反应是想到那里边可能有小咬、有蚊虫和野蝇嗡嗡叫,干活时不管多热都得戴帽子,帽子下压上一块手绢遮住脖子以防蚊虫的叮咬,你叫我怎么再能像过去一样地来"审美"?个人经历会有影响,"社会环境"本身也会有影响。无论你个人是穷困还是富有,穷国的自然美与富国的自然美,会给你带来十分不同的美感体验。舒舒服服地坐在有空调的小汽车到一个风景名胜观光,与挤在臭烘烘的车厢里晃荡一整天赶到一个地方看上几眼又马上得打道回府,不然就买不着返程车票回不去,看的可能是同一个东西,但那审美感觉会完全不同。我曾与几个朋友一起驱车 200 英里去美国的新布罕尔州寻找电影《金色的池塘》的拍摄地点。那连绵不断的树林,碧蓝清澈、波光粼粼的大小湖泊以及那些在湖边、在林中不时闪现出来的一幢幢风格各异优雅的小楼,最终明白了"文明地保存和占有着的自然美"与"原始的自然美"之间的差别。

正是因为富足,什么都买得起,所以先进国家成了真正的世界大都会。它可以把世上一流的东西汇集到一起。一流的科学技术、一流的文学艺术、一流的大学、一流的博物馆、一流的公司企业。当然,最重要的,还是一流的人才。在哈佛大学足不出户,每天到各个系去听讲座、讲演,一年下来你可以领略全世界 80%的一级名流学者的风采,外加形形色色的不同组合,各国总统、总理、部长、大使、名记者、名律师、大经理、大富翁、艺术家、小说家、影星歌星,等等。哈佛的学生各个想当名人,我想原因之一,是他们离名人太近了,见到的名人太多,神秘感已经荡然无存了。你想了解各个学科、各个领域、各个国家、各个方面的各种前沿问题么? 坐到教室和礼堂里去听讲座、听讲演吧,世界上各个角落的重大问题,都在这里以各种方式各种角度被讨论着。这种世界一流大学的精彩之处,不仅在于有一套严格的教学制度,使你受到一番现代科学的严格训练,打下扎扎实实的基本功,以后不再会在什么基本概念上犯错误,而且在于它提供了一种由世界级一流学者们支撑起来的科学氛围,使你很早就接触前沿的问题、熟悉科学论争中的各种理论、各种观点、各种方法,自己也站到前沿去。这样,你可以不需要在别人已经解决的问题上从头干起白费功夫,不再把别人嚼过的馍叫作"创新",不再因无知而狂妄。同时也学会怎么才能应用现代的理论和方法,来解决你所面临的特殊问题。

在波士顿、纽约、华盛顿这样的城市里,你还自然而然地可以接触到一流的西方文化艺术如绘画、雕塑、建筑等等。你也许会说"都市"不在美国而在欧洲,但在波士顿现代艺术博物馆、纽约大都会博物馆和现代艺术馆以及华盛顿的史密森博物馆群里,你还是能看到许许多多的历代真品。在纽约,每周你都能看到世界最著名的交响乐团、歌剧院、芭蕾舞团的演出。帕瓦罗蒂、多明戈、萨瑟兰、帕尔曼、布兰鲍姆、鲁宾·梅塔等人是那里的常客。在波士顿,花 5 元、10 元等一张开场前 20 分钟未售出的剩票,你有时就可以听一场小泽征尔的音乐会,夏天你可以到波士顿附近的汤格伍德,坐在草地上听露天音乐会,那里是每年一度全世界一流音乐家演出与举办讲座的汇集地。

我想要是我有钱,美国可以作一个"现代隐士"、享受生活的绝好去处。那里到处是五花八门、千奇百怪的物质享受和文化享受,但你能去享受它们的前提条件是,第一要有钱,第二要有闲。光有钱没有闲不行,没时间去享受的东西,对你来说就等于不存在;光有闲没有钱也不行,因为没有一样享受是不靠钱的。并且,在有钱与有闲这两者当中,有钱更重要。钱真要多的话,闲自然也会多些。此外,不仅要有钱和有闲,还要有一份"闲心"。在国内不甘心当"隐士"的人,在美国可以获得当隐士的一个非常重要的前提条件,就是你可以彻底地忘却许多人总也放不掉的那份"社会责任感",并因此而获得一份"闲心"——这是享受悠闲的一个必不可少的前提。有人看着很闲,但百爪挠心、心中长草,坐在那里其实老在担心什么,或有激烈的内心冲突,那就说不上享受闲暇。作为一名中国人,你到了国外,生活在异邦社会中,你会很自然地感觉到,那个社会其实不是你的,你不过是个"外人"、是"客居",不必为它操太多的心。反正也使不上什么劲,而许多情况也不了解,使劲效果也不大。所以,可以安心享受生活,真正与世无争,心平气和,以至于不会有什么嫉妒心之类令人烦躁的感觉。因为是"外人",你不会想要与邻居那些世世代代在本地成长的人去"攀比",他们有的你没有,那是因为你才来,是外人,情有可原,并不显得你无能。找一个教书一类不那么费心的工作,住一栋郊区小洋房,早上打打网球,傍晚逛逛花园,下了班想着电视有什么节目,影院里有什么电影;星期四晚上开始计划周末去哪里旅游,星期五晚上开始收拾行装;夏天去海滨,冬天去滑雪,有了假期就开车跑一趟远程,偶尔与几位中国老乡聚一聚谈谈国内形势,隔两年回国当一回爱国华侨或"美籍华人学者"。我觉得,那是一种真正很值得羡慕的生活。旅居美国的华人当中实行这种"生活模式"的,我见的不少。因此每每感叹不已,心想这可真是一种有滋有味的生活。我当时曾多次想过,要能留在美国,我一定会努力按此模式,好好地享受人生。

与己无关的享受

美国富有,有许多享受,又可以做一个局外人与世无争地享受。但问题在于,我们自己享受不到的东西，对我们来说，实际上就等于不存在。所以需要问问自己：这许多好东西，你能否享受得到？

首先是我不大可能"有钱"。我想自己不会有玩彩票得个头奖，一夜之间变成百万富翁的运气，也没有一个百万富翁的亲戚让我去继承遗产。总之，我看来得靠劳动收入过活。没有钱而要靠劳动挣钱吃饭，也就不大可能有闲。因为如果我每天为了挣钱、为了晋升而拼命工作，我又怎么有时间去四处周游。在国内忙一些我不大在乎，因为国内可玩的东西还不很多，而且玩起来又太累太麻烦，所以工作时间长一点并不觉得很"亏"。要是身边有那么多可享受、值得享受的东西，而你却没时间去享受，你会觉得它们对你来说，价值何在呢？

比较现实一点地考虑，以我的特殊情况，恐怕是干不成商业或实业的，只能还在学界里谋生。如果我想要"有点闲"，可以找一个在社区学校里教书的差使，一门课教他几十年，不搞什么研究，这样生活的确可以比较悠闲自在，但钱也一定不会多。读完书 40 来岁找到一个工作，要买房子买车，一个教书人的收入只能供你紧紧巴巴地过日子，房子分期付款买下来时你已经到了退休的年龄，你也只能享受悠闲本身，而很难再享受别的什么了。如果你还想干点事儿，在研究上搞出点成果，你就得想办法到竞争更加激烈的地方任职，就得搞研究、写文章。在美国搞学术是件很苦的差使。四五年研究生读下来获得了学位，取得了一个助理教授的职位，你就得开始新一轮的奋斗，多搞研究，多发文章，不然七年之后你要是成果不多，就不能晋升终身职。投身学术界的人，都是想要出成果的，所以这对他们来说不一定就是痛苦。但在此过程中，你也就不再"有闲"。那些供有闲者享受的东西也就与你无关，无论你有多少钱。何况事实上，你这时也并没多少钱，因为一个名牌大学副教授的收入，并不比一个工人的工资高多少。没有闲，就意味着你不可能晚上回家看电视看电影、游泳打网球，也不大可能周末外出旅游，而要把更多的时间用在搞研究、写论文上。好不容易挤出点时间还得忙家务，维持一栋小洋房、小花园也得花时间，生个孩子你也得自己照料，因为就你那点收入，在美国是根本甭想请保姆。

各人情况不同，我当时三十四五岁，已不像 20 来岁的学生，还有大把的时间可以熬。前后分析一下，瞻望前景，我觉得我若留在美国谋生路，物质生活条件上当然会比国内好，但除了可以自然地、免费地享受到的一些之外，那里的许多物质享受基本上与我无关。我不会很有钱，也不会很有闲，所以一切需要有钱又有闲才能享受到的东西,都不属于我,无法构成对我的真正的吸引力。整天看人家享受,说不定还会因妒忌而生出一种"痛苦"。回国去生活,条件肯定差些,但对于我们这些没有享受过大福的人来说,也没有什么受不了的。况且国内经济正在发展,收入水平在不断提高,从长远看并不一定就很差。况且,我又不是回到偏远的农村,而是回到北京,在全国来说还算是好的。所以同学朋友坐在一起时,说来说去,许多人都同意,虽然美国最吸引人的地方是它的物质生活条件,但是单就物质生活条件而论,却并不构成我这样的人留在美国的主要吸引力。

几年后的今天,如果再做选择的话,对我来说美国在物质生活上的吸引力恐怕就更小了。我不想说国内有许多人发大财、发横财、成"大款"、比美国的大款还大款的事,只想说我们这些非大款的一般城市居民的生活状况,就日常生活条件来说,在国内生活在大城市里,吃的、穿的、用的,可说是该有的也都有了。几年前在美国,觉得仅超级市场一项,对中国人就有足够的吸引力,现在这种吸引力已经消失了。国内市场你只要有钱,已经没有什么想买而买不到的东西了。以食品为例,国外的超级市场上食品种类有许多我们没有,但没的那些要么是我们中国人不吃、不爱吃、不想吃的,要么是想吃而舍不得买、吃不起的。我认识的一个朋友,在美国七八年来,夫妻都有了工作,但还是每星期到过期食品市场上去买那些廉价食品,那些 8 美金一磅的牛肉,20 美元一磅的龙虾,对他们来说实际上是不存在的。另一方面,我们中国市场上许多我们喜欢吃的东西,是在美国市场却没有。衣物也是一样,那里当然有许多高档服装,但如果国内几千元人民币一套的服装你都不会去买,又怎么舍得花几千美元去买一套曼哈顿的时装? 中国人现在在美国买的服装,多半已都是"Made in China"。我们大城市里的彩电、录像机的普及率已经不亚于美国,差只差在好的节目不多。但反过来,美国电视上的好节目真的就很多吗? 我们这些外国人初来乍到时,看什么都新鲜,至少还可以学学外语,但看长了就发现并没多大意思。美国的多数知识分子是不看电视节目的,而且如果要是忙于工作,也不会有什么时间看电视。房子在国内当然小一点,也没有花园,最多是三室四室一厅的公寓楼。但就生活的基本需要来说,只要有一套带"双气"的房子,不是住大杂院、筒子楼,自己再装修得好点,也就说得过去了。其实在美国的许多人,居住条件也不过如此。前年一位朋友回来时我对他说:国内现在可以说什么都有了,只是还缺一辆车。结果这句话在美国的朋友中间传了开去,后来人们见到我都问是不是真的。为了证明的确是真的,我后来又倾其所有买了辆国产的吉林微型面包车，当然远比不上我那些朋友们的车好，但终于也能以车代步。于是我就可以把那句话的后半截也删掉了。如果谁还能从国外带回一笔美元，情况自然就会更好，可以买一辆更好的车。回国后的物质生活水平是否下降，是由一些具体的指标来表示的，当时中国学生议论当中谈到的对回国后个人生活方面最担心的事，我归纳为三个具体"指标"，一是房子，二是车，三是能否每天洗个热水澡。前两个指标都说过了，后面这个在美国养成的"臭毛病"，现在似乎也不难解决，有了燃气热水器，我这几年也一直保持了这个习惯下来，并没因回国而放弃。我个人还有一个在美国养成的臭毛病：喝咖啡，这几年也居然保持了下来，而且越喝越多了。最初还是靠朋友从外面带回几包，或者花点外汇去买，后来发现了云南出产的咖啡豆，制作水平虽不能说就赶上了哥伦比亚咖啡，但也所差无几，我已相当满足，于是便大喝特喝起来，每天早上将咖啡豆现喝现磨，滤出一大壶，满室飘香。比上不足、比下有余，也是我这个人没出息的一种表现吧。

　　谁也不会说，国内的物质生活条件就已经赶上了美国，即使在大城市里，也还有很大的差距。我的那句"什么都有了"的意思是说，就我们觉得说得过去的水平而论，国内已经不错了。我相信我的那些朋友们，其实也是在这样的意义上理解那句话的。而且，据我观察，对于国外的相当数目的留学生来说，物质生活条件方面的要求其实是相当容易满足的，没有过高的奢望，只要有一个基本上方便、舒适和体面的生活条件，谁也不想去花天酒地，也不想怎么样地特殊。单就目前的国内物质条件而论，就足以使一大批留学生回国来工作，美国在这方面的吸引力也就不会再在人们的选择中起到多大的作用。

事业的"情结"

　　对于多数留学生来说，考虑的一个最重要的问题，还是留在国外干什么、回来又能干什么？

　　这个问题可能对一些人比较容易回答，对另一些人则比较难于回答。如果不过就是想"干活吃饭"，那么当然留在美国最好。中国也是干活吃饭，一人一年收入把房子、劳保什么都算进去不过两千美元，在美国扣了税、保险费等等至少也得两万美元，即使物价有许多不可比的因素，但总归是早早进入小康了。但是稍微想干成点事情，"事业有成"，问题就不那么简单了。搞学术、干技术一类的事，特别是一些"无国界"的事,国内国外可以说一样干,国外干的可能条件还更好。比如,我常想搞自然科学研究、无论基础理论还是应用技术的人,的确有一万个理由留在美国。我在哈佛的一些学自然科学的同学,整天想着的是将来得诺贝尔物理奖、化学奖的事,一没了那些先进的设备和一流学府里的学术气氛可能也就做不成了。搞技术也是这样。毕业后到"硅谷"找个工作,3年一小发明,5年一大发明,薪水在10万以上,还能申请专利,或自己开家小公司。但一沾"社会"、"民族"、"文化"这些有点国界的事,情况就不一样了。想搞政治当然是最不行的,第二、第三代美国出生的华人,现在最多不过在州政府里任个局长什么的。二三十岁才到美国留学想搞政治是不会有大前途的(在美国搞中国政治另当别论)。经商搞管理,可能能搞个小公司发点小财,为后代积累点资本,但迄今为止我没听说过第一代留学生搞出了大企业、发了大财。生意经在全世界都有共同点,都得熟悉市场、有关系、有门路、善于推销,做成大买卖实属不易。美国那地方市场又是那么拥挤,竞争那么激烈,占领一小块地盘都是那么不容易,年生意额做到一千万美元,咱们听起来不少,在美国也属"个体户"一类。学法律的搞研究可能还能出点名堂,但想当个名律师恐怕困难。

就其他社会科学诸学科来说,比如像我们搞的经济学来说,我个人是仍然相信科学无国界的,特别是在基础理论层次上,我不相信存在着什么美国的经济学、中国的经济学,等等。因此,我想尽管我们30多岁才出国学习,但只要走对了路子、又能付出一定的努力,在基础理论或者说一些"纯理论"研究上,还是能够有所作为的,也能利用现代理论来分析一些我们国内的具体问题。但是如果应用理论解决一些西方国家的具体问题,在美国的经济学界进入"主流"里去,针对新的实际问题提出新的理论,或者是应用理论搞出些政策分析,我们已是"先天不足"了。经济学毕竟是一门社会科学,不是生于斯、长于斯,对现实中那复杂的运行机制,你学都学不过来,也就难免总得跟在别人后头爬。记得1986年在美国赶上里根政府搞了一些税制改革。一个普通的美国人,对这一改革的影响,包括对自己收入的影响和对邻居的影响,都了如指掌。而我,说起来是搞经济的,却对这一税制的效果怎么想也想不清楚,又不好意思用这么个简单的问题去打扰大教授,只好问我的那位根本没有学过经济学的房东,请他们给我讲解。研究美国经济不行,当然就只好研究中国经济,但且不说身在国外,长期脱离中国经济的实际,能不能搞好中国问题研究,一个不大不小的困难是:在美国学术界,有一条不成文的"惯例"：中国人自己不能成为"中国问题专家"，因为总受人怀疑在你的研究中带入了本国人的某种偏见，似乎总不会"客观公正"。纯经验材料分析还好说，一涉及"政策研究"、"趋势"研究之类，人们（当然首先是"外行"）总是先去读 Smith、Jonse 之类名字下面的文章，Zhang，Wang 之类的都有"不客观"的嫌疑。我不知道这一外交界的"回避"政策是怎么应用到学界来的，也不知今后是否会逐步有所改变，反正在申请研究经费、就业等方面，总是构成了一种无形的障碍，本来中国人研究中国问题的优势，反倒成了劣势。至少，就多数想在美国学界站住脚的中国人来说，在美国研究中国问题，得当一个"副业"来搞，主业还是得搞纯理论什么的。你要是以中国问题为"主业"，至少会被一些人认为是投机取巧，是"没出息"，到时候晋升就成了问题，所以为了晋升正教授、在学术界站住脚，至少一些年内不得以中国问题研究为"主业"，最多是在写学术文章时把中国的某种现象作为例证加以分析。

但问题是，对于 30 多岁才出国的这批留学人员来说，实在太想搞中国问题了。后来一大批 20 来岁没参加过工作大学毕业就出国留学的人，有许多是抱着"一走了之"的态度出国的。"中国问题"不能说完全不关心，但很难说达到"刻骨铭心"的程度。而对于我们这些经历过"文革"、下过乡、工作多年的人来说，中国问题不仅仅是"祖国"的问题，而是已在我们脑皮上划出了"太深的沟"，可说已形成了那么一种"情结"。这完全可以不是出于"爱国"，而只是出于对自己长期关切的问题的"执著"。你放不下它！学了更多的知识，你就更想去澄清那里还存在的"谬误"，更想去对那里存在的问题进行一番论证、说明，对解决问题的办法提出自己的看法，等等。所以，据我观察，许多身在国外的人，内心深处都有那么一种矛盾：既想在国外学术界站住脚跟，不愿放弃艰苦奋斗好不容易得到的一切，又总觉得在其中浪费了许多时间，没能去干自己真正想干、真能大显身手干出点名堂来的事。

中国经济学界可干的事情实在是太多了，其中许多是基础性的工作。不说我们正在搞的经济改革，有大量的新问题需要研究、解决，出政策、拟对策，单就"经济学"这一学科本身在中国的发展来说，就有许多事情需要赶紧做起。迄今为止，我们大量的经济学著作，还是以 50 年代初苏联《政治经济学教科书》为蓝本和基础的。不说这一蓝本与发展到今天的经济学毫无共同之处，也可以说是只包含了很少真正属于经济学的东西。而且那一套东西，正如我在《现代三大经济理论体系的比较与综合》一书中所说的那样,实际上不是包含了各种经济理论的优点,相反,是集中了许多"缺点"。比如,它号称是马克思主义的,但马克思主义经济学最鲜明的特征是用经济利益矛盾、经济冲突来分析经济现象,比如用"阶级斗争"来分析资本主义经济问题;而那一套所谓的马克思主义经济学却整天在那里说我们的经济中万事和谐,人们都"同志式地相互协作";不相互协作,而是相互扯皮、相互封锁、相互争夺,以至于不"进贡"办不成事,则只被说成是"旧社会残余",结果残余来残余去问题反倒越来越严重,那套理论也就变得越来越"没味儿"。这种不分析现实矛盾并用利益矛盾来解释经济现象的理论,其实正是马克思所批判的那种鼓吹"和谐"的"庸俗经济学"的特点。从另一方面说,马克思主义经济学由于其创始人在当初的主要目的是"革命",所以并没有对如何有效配置资源、怎么才能更好地配置资源、个人和企业追求利益最大化的经济行为等问题进行全面深入的分析。而那套苏式蓝本又教条主义地把自己框死在早年社会主义理论家提出的几条对未来社会的设想当中,也不去深入进行这些方面的分析,并一味地排斥在这些方面作出了贡献的许多西方经济理论,甚至连讨论它们提出的论题都成了"反马克思主义",结果是把经济学搞得越来越不像经济学,更不要说是能够科学地说明现实经济问题、能够对发展经济真正有用的经济学。

要想改变这种情况,使中国的经济理论在新的更加坚实的基础上得到发展,我想至少有相互关联的两大理论工作需要抓紧进行:第一是搞清楚马克思主义经济学与现代"西方经济学"之间的关系,不再搞教条主义,用人类的一切科学成果武装自己。我不同意有的人不懂马克思主义、出国学了现代经济学就把马克思主义经济学说得一无是处,正如我不同意有的人不懂现代经济学就把它说得一无是处一样。马克思主义经济学(我这里说的绝不是"苏联版本"的那种把自己经济搞得一塌糊涂的"经济学"),首先与古典经济学一样都对整个经济科学的发展作出了重大的贡献,即使到了今天,许多新马克思主义经济学家仍然从马克思提出的一些原理出发为经济学的发展做出了新的贡献。同时,我们还必须看到今天的经济学已不能局限于马克思主义本身所特有的原理和命题,要想解决今天的经济问题,就必须吸收和利用人类发展起来的一切科学成果,使我们的理论有更广博、更坚实的理论基础,使我们的经济分析有更现代的方法。新一代的经济学家,必须用已有的一切成果武装自己,才能站在前人的"肩上",向更高的科学领域攀登(我自己回国后完成的博士论文并改成专著于 1990 年出版的《现代三大经济理论的比较与综合》,就力图在这方面进行一些初步的探讨)。第二,要在新的理论基础之上,利用现代经济学的原理和方法,对我们自己的经济体制和所面临的经济问题,进行系统的分析。现在经济学越来越明确地不把经济运动看成一种类似机械那样"无生命"的体系,而是把它看成个人、企业、政府等经济主体追求各自利益最大化的行为,以及各种经济行为主体之间相互冲突、相互制约的一种结果。对个别经济主体的"行为分析",应成为一切说明体制现象、生产与交换问题以及一切像物品短缺、通货膨胀、经济过热、经济波动等宏观经济问题的基础。只有系统地搞清楚了个人、企业(各种经济类型、经济成分的企业)、政府部门等等在一定经济体制下的行为方式,才能系统地说明我们整个经济运行方式的特点和运行结果,说明各种经济现象,也才能为经济改革和经济发展,提出系统的、有效的、前后一致的,而不是"头疼医头、脚疼医脚"、自相矛盾、朝令夕改、缺乏有效性的经济政策。我回国后主笔完成并在1990年出版的第二部著作《公有制宏观经济理论大纲》,就是力求在这方面做一些探讨。我现在写这本书,用意之一,可以说也是想以一种"理论性"不那么强、较为通俗的方式,进一步表明现代经济学必须以分析人们的行为作基础。这些工作不是一两个人可以完成的,需要有一批人扎扎实实地逐步做起,相互讨论、相互批评、开展争鸣,一步一步地积累知识,一步一步地扩展成果,从各个角度推动整个我国经济学理论研究的发展。

这些工作,或许不成为其他一些人关心的问题,但的确在一定程度上构成了我的一种愿望,或者说,一种"偏好"。我最初接受的就是中国的"传统经济学",学会了它的一套语言、概念和方法,深知其局限性之大,所以很早就想为改变现状做点什么。从大学高年级以后,我学习各种经济理论和方法,可以说就是在为从事这些工作做准备,就是抱着这么一个方向,带着这些问题去学习的。并且为了少犯错误,避免将来后悔,还尽量多学少说,一直以学习为主,在许多问题上有想法也尽量"克制"着不发表出来。现在学了一圈,自己感到确实有了新的长进,"悟"出了一些东西,却要我突然放弃这些问题,把已经想好了的一些话憋回去不说,留在美国去干别的,那实在是有点不甘心了! 至少也得把它们说出来,把十来年一直想做的工作做出一些、告一段落,了却了这一桩心愿以后,再去干点别的,才说得过去。况且在我学习的这些年里,一些不懂真正的理论为何物、不知理论的作用在何处、不知理论研究乐趣何在的人,还经常有意无意地指责搞理论的人,把我们的努力说成为做无用功,说理论研究没有用处,解决不了问题。因无知而狂妄,因浅薄而狂妄。单单是为了让更多的人理解理论工作的真正意义,也值得我回国去尝试一番。若我就这么"不了了之",内心里总会有一个声音在抗议,总觉得自己想做的事总还是应该尽量有头有尾地去做,不管是否能真的有成果,至少要尽力去试一试。社会和学术界总是要有点分工的,不管别人如何,我就先来按照我的"特殊偏好",做一些我愿意做的事吧。

外来人的位置

二三十岁到外国生活的人,无论其社会地位高低如何,我想一辈子都很难消除与社会或"社会主流"的隔膜感。你可以读书、看报、看电视新闻、听课、考试、学术交流、与当地人交朋友,一切似乎没问题,然而总会有点什么东西,是一个不是从小生长在那里的人所无法透彻理解的。在大学饭堂里,在研究所休息室里,我经常可以见到坐成一圈的美国青年人在那里侃大山。有时那些人我全认识,平时与他们单独交谈甚至开开玩笑,也全没问题、没有障碍,但是他们自己一坐到一起侃起来,你却大半不能听懂,就像我们北京的哥儿们坐在一起谈天说地时,别说外国人恐怕连外地人也听不明白的道理,是一样的:他们用的是自己的语言,只有从小生长在那里的人,长期经历过共同的年月、事件,看过共同的小说、电影、电视剧的人,才能共享的特殊语言。我想,那些东西才是文化的真正个性,相区别于别的文化的东西。每当此时,我就回想起在大学、社科院研究生院里我们一帮子硕士生、博士生在饭桌上、宿舍里,海阔天空、意气风发大侃特侃的情景,而在这些美国人当中我总会立刻觉得自己是一个外人,甚至都会尽量避免掺呼进去。因为你的加入,会立刻使谈话的风格变味,为了照顾你的加入,别人会尽量使用一些你能明白的语言,那是很扫人兴头的事,还是识趣避开为好。这种语言和文化上的差异,也表现在生活的许多其他方面,比如电视上的新闻、政论及一般的电视"正剧",你是看得懂的,而一些专靠用俚语插科打诨的喜剧、幽默表演,也许是我的英语水平不高,反正大多数情况下感觉只能听得懂六成,有许多笑话你听懂了也无法欣赏,因为你不了解那笑话背后的"掌故"或"出处",就像一个外国人中文再好也不一定能欣赏我们的许多相声和笑话一样。也许待的时间长些会好些,但我不相信这种障碍对我来说能完全克服。中国人之间,若不是很亲密的朋友,对于这种身处异国所遇到的"障碍"经常是讳莫如深的,谁都想表现得"我已很美国人"的样子,但据我观察"第一代中国人"很少真的如此，比如我不止一次地听到有些年岁大的人说听不懂孩子们（"第二代"当地成长起来的中国人）之间说的话。而那"第二代的中国人"又不同你说话、不屑与你说话。别的地方我不知道，在哈佛的研究院里，中国留学生可以和任何一个国家来的任何肤色的学生交朋友，就是很难（如果不说"无法"）和那些第二代的中国学生交朋友——他们正努力彻头彻尾地加入美国社会的"主流"，与你交朋友会有损他们的"美好形象"！就像阔人不愿与穷亲戚来往的道理一样。

用不着别人对你"种族歧视"，单就你无法完全掌握和了解这一国家的语言、文化，感到是外人而不是主人这一点，就足以使你有一种"二等公民"的感觉。我之所以看到那些美国的大学生、研究生相聚侃山，便想起我们自己在国内学校里的类似场景，心中有股伤感，就是因为我们在一起时也是一种傲视众生、不知天高地厚、一切舍我其谁的"主人翁感"。而在美国社会中，我们却只有"俯首称臣"，不是我们从人种、从能力上低人一等，而是先天就缺乏在一个陌生世界当主人的资格。这种反差是最明显、最让人感到不舒服的。

我不想给人以印象，好像在美国社会中对亚裔或华人的歧视或排外倾向有多么严重。在西方国家中美国因其本身的多民族特征，种族歧视和排外情绪应该说是最轻的。各阶层的人对中国留学生也都很有好感，华人在各方面成就卓著，有目共睹，赢得了各界的尊敬，特别是在学术界、科技界，就更是这样。我想说的只是，出于种种原因我个人有时会有那么一种隐隐约约、时强时弱的"二等公民"的感觉。

"代价"与"良心"

尽管有了以上的种种考虑，如果当时"不回来"，仍然还不是件完全不可能办到的事；而如果在良心上会没有负罪感的话，我可能也就留下了，但情况并没这样。

首先，是留下来不再那么容易。由于当时去美国的访问学者里不回国的越来越多，中国政府与美国政府协商，达成了新的协议，规定不再对中国学者实行特惠政策，而是要与其他国家的访问学者一视同仁，访问期满后必须回国工作一段时间后，才能再以其他理由（当学生的 I-20 签证）申请入境，而不能不回国就将身份由访问学者转为学生继续留在美国。这就是说，我要想留下来，就面临着新的成本代价：要么是费半天劲申请学校，结果不被批准，还得回国。当然，回去的路也并不轻松容易。一旦选择"回去"，我不仅现在就要沉下心来努力学习，打下一个较扎实的基础，以后还得靠自己努力，补上几年没能学到的东西。但相比之下，当时如果选择留下代价要大得多，风险也大得多，而且可能是浪费了时间再也无法补上了。

其次，还有一个"良心"的问题。我当时还不是中国社会科学院经济研究所的正式研究人员，而只是一名博士研究生。这么一个宝贵的出国进修机会，是所里多少人都希望争取到手的，所领导把它给了我，一定是个困难的决定。而且我是社科院第一批受福特基金会资助的青年学者之一，我的"表现"可能影响到以后交流项目的进行。我回还是不回，可能关系到后面的人能不能再出来。所以说，我不回去不仅是个简单的"利己"问题，而且可能发生"损人"的影响。我不想说这是个"道德"问题，而只想说它有"责任感"的问题：一个人活在世间，多少总得讲点信用，讲点责任感，讲点"还报"。有一次我和一个美国经济学家谈到中国人的性格，究竟与美国人相似还是与日本人相似，我未加思索就说中国人与日本人有共同的文化背景，所以与日本人更相似；但他说，据他对所认识的、听说的中国人的行为观察，他认为中国人与美国人其实更相似。因为日本人讲究"团队精神"，公司派出的人没有人不按时回去述职的；而中国人则更像美国人，以"自我为中心"，是不大顾及别人、"团队"或国家的。细想一想，我不能不承认他是对的，特别是这几年，特别是在出国的问题上。我不想修身成一道德先生，自我标榜与我的某些同胞如何地有别，但一些做人的基本准则，总还应该有所顾忌。负责任的人能得到人们的信赖，别人将乐于与你共事，你在与人打交道的过程中可以节省不少"交易成本"。从这个意义上说，守信用、负责任是"合算的"。

总之，就是在这样"前思后想"和"左顾右盼"中，我最后选择了回来。我只是我，我选择回来，对错与否与别人回来的对错与否没有关系，是不可比较的。人有各自的特殊情况，各自的特殊偏好、条件、考虑；个人有权根据自己的情况来选择自己的道路，这是我的"信仰"。我只是根据自己的特殊情况做出了我的特殊选择，人各有其活法，谁都不能轻易对别人说三道四，更不用说一些人还是"不得已"而留下的，条件若不同可能也会选择回来的。就我个人的选择来说，当初认为是对的，现在也还是这样认为，但是不排除将来有"后悔"的可能，那是将来的事，来日再去评说吧。

偶然性的作用

必须承认的是,理论虽然是把实践中的东西加以概括、总结、归纳的产物,但却永远不可能反映实践的全部内容。我们前面分析的影响选择的因素,只是一些较为主要的因素。在现实中,当我们面临一个具体的选择问题时,还会有许多较为次要的、有时是很偶然出现的因素,也会影响到我们的决策,比如当时的情绪好坏,碰到一件好事或一件坏事,刚生了一场病,刚听到一个故事或一个谣言,刚作了一个梦,触景生情、见物思人,等等,难以穷尽。一件小小的事情也会对一个重大的决策产生某种影响,而且往往很难说它们以何种方式发生影响。借用物理学中的术语,这些较小的、较为次要的因素,可以被统称为"噪音"。它会以一种不规则的方式对"演出效果"产生影响。

如果有什么例子可举的话,我倒想起,曾有两段音乐("噪音"),十分偶然地在我一生中的两次较为重大的选择过程中起过一定的作用。一次是在1975年,在我犹豫是否要从东北黑龙江生产建设兵团转到河北农村插队的时候,在北京听到了一首气势磅礴的苏联乐曲《黑龙江的波涛》,导致我当即决定"转插"。另一次"噪音"就发生在美国,导致了我回国的决定。

1986年春天,一位在美国开小旅店的中国朋友请我帮他开车去趟纽约。那是一种中国学生或中国移民开办的、专门招待中国来客的个体小旅馆,主要是为那些来美作短期(两至三个月左右)培训或访问的国内团体服务。波士顿周围有许多高科技企业,国内一些部门购买了这些企业的设备、技术,就会派人来此接受培训,由于时间较短,吃、住、行的问题都不好解决,美国的正式旅馆又太贵,于是应运而生了一些中国人办的简易而便宜的小旅馆。几个在当地工作学习的中国人合伙租下或买下一幢居民小楼,稍加改装,每间房子里放上两至三张床,一幢楼可住二十几个人,生活条件比不上住正式的饭店,但伙食费、交通费、旅游费都打在住宿费里,有专人做饭吃,上班有车接送,合同上还写明住宿期间安排几次旅游,比如去纽约购物,去华盛顿参观,去尼亚加拉大瀑布观光,等等,每天每人不过才交20多美元。那次是周末,"店主"请我开车带客人们去纽约购物,240多英里,当天来回;有报酬,可以赚点外快,我又喜欢开车跑长途过把瘾,加上当时正为究竟将来是留在美国学习与生活还是学成之后立即回国工作的问题而犹豫苦恼,烦躁不安,正好可以出去散散心,因此可算是一桩美差。

中午前赶到了纽约,我把客人们放在一家中国人开的专为中国游客服务的商店,约好转移到另一家去的时间,因付不起停车费,就开车在 32 街至 38 街那一带转了起来。天气很好,初春时节,阳光灿烂,空气温润。星期天的中午,纽约街头挤满了各色人等,熙熙攘攘,出入于各种商店之间。纽约人种之杂是世界闻名的。记得我刚到美国第一次走进纽约地铁车厢时,环顾四周差点笑出声来:一个地铁车厢可以说就是一个"人种动物园",而且这些来自世界各个角落的"人种动物们"还在那里读着刚出版的各种文字的报纸!他们当中的许多人都是以纽约为生活的一个新起点,在这里或是挣扎或是奋斗。

我开的那辆车是旅店刚买来不久的一个能坐 13 个人的"道奇"牌面包车,很新,里面装有一套 8 个音箱的高级音响设备。我把收音机调到一个立体声调频古典音乐台,尽情享受我自己那辆破车里不具备的先进设备。美国的调频台 24 小时播放,每个大城市里可收听到二三十个台,多数都是音乐,并且都是专门播放某一类音乐的"专业台"——一个频道 24 小时专门播放一种类型的音乐,如爵士乐台、轻摇滚乐台、"重金属"摇滚乐台、轻松音乐台、乡村音乐台、民歌台、古典音乐台等等,当然多数是通俗音乐,最多的是摇滚乐;古典乐台的多少取决于一个城市、一个地区的文化氛围,一般说来中产阶级集中的文化教育水平较高的地区,古典音乐台就会多些。纽约市有 3 个古典乐台,一个专门播放歌剧,两个播放古典乐曲。那天中午一个古典乐曲台正在播放莫扎特的第 21 钢琴协奏曲,色尔金钢琴独奏,阿巴多指挥伦敦交响乐团协奏,无比完美享受,真希望就永远地这么开着车转下去,音乐也永远不要完。

转过一个街角,我停下来等红灯,乐曲大约正进行到第二乐章慢板的中部。钢琴刚起,清亮而悠扬。一位知识分子模样的白种美国中年男人正过马路,似乎是因为听到了音乐,略带惊讶地望望我的车、望望我,斜过身朝我走来,走近时脸上露出了笑容,冲我大声说,"好美的音乐啊!这是莫扎特!"我也朝他笑,答到:"这是色尔金、阿巴多和伦敦交响乐团。"他更笑了,似乎遇到了知音,朝我举了举拇指,低头静听了片刻,一边离开继续走他的路,一边若有所思地朝我点点头,半是对我半是自言自语地说:"呵,你也喜欢古典乐!"

我清清楚楚地记得他的原话是"Ah, you too like the classical music!""too"

(也)字略带加重,还特地放到了动词的前面。我不知道他实际想表达的意思是什么,或许是我自己过于敏感,"以小人之心度君子之腹",反正当时我从那句话中听出的是"你居然也……"的意思,是在说"你居然也喜欢古典音乐"!?。那大面包车里传出的古典音乐在纽约街头的确可以说是相当奇特、甚至是相当"不和谐的"。人们更习惯的是那些摇滚乐之类的流行音乐;我也没有听到过有哪辆纽约街头的车里传出的不是摇滚乐;而我,一个开着面包车夹杂在纽约中区 30 几街各色大小运货车中行进着的中国青年人,"居然"在听着古典音乐!

在下一个路口拐角处,我一不留神差点撞倒一位黑人老太太,吓得出了一身冷汗。望着街头那民族人种大混杂的人群,我又一次问自己,为什么非要在这里做一个"二等公民"?纽约应该说是全美国最没有种族偏见的城市了,因为在街上本地白人已是"少数民族"。纽约尚且如此,别的地方可想而知了。在专业领域内,我们可以卧薪尝胆、刻苦奋斗,争取赶上人家甚至超过人家,可以赢得人们的尊敬(事实上在知识专业领域内,在同行之间很少存在种族歧视,知识分子一般都能首先尊重知识),但在大街上,在这人群当中,你却已无法改变你的黄皮肤、黑头发,无法不让人家用另一种眼光加以"认同"。也许我不过是"自我歧视",但如果我到处总会有这么一种"自我歧视"的敏感,显然活着就总会不那么舒服。

我最终决定回国,主要地当然不是由于在纽约街头有人对我说了句"你(居然)也喜欢古典乐";但那天从纽约回来,我心中的天平,明显地向"走"的方面倾斜了一些。不久,就做出了我一生最难做出的一个决定:回国。

创办《中国经济评论》(*China Economic Review*)的始末

单伟建

太盟投资集团主席兼首席执行官,曾任美国宾夕法尼亚大学沃顿商学院助理教授

　　我第一次参加"中国留美同学经济学会"的会议是 1986 年五月底。当时我在加州大学伯克利读博士学位已经四年了,感觉总算快熬出头儿了,到波士顿开会其实就想去玩玩儿,会会朋友,散散心,难得的轻松。会议是在波士顿的哈佛大学举行的。那时大学已经放暑假,校园里很清静,我们就住在人去楼空的学生宿舍。学生宿舍很简陋,共用的洗手间在走廊里。美国各个大学的学生宿舍都不过如此。那是我第一次去波士顿,春天的波士顿很美,尤其是穿城而过的查尔斯河给这座古老的城市平添了无限的妩媚。河的两岸都是如茵的绿地和繁茂的林木,沿河的小径上跑步、滑旱冰和散步的人往来不绝。波士顿和哈尔滨在同一个纬度上,冬天极冷,滴水成冰。一旦春暖花开,蛰居了一冬的人都钻了出来,成片地或趴或躺在草地上晒太阳,像旧金山渔人码头上一群群晒太阳的海狮海豹一样。波士顿是个大学城,人文荟萃,名校哈佛、麻省理工学院等都在这里。

　　这是学会第二次开年会。学会成立在 1985 年,我当时并不知道。后来才知道是在普林斯顿大学读书的杨小凯和于大海、在哈佛学习的钱颖一,以及在加州大学戴维斯就读的海闻等人发起创立的。我知道留美同学经济学会的存在是加州大学戴维斯读研究生的金曦告诉我的。她到伯克利来,给了我一份似乎是油印的小册子,是留美同学经济学会出版的刊物。这本小册子所刊登的都是学会成员的文章。据我所知,当时极少有中国的留学生已经完成学业,所以学会的成员几乎都是研究生。还有一个共同点就是几乎所有的会员都在国内读了大学,再到美

国去读研究生的。当时直接到美国去读大学的中国人少之又少。既然学会的成员都是在读研究生，而且大多数可能刚刚入校不久，所以这个学会出版的小册子里刊登的文章基本上都可以说是学生的习作。

那本小册子里给我印象最深的是留美同学经济学会第一任会长、普林斯顿的博士生于大海写的一篇文章。他用美国基础经济学教科书的道理，分析和批评当时的中国经济体制。当然教科书是用简单经济模型的方式来解释经济学的基本概念，譬如"完善竞争"、"垄断"等假设的市场状态，和实际经济偏差很大，无法用来做制度设计的。其实既然是习作，学以致用，即便不大切实际，也是无可厚非的。但我也是入门不久，瓶子不满就想晃荡，而且吃饱了撑的没事儿干，于是写了一篇评论批评于大海的文章，也登载在这份刊物上。后来在波士顿的年会上第一次碰到陈平，他说我的文章写得不错，但用词尖刻了些，被评论的文章作者恐怕看了不舒服。在得州大学奥斯汀读书的陈平是我们中间的老大哥，很有威望。他的批评当然是对的。其实我也不过是一知半解，半斤对八两，并没有资格批评别人。但学会的刊物给会员提供一个发表习作的园地，锻炼大家分析写作的能力，提供一个相互交流的平台，凝聚会员的关系，功不可没。

此次主持年会的会长是钱颖一。陈平、张欣和杨小凯等人被当选为理事，陈平被选为候任会长。学会的制度是会长每年一换，但每次选举的是下一任的会长，被称为"候任会长"(President Elect)。到了下一年，去年选上的候任会长成为会长，年会上再选下一个候任会长。这个制度，提前明确了下一届的最高领导，免去了对接班人的不必要的猜测，保障了持续性。理事可以连选连任，会长只能服务一届。而且只有会长有候任制度，而理事都是当年选举，立即成为现任，服务期也是一年。次年陈平就任会长。他忠于职守简直奋不顾身，因病切除了一半胃，还玩儿命地干。

我在 1986 年底完成了博士学位。此前恰巧世界银行到伯克利来招聘，一来二去，我就变成了世界银行的"青年专业人员项目"("Young Professionals Program")的一员，并于 1987 年新年一过就到位于美国首都华盛顿的世界银行总部报到。当时在世界银行工作的中国人寥寥无几，我和杨昌伯是同时加入的，吴尚志已在一年前加入。开始工作不久，我就意识到世界银行是个世界级的大锅饭，并非久留之地。于是我开始给美国东部的一些院校写信自荐。然后就像游说一样在几所大学演讲一圈，之后就相继接到了一些大学的聘书，最后我选择了去宾夕法尼亚大学的沃顿商学院教书。

我再一次参加学会的会议是 1988 年的 7 月了。那是留美同学经济学会的第四次会议。会场设在我的母校。伯克利是个四季如春的地方，夏天不热，气候宜人。伯克利也是美国有名的自由主义的大本营，各路思潮在这里汇聚碰撞。70 年代嬉皮士和反战运动在这里最活跃，所以被美国人调侃为"伯克利社会主义共和国"。我 1982 年刚刚踏入伯克利的校园时，一抬头赫然看到学校的书店外墙的高处悬挂着一副红色大字英文标语，翻成中文是我很熟悉的语录："世界上一切反动的东西都是一样的，你不打它就不倒，扫帚不到，灰尘照例不会自己跑掉。"一瞬之间，我忘了身之所在，以为回到了"文革"时的祖国。书店里，马克思和爱因斯坦的大幅肖像并列挂在墙上。时值暑假，校园空荡荡的，只有我们这一群人增添了一点儿热闹。当时大家最关心的，不是在学校里学的那些东西，而是国内的经济体制改革和经济的发展，大家对国内的经济改革的实践和理论抱有浓厚的兴趣，所以国内来人的演讲都受到热烈的欢迎，听众座无虚席。

在这次年会上，陈平卸任，孙涤成为新任会长。1988 年 7 月 16 日会议选举新一届的理事，结果杨昌伯、徐小年、海闻、佐小蕾、许滇庆和我被选为理事。张欣当选为候任会长。我被分工负责学会刊物的编辑工作。这就是我和 China Economic Review 结缘之始。我做事情有些不自量力，想不干则已，干就得干出点名堂，所以打定主意搞一个有专业水平，可以进入经济学界主流的刊物。

我第二次参加中国留美同学经济学会时已经不是学生了。此后的几年中学会最早的一批会员陆续完成学位，渐渐分布到美国、中国和世界其他地方去"传道解惑授业"了。把学会的刊物变成一个专业的学术刊物既有助于引起对中国经济研究更广泛的兴趣，又可以给中国经济研究的学者提供一个专业发表的平台。在美国和国外的其他国家作学问，把文章发表在有分量的专业刊物上是有价值的，有利于作者在专业领域中得到认可和得到升迁。当然越有影响的刊物，越能够吸引有分量的研究报告，这样刊物和作者就相得益彰。但其实我的想法和学会当时的状况还是有些矛盾的。在此之前，学会的刊物是发表作为会员习作的园地，大概是来稿必登，并没有很严格的筛选。作者是会员，读者也是会员，这就好像学生刊物一样。现在我想办一个专业刊物，那么投稿人就不但不能囿于学会的会员，而且主要不可能是以学生为主的会员，再者读者对象也须扩大到整个学术界。如果这么办刊物，和学会的关系只能是个松散的关系，而且等于关闭了会员发表习作的场所。现在想来，我们当时应该办两个刊物，一个是有人负责继续办发表会员习作的刊物，另一个是我所主持的专业刊物。但当时我并没有虑及这个问题，以后也因此产生了一些矛盾。

我想按照美国一流学术刊物的标准和规则办刊物。我还想同时出版中、英文两个不同刊物，以便对中国的经济改革有所影响。我想国外和国内的学者研究问题的角度、研究的方法和作文的方式各异，而且一般来讲他们使用的语言也不同，所以如果仅仅把英文刊物的文章翻译成中文或者中文文章翻译成英文，结果可能是不伦不类。所以我决定中、英文两个刊物相对独立，在中美两地分别出版，编辑和内容基本上没有重叠。中文期刊的名字为《中国经济论坛》，英文期刊称为 China Economic Review，可以翻译成《中国经济评论》，也简称为"CER"。这样无论国内外经济学者，无论习惯使用中文还是英文，只要是研究中国经济的问题，都可以在我们的期刊上发表。我们邀请了中国社会科学院美国研究所的茅于轼老师做《中国经济论坛》的主编。茅老师曾在美国作研究，参加过 1985 年在纽约的年会和在 1986 年波士顿的年会，那时他负责学会在国内的分会。

按照美国学术刊物的规矩，稿件的采用完全遵循双向匿名审评制度。简单来说，编辑收到稿子，则将作者的名字删掉，然后根据稿子的学术内容将匿名的稿子寄给在该学术领域有一定造诣的两三位专家，请其审稿裁夺取舍。对于绝大多数的稿件，审稿人或者建议拒绝接受或者提出问题要求修改，几乎没有稿件审稿人"一审"就同意不加修改而予以发表。编辑收到审稿人的意见之后再将其匿名地转寄给原作者。一般说来，如果审稿人一致建议不予发表，编辑就只有退稿。如果审稿人的意见不一致，编辑就要判断是否退稿还是要求作者改稿以满足审稿人的意见。作者收到反馈的意见后也要决定是否愿意根据审稿人的意见修改稿子并书面向审稿人做出解释，然后由编辑再匿名送给同样的一组审稿人重新审阅。一般来说，需要绝大多数或全体审稿人同意稿子才能发表。如此反复，一篇学术文章少则几个月，多则一两年才能获得发表。这是一个很复杂的过程，但也是一个很严格、很公平而且不讲情面的过程。虽然也可能囿于审稿人的自身学问的局限将有质量的学术文章排斥在外，但恐怕没有更好的方法来确保一个学术刊物的质量。在这个制度之下，刊物的主编并没有多少独立的取舍权，他的主观好恶影响是有限的。这个制度基本可以保障刊物的学术质量。

我当时在沃顿教的是跨国公司管理，我的学术研究的领域，也是企业管理，主要的研究对象是医药尤其是生物工程技术的医药行业。所有这些，和中国的经济都是不大相干的。我如果发表一篇研究中国经济的论文，不会得到学校和同事在学术上的认可，不但对我的教职的升迁没有帮助，而且可能会被视为不务正业。所以我只能在业余搞 CER。在大学教书并不轻松，尤其是发表专业论文的压力很大，如果一年当中不在自己专业学术领域中有影响的刊物上发表几篇文章，在美国所谓一流的学府中是混不下去的。我想把 CER 搞成一个专业刊物，就要投入相当的精力和时间，往往感到力不从心。我当时有一位助理研究员，名字叫做Philip Lee。我请他也帮助我搞 CER，但我没有多少经费所以给他的报酬微不足道，但讲好刊物出版的时候将他的大名以"编辑助理"的名义印在上面，这对于他来讲就足够了，将来在他的简历上，相信这段经历对他有所帮助。他给我帮了不少忙。

其后我要做的是找一个专业出版社，既可以印刷出版，又可以发行推广我们的刊物。我翻看了一遍我办公室的书架上的各种各样的社会科学各个领域的专业书刊，记下每个刊物的出版社的名字，然后我给他们一一打去电话，简单地介绍了我想搞的刊物，看看他们是否有兴趣做我们的出版商。对于有兴趣的，我就请他们提出条件。

这里要介绍一下，在美国几乎是任何人想办任何刊物都可以随便去办，毋须任何注册登记的手续，也毋须什么刊号之类，你今天想办，明天就可以出版，容易得很。当然例如散布儿童色情或恐怖主义之类明显违法的东西有执法机关去抓，否则没有人管你。专业书刊就更是如此。而且如果办专业期刊，只要出版商大概判断有一定的销路，创办人毋须创办费，一般排版印刷出版发行都由出版商包了，而向专业刊物投稿照例是无需支付稿酬的，所以办刊物真正可以是白手起家。出版商不但承担所有的出版费用，还酌情提供办刊物的经费，所以对于刊物的主持和编辑，几乎没有财务上的负担和风险。销路大的刊物，出版商还要和主办人分收入。所以我主办 CER 自始至终没有向留美经济学会要一分钱。况且我也知道学会自身的经费完全来源于会员的些许的会费，囊中极为羞涩，也不可能拿出多少钱来办专业刊物。当然在我卸任以前，CER 的销路还是有限的，所以我想出版商没有赚到什么钱。

当然出版商绝对不愿做赔本的买卖，所以他们在选择刊物上是非常挑剔的，他们一定要判断一个专业期刊有多大销路，出版发行这个刊物，是否能赚钱。只有在他们认为可以赚钱的前提下，他们才肯承担免费或由出版商出资出版的责任。专业刊物大多没有零售市场，因为专业刊物都很专业，曲高和寡，只有专家才去读，所以读者相当有限，与零售渠道无缘。专业刊物的销售只有两个渠道，一个是专业人士、学术或专业机构定购，另一个是世界各地的图书馆，尤其是美国大学的图书馆。据统计美国有十几万个图书馆，五六千所高等院校。图书馆讲究收藏齐全，如果一个大学图书馆没有订购或收藏一个有专业影响的刊物，那么就是欠缺。所以只要出版商判断该刊物是一般图书馆必须订购的，那么就知道它一定有销路。专业期刊都价钱不菲，像我们的 CER 初始时仅是半年一期，但订阅费对机构是每年 80 美元，对个人是每年 40 美元。如果 500 个图书馆订阅，每年就有 4 万美元的订购费。当然，我最后和出版商谈的条件是中国留美同学经济学会的会员订购费就更低一些，为一般个人订购费的一半，只有 20 美元。

我最终选择了总部设在康州格林威治市（Greenwich, Connecticut）和英国伦敦两地的 JAI Press 做我们的出版商和发行人。我选择它是因为和我打交道的负责人 Herb Johnson 先生很主动也很热情。我到格林威治去拜访他，当面谈妥了条件，并最终在 1988 年 9 月底与出版商签订了合同。JAI 不但免费给我们出版发行期刊，而且还每年提供我一两千美元的经费，用于补贴帮我干活的"研究助理"等等费用。坦白的讲，出版商对这个新生的刊物之所以有兴趣，主要是美国在当时没有专门研究中国经济的专业刊物，再有就是可以借助沃顿学院的声望。他们大概认为学会是个以学生为主的组织，担心学会的名字反而淡化刊物的专业形象，所以第一期发表之后，我惊讶地发现出版社在刊物上对中国留美经济学会竟然一字未提。后来在我的坚持下，他们才同意在封面"JAI 出版社出版"字样下用小号字体注明"与中国留美经济学会合作"。他们本来希望学会能够承诺每年订购若干份，但当时我心里完全没谱，我知道学会的成员大多是穷学生，很少有人能够自己掏出这么多钱订这份期刊，更何况可以在图书馆里看到的刊物，为什么要订阅呢？所以我没有替学会对出版商作任何订阅的承诺。

我需要一个过硬的编委会。编委的功能除了审阅稿件，还可帮助主编出谋划策。当然我想邀请造诣深、有相当名望的学者成为我们的编委，藉以提高刊物的影响力。我拟定了一个邀请名单，不少是研究中国经济问题的专家，但也有几位虽然没有研究中国但是很著名的经济学家，其中包括两名诺贝尔经济学奖的获得者，一位是当时在斯坦福大学胡佛研究院的经济学界的泰斗、货币学派的鼻祖

Milton Friedman 先生,另一位是我的同事,宾夕法尼亚大学的 Lawrence Klein 先生。Milton Friedman 婉拒了我的邀请,来了一封信,非常客气地说他已经身兼数职,所以无法正式加入我的编委会,但如果有需要他的时候,他还是愿意效劳的。后来我和 Milton 通信,他是有求必应,谦恭平淡,真不愧为大学问家。绝大多数受邀的编委都欣然接受了我的邀请。

最终的编委会包括了以下的成员:

编辑:单伟建(宾夕法尼亚大学沃顿学院),顾问编辑:茅于轼(中国社会科学院美国研究所,兼任中文版《中国经济论坛》主编)。编委会成员包括:William H. Davidson(南加州大学),Robert Dernberger(密执根大学安阿伯),陈平(得克萨斯大学奥斯汀),William Fischer(南加州大学),Tom Gold(斯坦福大学),Richard Holton(加州大学伯克利),Lawrence Klein(宾夕法尼亚大学),Nicholas Lardy(密执根大学),Kenneth Lieberthal(密执根大学安阿伯),Gregoary C. Chow(普林斯顿大学),Dwight Perkins(哈佛大学),Peter Schran(伊利诺伊大学),Roslie Tung(威斯康星大学米尔沃基),Denis Simon(塔夫斯大学),Ezra Vogal(哈佛大学),杨昌伯(世界银行),杨小凯(澳大利亚莫纳什大学)和叶梦华(乔治华盛顿大学)。

这是最初的编委会。后来随着不少经济学会的会员完成学业,步入各个学府成为教授学者,我们的编委会也发生了变化,后来加入的编委包括斯坦福大学的刘遵义教授和钱颖一教授,得克萨斯 A&M 大学的田国强教授,纽约州立大学的文贯中教授,印第安纳大学的易纲教授等等。

1988 年 10 月中旬左右我开始征稿。按道理说,应该是作者主动投稿,编辑通过审稿的程序决定取舍。但是写专业论文是需要作者投入大量的精力和时间,是报告对某个课题深入研究的结果,作者理所当然地希望这样的论文发表在有影响的刊物上。我们的期刊尚未问世,在学术界毫无影响,如何能吸引作者投稿是一大难关。而且,我们的第一炮一定要打响。如果首期刊载有分量的作者的有分量的文章,刊物就会有人看,有人订阅,有人投稿而形成良性循环。否则很可能胎死腹中。所以我不但需要广泛性地征稿,还要十分有选择性地约稿。

1989 年 2 月初我就陆续收到了不少的稿件。我把这些稿件整理了一下,分别寄送给编委会的成员,请他们审稿。那时电邮(Email)系统刚刚起步,用电邮通信尚属勉强,电邮附件在技术上还是办不到的。所以所有的信函往来都是靠邮寄,一来一回就要两周的时间,各位编委反馈的速度相差很多,所以一份稿件送出给两三位编委,往往要一个月才能得到反馈,很少有审稿人第一次审稿就一致同意发表的,往往即便赞成发表,也是要求作者做若干修改,解决若干问题。我把这些反馈寄给作者,作者修改之后,再送给审稿人重审。这样反复多次,文章才能最终接受发表。所以第一期的稿件直到 1989 年的 4 月中才整理齐全,交给出版商排版付梓。

由于当时留美经济学会的成员中已经完成学业开始教书或成为专业学者的仍然寥寥无几,所以第一期所发表文章的主要作者以美国学者为主。但这里有几个给我留下深刻印象的小插曲。

一个是杨小凯和 Geoff Hogbin 合写的一篇论文,题目是"The Optimum Hierarchy"(最佳的等级制度)。当时小凯刚刚完成在普林斯顿的博士学位。小凯是个独立思考者,在美国读博士前就自学了经济学,而且还有很多创造性的见解。我估计他的英文基本上是到美国读书后学的,所以英文写作是他的弱项,他当时也不大习惯美国学术文章的写作方式,所以他的文章结论下得很快,但论证不足,所以开始没有被审稿人所接受,而被反复要求修改。当他的稿子修改到令审稿人满意的时候,已经错过了第一期,而是放在第二期发表的。众所周知,后来杨小凯在学术上非常成功,颇有建树,但他的起步大概是在 CER 上。

和杨小凯有些类似的是当时在夏威夷东西方研究中心的汪丁丁。他的文章也是经过了几次反复之后发表在第二期上。后来我读了他无数的文章,远远超过经济学的范围,成了学贯中西的杂家大师,我估计他发表在 CER 的第一篇文章如果不是他用英文写作的处女作,也是早期作品之一。

第一批的稿件都是学术文章,只有一篇是例外。这篇例外的作者是普林斯顿大学的邹至庄教授(Gregory C. Chow)。邹教授的研究专业是计量经济学,他在学经济学的中国留学生中尤其大名鼎鼎。他在改革开放之初就多次到中国访问,并建立了一个邹志庄奖学金,我估计杨小凯他们几位在普林斯顿大学就读博士的中国留学生都是邹志庄奖学金的受益者。邹教授投过来的文章的题目是"Teaching Economics and Studying Economic Reform in China"(在中国教授经济学及研究中国的经济改革)。顾名思义,这篇文章基本上是个回忆录,描述了他自 1980 年多次访华的经历,包括和当时的国家领导人的交往。文章很有意思,但不是学术文章,和本期刊的宗旨不符。所以我就给他写了一封信,告诉他无法采用他的大作。邹教授相当的不愉快,打来电话,说我不采用他的文章等同于违反合同,因为他的文章是应我之邀而作的。我解释说确实是我约稿在先,但我清楚说明 CER 是一个学术刊物,对于"学术刊物"的定义和标准,几乎所有的学者应该是心照不宣而毋须特别说明的,回忆录一类描述性而非分析类的文章自然不属于学术文章一类。他不同意我的意见,说我应该去请教更有建树的经济学家,征求他们的意见,他可以肯定资深的经济学家可以看出他的文章的学术价值而同意发表。

我想我要是把他的文章拿给没有名气的经济学家去裁判,即便结果是不同意发表,邹教授也会认为审稿人的水平像我一样太低,不足为据。所以我索性把他的文章寄给了两位诺贝尔经济学奖的获得者,就是前面提及的 Milton Friedman 和 Lawrence Klein。一般来说,我把文章寄给编委或审稿人,都是将作者的名字隐去。但他的这篇文章无法作此处理,因为字里行间都是叙述他和各类人物交往的经历,包括和此人见面或和彼人吃饭等等,如果不知道作者是谁,就不知所云。结果 Milton 和 Lawrence 都很负责任地认真地读了他的文章,很快将他们的意见反馈给我。他们的意见和我一样,认为邹教授是很有造诣的经济学家,但此篇文章不属于学术论文,不建议发表。我自然没有告诉邹教授审稿人是谁,我只说明了他们是学问了得的经济学家。但是最终我提出了一个折中的方案:我在 CER 的第二期末尾开辟了一个题目为"Reflections"(回顾)专栏,把他的文章放在这个专栏里,以示与学术论文的区别,如此解决了问题。

CER 就这样起步了。1989 年的 5 月份,茅于轼主编的中文版《中国经济论坛》也在北京问世了。到了次年的 1 月份我在北京见到茅于轼。茅老师告诉我说会将《中国经济论坛》转托给当时也在座的樊纲主编。

CER 初创,最令我苦恼的是稿子不足。我们刚开始打算一年两期,以后逐步增加到每季度一期。但开始的时候,一年集成两期都相当困难。这主要是因为由于我面临着一个难解的矛盾。我比较严格地遵循 CER 的审稿制度,宁缺毋滥,所以质量不高,没有什么创见的文章就只能退稿。但真正有分量文章的作者却不大愿意把文稿投到我们这里来,而更愿意投到在学术界或专业领域中已经比较有影响的刊物上。美国和其他国外高等学府教授和学者的升迁取决于在专业刊物上、尤其是"一流"专业刊物上发表文章的数量。而我们的刊物刚刚问世,影响有限,所以高质量的力作投到我们这里,对作者的帮助有限。但当然好的文章对我们却是极大的支持,提高我们的刊物影响,真是很给我们面子。连我自己,仅仅在头一期 CER 上发表过一篇文章,以后就再也没有向 CER 投稿。我还清晰地记得收到一篇好文章时兴奋的心情,不亚于自己的文章被一流的专业刊物接受时的心情。我还记得有一次收到当时已经颇有建树的林毅夫的稿件,我非常高兴。果不其然,他的文章很快被审稿人所接受。他的文章"Supervision, Peer Pressure and Incentives in a Labor-Managed Firm"刊登在 1991 年第 2 期的 CER 上。

1990 年 8 月份,留美同学经济学会在加州大学的戴维斯开了一个有关中国经济改革的专题会议。70 多名学者参加了这次专题会议,其中三分之二为留美经济学会的会员,而五分之一的参会者来自于中国国务院的两个研究机构以及复旦大学和中国社会科学院。这个会开的很成功,会议上许多学者作了研究报告。其后,我邀请当时已在印第安纳大学任教的易纲作主编精选了会议上的几篇重要的论文,在 1991 年春季由 CER 作为一期特刊发表。而大部分在此期专刊上发表文章的作者都是学会的会员,其中包括朱民、王一江、肖耿等等。

1990 年到 1991 年之间,我几次回国,亲身感触到改革开放造成的生命力,已经渗透到中国经济的每一个层次和角落。1992 年,中国的经济又掀起一个新的浪潮,改革开放又得到了强大的推动。那时我在沃顿学院任教将近 6 年了,多少厌倦了象牙塔中的生活,尤其是越来越觉得我的研究缺少实际意义。中国市场的发展,强烈地吸引着我,于是就产生了回国干点儿实事的念头。后来学会的会员中有不少都是离开了美国的教职回国,大概都是经历了相似的感受历程。

我在沃顿教书,除了大学部、硕士和博士研究生部,还教授专门为高级管理人员办的训练班,再加上我经常有所接触的沃顿的校董会当中不乏成功的企业家,因此也和不少企业界的人士熟悉。譬如奥巴马第一个任命的中国大使洪博培(Jon Huntsman Jr.)就是沃顿的校友,而他的父亲也是沃顿的校友,他所拥有的 Huntsman Chemicals 是当时美国最大的私人拥有的化工公司。我记得在 1989 年曾经请洪博培到我教的班上作了一个演讲,其后和他吃了晚饭。我当时对他的印象是虽然他很年轻,但很有经验,头脑清晰,沉稳成熟,非常绅士,彬彬有礼。更难得的是他讲一口相当流利的中文。我当时在笔记里记述洪博培:"我看此君将来有可能当驻华大使亦未可知。"20 多年后,果然被我言中。由于认识这么一批企业界尤其是华尔街的人士,当中国市场的机会越来越成熟的时候,他们当中的不少人也劝我回到亚洲去,并给我提供了这样那样的机会,如此促使我下了决心。到了 1992 年的时候,我的去意已决。

1992 年的留美同学经济学会的年会是 6 月份在得克萨斯的奥斯汀举办的。

在此次年会上，我有幸与陈平、田国强、杨小凯和茅于轼共同当选为 Fellow 之一。在此之前，我就开始积极地物色接替我接任 CER 主编的人选。为此事我和学会的个别理事还有过争执。有一种意见是 CER 的主编应该是学会每年指定，这个意见我不同意，出版商更不同意。我的担心是如何保障刊物的学术质量、专业性和开放性，而不能使之仅仅成为学会的内部刊物。所以我想 CER 的主编候选人起码是已经在高等学府当了教授的，而且主编的任期应该相对稳定。经过一段时期的物色和筛选，最终决定由康纳尔（Cornell）大学东方研究中心的 Bruce Reynolds 教授接替我成为 CER 的第二位主编。

此后我就辞去了 CER 主编的职务，并于 1993 年的春第一学期之后辞去了沃顿学院的教职，回国下海了。

回忆留美经济学会初期

张　欣

美国托列多大学经济学教授，亚洲研究所所长

　　我1982年复旦本科毕业到伯克利读硕士研究生，专业是亚洲研究。1984年暑期转学到密执安大学读经济学博士前，我到世界银行实习。当时我在东亚部，杨小凯在农业部实习。他几乎天天到我办公室来聊天，从现代经济理论到他参与的农村改革，相得甚欢。华盛顿特区夏天挤满各地到政府国会律师事务所来实习的学生，能找到一个方便价廉的住房不是容易事。我在邓志端这儿住了几天后，同在世行实习的蔡金勇在华盛顿西北21街找到一间分租的房间，于是我搬去和他合租。过了些日子，于大海从普林斯顿来华盛顿做事，临时找不到地方，也和我们挤一间房子住了几个星期。

　　暑期结束后，大家各回自己学校。过些时候，小凯打电话和我说，于大海、钱颖一和他正在一起发起组织中国留美经济学生，计划在85年暑期聚集开会，要我也帮助他们传播联络。到了暑假，我开了辆刚买的二手车，找了王辉进、张帆等同学，兴冲冲地到纽约去开会。会场在纽约42街的中国领馆里面。除了上面提到的几个朋友以外，会上新认识的还有林毅夫、方正民等。参会会员约30多人，最后宣布成立留美青年经济学会（Chinese Young Economist Society）。然后选举于大海为会长，颖一和小凯是理事。大家合影并欢聚。方正民作为纽约的地主，带我们去观光。

　　第二届年会在哈佛举行，也是一群中国留学生。钱颖一组织会议，尽地主之谊。樊纲当时在哈佛做访问学者，帮助张罗会议，为大家提水送菜服务。茅于轼

老师也在。第二届选出颖一为会长，我被选为理事。

　　由于第三届理事有我和刘莉莉两个在密执安大学，因此学会决定第三届年会在密执安大学举行。随着中国的不断开放，到国外来留学的越来越多。来 Ann Arbor 参加第三届会议会的人已有上百人，我们借了一个大礼堂，还是挤得满满的。由于来往人非常多，发动了一批密执安的大陆同学来帮忙，接客送客，不亦乐乎，每天睡不了两个小时。那时到底年轻，能撑得住。

　　第三届大会年会有个有趣的插曲。会长竞选时，我主持会议。汪康懋出来竞选会长，洋洋洒洒，抬出一大堆头衔，爆笑会场。可是会议上有其他同学指出他在学历上作假，他在纽约大学（NYU）并没有如自己说的拿到过硕士。美国对学历掺假是很严肃的，因此汪康懋落选，大家选举陈平为第三届会长。康懋会后就拉着我抱怨，说是他人容不下他，造谣攻击。我劝他说，你还得听听大家的，做诚实人不会吃亏。

　　第四届年会选出孙涤为会长。第四届后期是一个非常时期。在美国的大陆留学生都非常关心国内情况。但是学会作为一个学术组织，又应该如何定位呢？大家在邮件的传送中，有很大的争议。有些同学认为也要参与政治活动，学会应该发声明公开立场。孙涤和我通了不少电话和邮件。我的个人意见是，学会是独立的学术组织，不是政治组织。在这个组织中，只要他承认学会的学术宗旨和推进中国经济发展的章程，不管任何人的政治背景如何，我们都要容纳。我们不是中国政府官方组织的留学生团体，而是独立的学术组织，不应该为任何政治背景所左右。小凯很支持这样的看法。我们的同感是，中国真正的民主，必须有其经济发展和改革的基础。学会做的事，应该是求在经济学术基础上的最大公约数。推动改革与发展，也是推动中国进步的实事。

　　由于1989年整个暑假对大陆的留学生是个特殊的时期，第五届年会延期到了1989年冬天在匹兹堡大学举行。由徐滇庆和匹兹堡大学的会员们做东道主，他们组织得非常热情，孙涤等也动员我去竞选会长。我起先有些犹豫，后来同意了。在竞选陈述中，除了学术方面，着重对学会进行定位。我说，学会是为独立学术组织，不受任何其他政治团体的影响。会上就有其他同学质询。我做了回答，大部分同学还比较认同。我被选举为第五届会长。之后，理事做了竞选陈述。记得海闻的陈述简短有力，就几句话"我愿意为大家服务。大家一直看到，只要让我做事，我一定尽力、一定做好！"赢得了一片掌声。汪康懋也出来竞选会长，但是留了一句，说请大家照顾，不能做会长也愿意作为理事来为大家服务。最后学会选出了理事会，理事为孙涤，海闻，左学金，史正富，汪康懋。

由于第四届年会时间有些推迟，因此我们决定这届要开两次年会。1990年夏天在加州大学戴维斯分校召开，海闻为会议主席。1991年夏天在马里兰大学开会，史正富为会议主席。汪康懋反复提出要分管论文期刊。我对康懋不太放心，但觉得也得让他有些事做，于是提出他负责会员通讯，由左学金来负责论文交流。左学金的才学，责任心，办事认真的态度，能让人放心。汪对此不甚满意，结果他并没有做会员通讯的事，而是左学金做的。后来他多次和我打电话和通邮件，说学会大会上大家对China Economic Review的事有争议，即大家认为学刊的归属关系没有写清楚。汪康懋提出他要去和主编单伟建谈判，然后他来代表学会做合作主编。我告诉他强调China Economic Review归属学会是一件事，他是否做合作主编则是另外一回事。两件事我都必须征求大家意见，我同时将他的信转给学会几个理事。汪康懋由此知道，我实际并不放心让他担任合作主编，因此他相当不快。后来他搜集了世界日报孟炫先生对我的一些报道文章，包在一个夹子里，在理事会上对我发难。由于他的指控没有得到其他人的支持，最后只能作罢。

学会的基本运作，除学术活动如出版会员通讯以及论文集外，担任CES会长最花时间的事，就是募款。其中比较大的开支是年会活动经费。特别在当时，学会还对参加会议的同学给予交通补助。我到纽约和福特基金会谈，希望他们能提供资助，让留学生到国内展开教学的计划。福特基金会本来就有这么一个目标，所以我们建议通过留美经济学会来组织其中的一部分工作。当时福特基金会的亚洲主任皮特·盖纳（即后来美国财政部长提姆·盖纳的父亲）同意了我的建议。我于是又提出，留美经济学会派出一个回国"观察团"，和教育部对话，探讨继续推动中国经济改革的项目的可能性。同时对国内高校的考察，以便回来后向海外的留学生汇报。福特基金会同意给予我们资助。我们也和中国大使馆联系了。当时我们用的名称是"中国留美经济学会观察组"，中国大使馆对"观察组"这个名称颇反感，但我们作了说明，他们也没再坚持要改，只是让我们把行程计划报告给大使馆。大使馆请示国内后，也同意了我们去国内考察。小组成员包括会长张欣，理事孙涤、海闻。还要有普通会员。因此征求会员自我报名，最后根据各人的情况决定两个。一个是阎炎，另外一个是肖耿。肖耿后来家里有事，不能成行。海闻家里有事，有一部分活动没能参加，如我们到教育部的访问等。

按照教育部和中国大使馆的要求,我们将要去访问的地方给了他们一个清单。后来在中国一路上还很顺利,和我们要求见的学校、研究机关以及个人都见了。在北京我们访问了教育部,教育部来了两个负责人,加上两个记录的秘书在场。双方有些争议,不过还是很职业化的。记得我们表示留美经济学会将继续支持和推动国内经济发展和改革,并希望教育部能支持留学生回国教学的计划。教育部负责人表示可以考虑,不过希望我们带口信给留美学生,如果回来的话还是能保证来去自由的。我们也访问了社科院,和董辅礽、赵人伟及他们经济所聚了。当时北京交通很堵,迟到了一个小时,可是董老师很耐心地等我们。访问北大时,北大一个副书记会见我们,刘伟也在场。第二天中午和当地的留美经济学会会员聚会,樊纲定了豆花饭庄,林毅夫用他的车来接我们。晚上由茅于轼老师安排,请厉以宁、董辅礽等京城经济学前辈在北京饭店吃了饭。谈的都是改革的事情。晚饭中厉老师最有谈兴。

1990 年夏天留美经济学会在加州大学戴维斯分校开年会。由海闻筹备组织。国内来参加的学者有杜鹰、王新奎等。为了省会议中的饭钱,海闻组织戴维斯分校同学们自己动手,烧饭做菜。海闻夫人小毕带着小孩到处张罗,我觉得很是过意不去。海闻做事和组织会议,尽心尽意,各个环节都很周到,不需我另外操心。大会上,请杜鹰和王新奎介绍了国内经济发展的情况。我则将回国的经历和大家汇报了。也鼓励大家报名参加回国短期教学的计划。

1991 年夏天留美经济学会年会,由史正富筹备组织在马里兰大学举行。这次会议主题是中国经济改革发展。在这个主题下,学会坚持的包容和学术的路线。我们收到了来自各方的捐款,没有一方附带条件。我也邀请各方面的经济学者,不管他们的个人背景,在大会上讲话。

这次会议上我到期卸任。我任期中筹款有 10 万多美元,除了各项开支外,还剩下有 2 万多元节余留给学会。当时会长的选举都是当年的,不像后来每年选的是下一年的候任会长。因此,下一任会长是谁如何接下去工作都有问题。因此会议前我动员田国强来竞选下任会长。国强开始不甚愿意,说他有很多研究计划,没有时间。我和他反复说,你应该当仁不让。你都是终身教授了,更该放手贡献。我又请小凯来帮我动员。后来在大家的鼓动下,国强出来竞选,并请了易纲做副会长。长江一浪推一浪,在国强、易纲等的下任几个会长的努力下,学会有了更进一步的发展。

个税扣除额调整的经济学与政治学

华 生

东南大学教授

个税扣除额或免征额,俗称起征点,准确地说是个人工薪所得纳税前基本扣除额,也称个人宽免额。客观的评价,个税基本扣除额调整本来是件小事。说是小事,一方面只是对 3 亿工薪族中占 75％以上不足 3 000 元月薪的人来说,基本扣除额调再高也与他们没什么关系,即使拿到 3 000 月薪的人扣除社保最多不过只交十几元个税,影响微乎其微。另一方面也是据财税部门的数据,基本扣除额提到 3 000 元,预计国家税收减少 1 200 亿,这只不过占去年国家财政收入的 1％上下(依口径宽窄而变),也是九牛一毛。西方国家议政从来很细,但个税基本扣除额每年只是顺带公布一下,从来不是公众话题。我们今天把这件小事炒作成热门焦点,其中的经济学乃至社会学政治学的含义,值得认真考察。

个税扣除额的经济学分析

中国当下大幅提高个税基本扣除额,单纯就经济分析而言,可以说是并无道理。首先,个人所得税的主要功能是调节收入分配。据纳税统计,在当今中国 72％的工薪收入者还达不到纳个税门槛。提高个税基本扣除额,2 亿多低工薪者不受益,只有几千万中等工薪者受益。其他条件不变,只会多少扩大而不是缩小收入差距,这和我们今天收入分配改革的方向显然不合。其次,大幅提高个税基本扣除额,也不会优化税收结构,因为中国个人所得税占整体税收的比重本来就极低,只占 6% 多一点,占全部财政收入就更少。相比就是被广为渲染实行了低税率的俄罗斯,个税占税收的比重也是我们的四五倍以上。因此税制结构改革的方向肯定是减少非税收入,降低商品类、流转类间接税占税收比重,而大幅提高个人所得税这样的直接税的比重。这次调整后个人所得税比重不升反降,显然就进一步扭曲了税收结构。

其三,大幅提高个税基本扣除额也无助于完善税收机制。这就与计划经济时代的价格调整一样,不管下多大决心,调到什么水平,过一段时间肯定就又不合适了。几年一次个税扣除额调多少的讨论折腾,其实是重复劳动,浪费行政和社会资源。所以我们看到在市场经济国家,个税扣除额每年根据收入水平和物价指数动态调整,是政府财税部门的一项例行业务工作,提不到什么好事坏事的高度。

当然,大幅提高个税扣除额确实做到了减税。这是它成为社会焦点的主要原因。不过如上所述,中国的个人所得税,比重很低,全减完了也降低不了多少税负。真要减税是要从庞大的税外财政收入和主要由消费大众负担的商品税流转税开刀。现在普通工薪阶层主要的负担和压力并不是个税,不说 3 000 元以下,就是 5 000 元月薪,税前扣除三险一金,现在只交不足 200 元个税。个税全部取消,他们的生活压力减少不了多少。相反,如果取消政府土地财政的税外收入,房价房租大幅下降,他们的生活压力就会大大减轻。因此,大幅提高个税基本扣除额,并不能真正达到减税的目的,更没有减在最需要帮助的低收入阶层身上,对中等收入家庭帮助又很有限,还带来了一系列副作用,应当说是得不偿失。

有人特别反对在个人所得税问题上做国际比较,其实个人所得税及其扣除额都是我们从西方市场经济国家移植过来的制度。不看榜样,我们自己就全无任何标准和借鉴。比如有人说大城市生活费用高,不同地区应当搞不同的扣除额。但放眼全球,即使在地方有立法权的联邦制国家,尽管地方立法征收的地方性个税免征额和税率均可自主确定,但一个主权国家内联邦个税的个人基本扣除额都是一样的。这不仅因为统一国家内人员的高度流动性,也因为这种差别制度并不具有可操作性。因为即使在同一个省区,大城市和小城市,同一城市的中心区和郊区,近郊区和远郊区,生活费用都差别很大,是否都要搞出许多不同的标准? 大城市中心区已经在竭力控制人口膨胀,我们是否要用更高的个税扣除额去增加中心城市的吸引力? 如此等等。显然,我们不能用自己一时的想象就自以为是地去替代别人经过长期实践的成熟制度。再如个税基本扣除额考虑的是一个国家在当下最低必需生活费用而不是平均水平。美国最新的个税年基本扣除额刚调升为7 550美元,约为每月4 000元人民币出头,比美国贫困线的水平还低很多,工薪收入者几乎人人纳个税,这并不表明美国的税制就如何不合理。因为基本扣除额高一点低一点对低收入者的影响都很有限。对低收入者的扶助要靠多种形式而不是靠简单和盲目提高基本扣除额。中国的人均国民收入和工薪水平只相当于美国人的十分之一,一些人张口就是扣除额至少提到5 000、8 000元,把门槛忽悠得比美国还高一大截,以至于只剩3‰乃至1‰的工薪收入者纳个税,交纳个税的人占全国人口不到千分之几,似乎非如此就罔顾了民生,这其实是非常偏激和误导的。

还有人以我国最初引进个人所得税时,扣除额标准很高,只有极少数人交个税为由,说明今天的标准低了,这个逻辑也是完全错误的。从全球来看,个人所得税都是随市场经济的发展从无到有,从少数的贵族税、富人税向大众税进化的过程。个人所得税的普及反映了经济发展和社会进步,而不是相反。这次个税调整的修正案将基本扣除额从2 000元提到3 000元,在北京加上社保扣除对1.2万月薪的人来说,个税免征额就已经是5 800元。如果把基本扣除额提到5 000、8 000元,他们的实际个税起征点就到了近8 000元或近1.1万元了。可见,基本扣除额是一回事,不同工薪收入的人的实际个税起征点又是一回事。因此,一味要求提高对所有人一视同仁的基本扣除额,无论现在听起来呼声多高,其实是非常片面和不合理的诉求。

个税扣除额及整个税收制度的真正问题

就当前中国的实际情况而言,个税扣除额真正的问题不是没有,而是有三个。一个是要建立一般扣除额的动态调整机制,使个税基本扣除额每年能够随收入水平和物价指数的上升而动态调整,而不是死板不动。现在基本扣除额动态调整的时机已经成熟。第二个是与国际惯例接轨,增加个人工薪所得的特殊生计扣除额。因为对于减轻中低收入阶层的负担问题,不需要我们自作聪明去异想天开。国际上普遍成熟有效的办法就是引进针对每个人不同情况的生计扣除,如房租或房贷利息扣除,人口负担扣除,子女教育扣除等等。这种特殊生计扣除与个人所得税的综合与分类无关,也不是很多人说的一定要以家庭为单位。因为所谓特殊生计扣除,就是针对每个人特殊情况的扣除,家庭负担只是个人可能的特殊情况之一。引进特殊生计扣除并不改变我们现在个人工薪所得税由单位代扣代缴,只是多了一个到年底需要多退少补的一次性纳税申报。这时的申报,仍然可以选择个人名义,也可以是夫妻合并申报或以户主(如单亲家庭)的名义申报(其中可加上自己赡养人口的扣除额)。从一两个单项开始,逐步引入个税特殊扣除额,在今天的信息技术条件下,并不复杂,同时可以有效和有针对性地切实减轻中低收入阶层的负担。

个税基本扣除额的第三个问题是现行"三险一金"的税前社保类扣除。现在我国社保交费在国际上都属于负担比重最高之列。目前 3 000 元以下工薪收入者,个人所得税几乎不用交,但社保交费要几百元,严重影响低工薪者实际收入和消费水平。中等收入阶层的社保交费也大多数倍于个税。由于交费对企业和个人都是沉重负担,不少地方长期对外来就业人员实行不同交费标准,人们流动就业后企业上交的部分也不能转走,这又大大降低了社保的覆盖面。因此,应考虑引进对低工薪者的社保交费由国家参与分担的制度,使无个税可抵免的广大低工薪收入者也能得到扶助和实惠。这样才是真正帮助到了低收入阶层。

当然说到底,个税扣除额在个人所得税中只是一个小的局部问题。我国个人所得税在整体上亦存在三个主要的大问题。一是重劳动工薪所得,轻财产资本所得,加剧了收入和贫富差距,因此要推进综合和分类相结合的个人所得税改革。应当强调指出,综合的概念并不是家庭,而是综合劳动工薪和其他各项资本和财产所得。但这里的难度仍然并不真是技术和信息问题,而是涉及官员亲属经商和富豪们的巨大既得利益,特别是权贵和富豪们垄断性的土地和矿产资源的暴利,当然也包括一般中产阶级的反感和阻力。没有政治层面和政治人物大的决心和决断,难以真正成行。二是隐性收入猖獗,征管制度漏洞百出,执法部门熟视无睹。这里典型的例子除了二手房交易的阴阳合同,就是小小的购物卡,禁了十几年禁不掉,现在反而以规范为名让其合法化。结果可笑的是,国外发明了信用卡,透支促进消费,还使现金交易电子化、透明化。我国则挖掘发展出了一个购物卡,变消费为储值预付,使交易灰色化,开启了腐败和偷税之窗。三是个人所得税比重太低,调节作用太弱,虽然表面上迎合了人们讨厌直接税的心理,实际上却是自藏良弓,积累了越来越严重的贫富对立和社会矛盾。

再放大一步,就中国整体的宏观税负和结构来看,当前亦有三大问题和任务。

其一,遏制和改变财政收入继续远超国民经济和居民收入增长的势头,控制和降低整体宏观税负。其二,重点清理不规范和比例畸重的税外收入,使财政收入税收化、法治化。这里首当其冲的是取消地方政府不务正业的卖地财政。地方政府变成卖地的生意人,是土地违法和房地产乱象之源。现在已经到了痛下决心变土地财政为规范的税收财政的时候了。其三,在税收结构中,调整降低商品和流转类税收比重,以减轻消费大众的税收负担,同时显著提高个人所得税和财产税这类直接税的比重,以强化税收对收入和贫富差距的调节作用。

个税扣除额讨论的社会政治含义

如果说大幅提高个税基本免征额的意见在经济学上属死钻牛角尖的偏见,乏善可陈。但在媒体和表达出来的民意上则是翻了个,获得了压倒性的支持和吹捧。以至于本来想通过提高个税扣除额做件好事的政府,也不得不面对汹涌之民意,几经反复,提出了一个大幅提高扣除额 50％至 3 000 元(含三险一金后实际起征点约达 3 900 元月薪)的方案。不料尽管如此,全国人大网上征求意见后,引来史无前例的 23 万多条反馈,其中相当多数都认为 3 000 元太低,应当上调至 5 000元、8 000 元。一些人借机造势,不依不饶,要求人大整理公布这 20 多万条"民意",要求政府好事做到底,既然征求意见,就应尊重民意,把扣除额进一步提上去。

很有意思的是,在这讨论过程中,一些人提高个税扣除额心切,认为一切反对大幅提高的观点都是搅乱人心,应当闭嘴或扼杀。有也人承认如我这样的理性分析也许不无一些经济学道理,但政治上不正确不可取。提高扣除额本来是政府提出来想做的一件好事。依照惯例,没有特别大的反对意见,对错与否,启动了都是会做下去的。

根据现在提交给全国人大的修正案草案,简单计算就可知道,这次扣除额和税率调整,2 600 元月薪以下人的完全不受益,受益最大的为月薪 7 500 元至 1.2万元之间的人群,他们月均收益大致为 350 元,一年 4 200 元人民币。而这次调整后,据财政部预计,较原扣除额和税率,国家将减少税收 1 200 亿元,相当于如不做调整,这笔多收的税可给 3 亿工薪族每人返税 400 元。现在由于月薪 2 600 元以下的 2 亿多人分文未得,主要受惠阶层约为 6 000 万人。其中大体为行政事业单位干部3 000万人,各类企业白领3 000万人。由于这些人掌握了话语权,我们在媒体上看到的都是一面倒的声音。一件明明是中等收入阶层受益的事,媒体的标题上却非把广大低收入阶层拉来陪站,说这是有益于中低收入阶层的好事。这不能不让我顿生疑惑:这么一点蝇头小利就让人说话变了调子,一些起劲批评当今政策的人,到自己真有大权力、大利益之时,会比今天台上的人立得正、做得好吗?

当然,帮助中等收入阶层本来也是好事,但拒绝考虑更好的方案,担心低收入阶层也分走一杯羹,这就不对了。况且把广大低收入者挡在外面,中等收入阶层又怎么扩大? 这就到了政治学的程序问题。23万条意见是否代表民意? 政治学上我不是专家,但也知道回答是否定的。因为仅工薪收入者就有3亿人,他们是纳了各种财政税费的主力。这23万人只不到千分之一,还有沉默的大多数。又有消息称调查了100名经济学家中据说有70%都赞成3 000元基本扣除额太少,还要再提高。但恐怕他们也代表不了科学和民意,况且他们几乎全是此项调查的利益中人,这时去调查与此没有直接利害关系的100名低薪农民工可能更有客观性。其实,现代社会不是谁都可以声称代表人民、代表群众、代表民意的。有时甚至公投表决也未必能真实表达民意。因为公投也有一个谁设置选择提案的问题。所以现代民主制度既不是少数人就可声称代表民意的集权体制,也不是凡事皆全民投票的民粹主义,那个成本谁也受不了,而是一个通过代议制、代表制让精英们竞争去反映民意的制度设计。

这样现代民主制度,就有一个和选举形式本身同样重要甚至更加重要的事,就是提案权和提名权的程序制度。谁握有提名权,谁就大体左右了最终人选。所以没有候选人产生的民主程序,选举制就是空中楼阁,好看不中用。提案权也是如此。我们国家的立法迄今还主要是政府提案。这样当然会更多地直接反映政府机关而不是公众和立法机构的意见。以个税基本扣除额为例,提案方式本来可以多种多样,不同的提案方式和内容,就会产生相当不同的民意反应。如像现在这样提案和征求意见,扣除额提到3 000元如何? 似乎事不关己的人成了沉默的大多数,利在其中的人自然说越高越好。如果提案实际内容相同,但形式变了,如提案变为政府决定减税1 200亿,请选择以下两种方式:(1)基本扣除额不变,3亿工薪族每人平均返税派发400元,(2)调整扣除额至3 000元,将减税集中发给月薪万元上下的中等收入者。估计民意征集来的结果会完全不同,恐怕相当多中等收入的人也不愿伸手。再如扣除额可以是3 000元,或5 000元、8 000元,但选择更高的扣除额等同更大额度减税,这样也许会相应减少教育、社保的民生福利支出,显然这种提案的民意反映就会更复杂。实际上,现在美国国会和西欧诸多遇到财政困难的国家里,人们争来吵去、讨价还价的正是这样的两难提案。

说到这里,这20多万条意见和媒体上的许多评价是否都没有可取之处呢?那当然不是。在国民经济高速增长、人们的绝对收入水平上升很快的情况下,中等收入阶层的人们有那么大的不满和怨气,这确实反映了我们这个转型社会中一些突出的矛盾和问题:如房价房租太高、生活压力太大;官员腐败、亲属经商发大财令人忍无可忍;富豪尤其是到处可见的隐性富豪们肥得流油,推高了中国乃至全世界投资品、奢侈品的价格等等,这些不能不让外表还多少光鲜、但生活和精神压力巨大的中等收入阶层倍感焦虑、失落和无助。特别重要的是,与低收入阶层相比,他们精神上的要求比物质上更加强烈,面对一大堆大话、空话、套话,就是没人回答解决他们真实的问题和需求,使他们的挫折感倍增。因此,借一个政府个税扣除额讨论的由头,以多少扭曲的方式释放一些心中的不满和压抑,应当说也是一种社会进步的表现。"水可载舟,亦可覆舟",这其中的民意和呼声,是当政者不可不引起警觉的。

最后想说的是,文章写了这么长,其实就想说明一个道理,即古代哲人老子所说的"信言不美,美言不信",在这个社会急剧变动的转型时代中,中国人不论朝野,都应当有直面真理的勇气。如此,中国的前途才一定是光明的。

回望 CES 25 年：责任·使命·国家

田国强

上海财经大学经济学院、高等研究院院长，美国得州 A&M 大学经济系 Alfred F. Chalk 讲席教授

自 1985 年 5 月 26 日成立之日起，中国留美经济学会的一个宗旨就是支持和参与到中国经济改革的理论与实践当中去。过去 25 年里我们这些 CES 会长、成员们一直通过不同的途径、方式，为中国经济改革鼓与呼，在理论上充当改革的先锋，在实践中亲身参与。1993 年以来，CES 每年都在中国大陆举办年会，以宽广的国际视野、前瞻的战略眼光和对现代经济理论的严谨分析，在一些关键时点上给中央和地方政府有关部门进一步的改革或建立战略提供了许多建议。

作为中国留美经济学会的创会会员和 1991—1992 年学会会长，我对经济学会有着深厚的感情，并曾为之努力和奋斗。我相信，走过 25 年的 CES 已然成为我们很多人共同的感情纽带和精神家园。2010 年 12 月，在南开大学的首届中国留美经济学会会长论坛，让我们许多老会长和老会员有机会再度聚首，并就"全球金融危机后中国经济的调整与未来发展方向"的大会主题进行了深入的交流。在那个会议的主题发言中，我也曾对 CES 这些年来在中国经济改革中所扮演的角色和作用作了一些回顾，抚今追昔，大家感慨良多。

根据我的参与和观察，CES 过去这 25 年的发展历程大致可以分为三个重要时期：一是成立时期（20 世纪 80 年代中后期）。万事开头难，这一阶段有筚路蓝缕启山林之功；二是转型时期（20 世纪 90 年代初期）。这个时期 CES 完成了从学生组织向学术组织的转变，并开展了大量活动，新立了许多项目，基本奠定了 CES 发展壮大的基石；三是回归时期（20 世纪 90 年代中期以来）。这期间大批 CES 会员

回到国内,服务中国的途径和方式更加多元、直接且深入。同时,随着世界和中国国内形势的发展变化,我感觉学会正面临着重新定位、调整发展方向,甚至是生存的问题。我们要有危机意识,一定不能沉浸于过去的成绩。如果仅仅一味地因循传统的做法,而没有大的创新的话,经济学会很可能会失去存在的价值。所以,我寄望于学会新的领导集体,能够带领学会走向振兴,发挥更大的影响力。

成立伊始　建章立制奠基石

我们知道,中国留美经济学会一开始并不叫现在这个名称,而是中国青年经济学会(Chinese Young Economist Society,CYES)。当时对学会的定位是一个留学生组织而已。我记得,1985 年 CES 第一次开会是在纽约总领事馆,当时与会的大概有五六十人,几乎囊括了改革开放后当时中国大陆所有在美留学的经济学学子。这是一群有着浓厚的家国情怀、志趣相投的青年人。大家几乎都是改革开放后才留学美国的,都亲身经历过"文化大革命"和改革开放的纵向比较,也正体验着贫困的中国与富裕的美国的横向比较,这种鲜明的对比,使得大家对于如何促进中国的繁荣富强有着一种强烈的使命感和紧迫的责任感。

还清楚地记得我 1983 年初到美国留学,发现中国与美国之间巨大的经济差距,感觉很震撼也很痛苦。震撼的是,一个国家怎么会这么富有!杯子喝完就扔掉,房屋里面都是地板、地毯,高速公路密布。痛苦的是,为什么中国人这么勤劳却那么穷!两个国家的国民在生活和收入水平的差距,竟是如此之大!在当时的中国,人们哪里舍得把杯子扔掉,一个杯子可能要用几辈子;在农村里的孩子从没有见过水泥地,更不用说地毯了;当时更没有高速公路。

所以,改革开放后我们这些早期留美学经济学的学生在搞好学习和学术的同时,也非常关心祖国的前途和命运的,大家有一个最大的共同乐趣,就是在一起讨论如何才能使得祖国强大起来。但是,当时我们这些自发的交流是零散的、随机的,学术性不强,缺乏一个制度性组织化的团体,来凝聚散落在美国各州各个大学的留学生力量,以形成一个持续的、定期的学术交流机构。

于是,20 世纪 80 年代初,于大海、杨小凯、钱颖一等人积极谋划成立中国青年经济学会,来促进上述职能的实现。他们三人分别是首任会长、第一届理事和第二届会长。一个组织要能有效运行,取决于两点,一是团队,二是规则。所谓创业艰难,他们三人在初创阶段对学会的筹备、创立和聚合广大留美经济学者的方面,作出了大量的重要贡献,给学会随后工作的顺利进行开了一个好头。在随后的建设阶段中,CES的创建者和早期的骨干会员对学会的章程、运行规则的制定方面功不可没,使得学会能够始终坚持兼容并包的独立学术原则。从此,中国留美经济学会登上了中国经济学研究和改革的舞台。

转型成功　框架成型促发展

我在开始的几年里并没有深度地参与学会的运作,而是一门心思地放在学习和学术上。1987年7月底,我来到得克萨斯农工大学经济系当"终身轨"(tenure track)助理教授。拿到终身教职之前,我没有非常积极地参与学会、讲学和其他学术活动,即使是系里的行政事务活动也很少参与,除非被系主任点到头上。之所以这样,一方面是想尽量减少自己拿不到终身教职的风险,另外一方面,是我本人行事方式所然。世界上大多数事情都具有不确定性,突发事件或自己没有预料到的事情随时可能发生,我不愿把任何事情放在最后一刻才去做。所以,我在毕业的头几年很少参加影响我写文章的其他活动,一心一意地写论文。

1991年,在我拿到得克萨斯农工大学经济系终身教职后,去参加当年的CES年会时,学会一些老会员、老朋友对我说,学会已成立6年了,你还没有怎么正式为学会服务过,现在你已经拿到终身教职了,这次理当站出来,为学会服务。当时我想,自己是中国留美经济学会的老会员了,从1985年参加成立大会时起就是学会会员,现在应该是为学会和大家做一点工作的时候了。

于是,在这次年会上我被选为1991—1992届的会长,并组建了第六届理事会。我们那一届的理事会实力很强。易纲是当时学会的副会长,赵海英、张帆和前任会长陈平都是理事会成员,他们和其他理事会成员给了我许多帮助和支持,我们大家齐心协力一起想把学会办得更上一层楼。

所谓不谋万世者,不足谋一时;不谋全局者,不足谋一域。我认为,要做成事,做大事,一定要有大局观和长远目标。我们这届理事会在一起合作得很好,大家做事既有想法又有执行力,从战略高度和长远角度做了许多事情,创造性地开展了大量学会活动,新立了许多项目,有的直到现在还在继续进行。我认为,这一时期可能是中国留美经济学会更上一个台阶,大发展和走向成熟的一个重要转折时期。当然，我们所取得的一些成绩无疑是在前几届理事会的工作取得巨大成绩的基础上取得的。

我接手后面对的首要难题就是，当时学生组织的发展定位使得我们基本上没有什么大的影响力，特别是在学术方面。所以在这期间，我们在提高学会的学术地位、扩大学会在国内学术界的影响力、在国内进行普及经济学教育、加强学会的凝聚力和稳定性、增加学会财源等方面采取了一系列重要方针、策略和步骤。这些措施加速了学会的发展，使得学会迅速从学生组织走向成熟的专业学术组织，并获得了一些成功经验。具体来说，在提高学会的学术地位、扩大学会的影响、增强学会的专业学术性、加强学会组织建设、增加学会的稳定性和凝聚力方面，第六届理事会主要做了以下几件事。

第一，在第六届理事会和许多会员的努力和游说下，CES 在 1992 年 2 月被正式接纳为美国社会科学联合会（ASSA）的团体会员。美国社会科学团体协会是一个以美国经济学会为主、具有几十个分会的学术组织，每个分会都与经济学或金融学有关。美国经济学会是它最大的一个分会。之所以有这一举措，一是因为到 1991 底时，许多会员获得了博士学位并取得了教职和研究职，学会的水准上升到一个较高的层次。二是我们那届理事会考虑到学会要获得更大的发展，要具有更大的影响力和吸引力，要完成从一个留学生学术团体到专业学术团体的转变，学会就应争取加入 ASSA。

这样，推动经济学会加入 ASSA 就成为广大会员的一大愿望。在大家的共同努力下，学会终于如愿以偿地加入 ASSA，并且在每年年初的美国社会科学团体协会年会上，我们经济学会都要举办几个有关中国经济和中国经济改革的专题讨论，其中一个是和美国经济学会共同举办，这大大地增加了我们在国际上学术界的影响力。这不仅标志着经济学会已经由一个略显生涩的学生组织，成长为一个成熟的专业学术团体组织，它也标志着学会所做的工作已经得到了美国学术界同行的承认，并在竞争激烈的学术界获得了一席之地，为学会成为研究中国经济问题的权威团体奠定了基础。

第二，我们那届理事会组织出版了国内第一套系统介绍市场经济和现代经济学的《市场经济学普及丛书》（共 14 本），由我和易纲主编。丛书自 1991 年下半年就开始由我负责筹备编辑，1992 年初邓小平南方谈话之后，我们预感到中国将会掀起一场经济市场化改革大潮。我们发现国内民众对什么是市场经济很不了解。

于是我们就加快了编写进程,组织了易纲、海闻、贝多广、尹尊声等在海外留学的学会会员,及林少宫、李楚霖、茅于轼等国内知名经济学家,用通俗的语言编写了14本关于市场经济学的普及丛书,其中包括我和张帆合著的《大众市场经济学》。并且,每本书都有两名专家作为匿名审稿人对其进行评审,由作者根据评审意见进行修改,各书的第二稿于1993年5月完成。

1992年中共14大召开,中国正式决定发展市场经济,这套丛书正好赶上这个时机。1993年10月,丛书由上海人民出版社推出后立刻风靡海内外,几乎所有国家级报刊、电视台及广播电台都为此发了出版消息或书评。此套兼具理论性、系统性、知识性、通俗性和实用性的丛书得到了社会各界人士的广泛赞誉,首开了出版由海外中国学者编撰大型成套通俗理论读物的先河,引起了出版界、理论界、教育界、学术界、工商界的广泛关注。中央电视台还制作了专题节目介绍此套丛书。当时我们在北京、上海、武汉各开了一个很有影响的新闻发布会,多位领导以及重要新闻媒体都参加了发布会。我们给从中央到地方的许多领导及大专院校赠送了这套书,这在当时产生了很大的影响。

《市场经济学普及丛书》在1994年连获四个国家级、地区级图书大奖:国家级图书专业大奖——"中国图书奖";由共青团中央、文化部、广播电影电视部及新闻出版署四个中央级单位联合组织评发的国家级大奖——"首届中国青年优秀图书奖";"华东地区优秀政治理论图书一等奖"及"上海市优秀图书(1991—1993.10)一等奖"。据时任上海人民出版社社长兼总编辑陈昕先生告知,一套图书一年内连获如此多国家、地区级大奖在此之前几乎没有什么先例。此套丛书在正处于经济体制转型的关键时期发行无疑对广大民众了解市场经济具有一定的帮助,同时也大大地提高了学会的知名度和影响力。

第三,我们对学会的学术刊物《中国经济评论》(China Economic Review, CER)的稳定和扩大发行量采取了一系列措施。那时,学会期刊几乎处于停刊的边缘,没有任何规范可言,个别人为了当期刊主编争得很厉害。如果任其发展下去,结局可想而知。为此,我们那届理事会希望将学会所办英文期刊的管理更规范化和制度化,从而成立了学术委员会,制定通过了期刊主编的任命和任期制度,期刊发行的具体规则,对会员订约CER的补助制度等等,并任命Bruce Reynolds为CER的主编,以及和美国一家出版社签订了期刊出版发行合同,当时的合同文本是我亲自起草并征询理事会和学会成员意见定稿的。时至今日,《中国经济评论》已经非常稳固，团队和制度都比较成熟，成为国际知名的关于中国经济研究的权威期刊之一。

第四，为了扩大学会在国内的学术影响，我们这届理事会开始策划、联系在大陆举办学术会议。当时，我们积极争取在国内和某个单位联合举办关于中国经济改革的研讨会，找的合作对象是中国科协。由于种种原因，最后没有实现。随后，在易纲为会长的下一届理事会的继续努力下，又花费了相当多的时间和精力，终于实现了在国内举办学术研讨的愿望。1993 年与中国海南省经济发展研究院合作，在海口联合举办了第一届中国留美经济学会在国内的学术会议。从此以后，留美经济学会每年都在国内联合举办一次研讨会，从未中断过，使得经济学会在国内的影响也越来越大。

表 1　1993 年以来历届 CES 年会的主题

序号	年　份	主　　题
1	1993 年 6 月	中国向市场经济转变
2	1994 年 8 月	乡镇企业产权问题
3	1995 年 7 月	中国国企改革
4	1996 年 6 月	金融和企业改革
5	1997 年 6 月	中国中西部发展
6	1998 年 6 月	建立以市场为导向的中国社会保障体系
7	1999 年 7 月	转型中的中国劳动力市场和失业政策
8	2000 年 7 月	经济全球化：中国在新世纪的机遇与挑战
9	2001 年 6 月	中国城市化发展：挑战和对策
10	2002 年 6 月	大中国经济融合
11	2003 年 6 月	民营经济与中国发展
12	2004 年 6 月	入世后中国农业与农村发展
13	2005 年 6 月	中国经济可持续增长：人力资本与环境投资
14	2006 年 7 月	中国经济和谐发展：效率、公平和法治
15	2007 年 7 月	经济转型、区域增长和可持续发展
16	2008 年 4 月	中国经济发展新阶段
17	2009 年 6 月	地区及全球背景下的中国经济增长
18	2010 年 6 月	中国在后金融危机时代的角色扮演
19	2011 年 6 月	入世十年：中国与世界经济

2006 年 7 月，我担任院长的上海财经大学经济学院与中国留美经济学会和中国浦东干部学院联合主办了当年的 CES 年会，年会主题为"中国经济和谐发展：效

率、公平与法治",吸引海内外众多著名经济学家、法学家与会,会议规模达 400 人以上。

第五,为了进一步在国内推广现代经济学教育,我们那届理事会制定了一项资助政策,每年派会员回国讲课,由学会资助他们人均 2 000 美元。这项政策如同一个教育的播种机,对于现代经济学在国内大学的推广起到了非常重要的作用。需要说明的是,当时由于政策限制,经济学会无法从国内获得经费资助,所以这笔经费及学会的活动经费的主要来源是福特基金会等国际公益性基金组织。为了解决学会的生存和发展问题,同时守住底线,我们当时还专门通过了一个决议,就是不排斥任何外部的经费资助,但是不接受任何附加条件。

此外,为了扩大学会在中国台湾地区及亚洲其他地区的影响,我们这届理事会还开始策划组团去中国台湾地区参观考察,后来又去韩国等国家和地区进行学术交流。

回归祖国　责任使命唤创新

根据中国留美经济学会的章程,CES 的宗旨在于推动中国的经济改革和开放政策,鼓励中外学术交流和发展现代经济学教育。早期学会会员对于中国经济改革和经济学教育改革的作用有限,停留在局外状态,鲜有深入中国体制内进行直接改革的。直到 1994 年北京大学中国经济研究中心的成立,这个中心开了规模引进海归经济学教师,系统传授现代经济学的先河,林毅夫、海闻、易纲都是该中心的创始人。自此开始,一批又一批的 CES 会员逐步回到国内,为政为学,从教从研,承担起新的责任和新的使命,成为中国改革这场大变革的直接参与者和积极推动者。

近些年来,钱颖一会长、洪永森会长、陈爱民会长等包括我本人在国内高校校院一级担任领导工作,也在推动中国经济学和商学教育科研改革阵地上作出各自的努力,还有很多会长、成员也都在中国的教育一线工作。这种早期的自发的回归热忱,具有很大的奉献精神和前瞻性。时至今日,海外高层次人才引进工作已经成为一项国家发展战略,已经有不少 CES 会员成为国家"千人计划"的一员。

与此同时,我们也看到,很多 CES 会长和会员也回到国内,步入政坛,在经济、金融等领域发挥自己的领导力和影响力,推动中国经济的市场化改革和开放。比如,易纲会长、方星海会长正在中央和上海的金融领域担任领导工作,朱民教授也于近两年中完成了由中国人民银行副行长到国际货币基金组织特别顾问再到国际货币基金组织副总裁的三级跳。但是,我有一点担心的是,尽管 CES 会员在中国政府、教育等部门的影响力越来越大,但是 CES 作为一个学术组织和智囊团的影响力却有弱化的趋势,在国内的意见市场上没有什么大的话语权。时移世易,今天的形势与 20 世纪 90 年代初期相比,已经发生了巨大的变化,如何跳脱旧有的不合时宜的发展思路,走出一条创新的发展路径? 我认为,这是 CES 下一步发展需要认真思考的。

当前,由于中国模式迷思的广泛存在,中国学术界和思想界又进入一次大的思想交锋。由于一些思想和理论上的误区,中国经济正面临改革方向何去何从的问题:是进一步深化市场导向改革,抓大放小,无为而治,让市场发挥越来越多的作用? 还是继续让政府统御市场,主导经济发展,让政府发挥更多的作用? CES 的历史责任是什么呢? 能够作出怎样的贡献呢? 作为经济学家特别是 CES 一员的经济学家,我们应该敢于继续坚持市场导向的改革建议。由此,这里我想谈谈我们 CES 及其会员应尽的历史责任和社会责任,与大家共勉!

首先,我们应该有一种使命感,而使命感是 CES 发展的原始动力。我们每个会员基本都是生在红旗下、长在红旗下,大家都怀有一颗热爱祖国、报效祖国之心,有一种希望中国尽快振兴的强烈使命感。如前所述,CES 会员特别是我们这些 20 世纪 80 年代前期留学美国的一批人,对推进中国经济改革有着独特的优势。一方面,经历过计划经济时代和向市场经济的艰难转型,对中国现实国情有着比较深刻的了解,另一方面,接受过国外大学现代经济学的严谨扎实训练,对西方成熟市场经济有着切身经历和体会。我们创立 CES 这个学术组织,就是希望在中国改革和发展过程中,特别是关键的时候,能够站出来发挥其智库作用和影响力,为改革继续沿着市场导向前行提供思想理论支撑。实际上,我们在国内高校进行与国际接轨的经济学教育科研改革,推动中国经济学的规范化、国际化和现代化,无疑也是一种参与和推进中国经济改革的方式和途径。

其次,我们应该有一种独立性。独立性,也就是陈寅恪所提倡的"独立之精神,自由之思想"的治学境界及学术观点的公立性,是 CES 发展的立身之本。我们每个会员作为公共知识分子,应具备的最重要的一个特征就是独立性。保持独立性并非易事,很多时候很多人会有意识或无意识地将个人私利掺杂到公共事务的意见评判中去,这是一种很不负责任的做法。所以,在涉及改革议程和公共议题方面,我们应该超越个人的特殊情境,排除个人私利的干扰,追求和持守一种具有普适性的目标、价值和立场。具体到中国的改革情境,这种目标、价值和立场应该指向市场化、民主化、法治化的路向,从而形成以市场经济、民主政治、法治社会为制度框架的现代强国。

再次,我们应该有一种责任心,责任心是 CES 发展的内在保障。由于任何一个经济学理论都有其边界条件,需要充分注意其结论成立的前提条件,不能夸大其作用,不分对象、时间地点地滥用,如果盲目运用拿社会本身去做试验,可能会导致灾难性的后果。所以,经济学家要有社会责任感,建言时一定要严谨再严谨,严肃再严肃,不要当媒体经济学家,追求媒体的光环,哗众取宠。经济学家也不是算命先生,在分析经济问题时,应该采用经济学的内在逻辑分析方法:首先对想要解决问题的有关情景(经济环境,形势和现状)作充分了解和刻画,弄清问题所在和成因,然后有针对性地正确运用恰当的经济理论,得出科学的内在逻辑结论,并据此作出科学的预测和推断。

正所谓"良将用兵,若良医疗病,病万变药亦万变",对现代经济学的应用,同样需要注意与中国的国情和现实环境的相结合,根据中国的客观现实环境,因人、因事、因时、因地,具体情况具体分析,灵活地应用现代经济学中一些基本原理和理论结果,以现代经济学的基本分析框架和研究方法,透彻地分析中国经济改革中的各种经济行为和经济现象,并据此提出具有可操作行、可行性的解决方案和政策建议。

可以说,没有改革开放,就没有国家的繁荣和崛起,更没有我们留美经济学会。在下一步的改革开放中,CES 责无旁贷,应该充分发挥自身优势,以更积极的姿态参与中国经济改革进程,打造一流的中国经济改革思想库,为实现中华民族的伟大复兴和长治久安贡献我们的智慧和力量。

中国银行业改革的内在逻辑 *

易 纲

北京大学中国经济研究中心教授

计划经济的特征为：产权不清，政企不分，命令治国，政治激励，内部监督；市场经济的特征为：产权清晰，政企分开，依法治国，激励相容，社会监督。

中国改革开放 30 年，是计划经济向社会主义市场经济转型的过程，是计划经济特征逐步淡出，市场经济特征逐步呈现的过程。什么是计划经济向市场经济转型的逻辑？简单说就是通过界定和保护逐渐清晰的产权制度，使经济主体从一到多，决策由集中到分散，给经济主体放权让利，使之能独立决策，并对其行为后果负责。

以银行业为例，1978 年以前基本上由中国人民银行一家经营金融业务（占全部金融业务的 93％以上）。改革的过程就是裂变的过程，由人民银行到工、农、中、建的组建，再增加十家股份制银行，再到城市商业银行和农村信用社独立法人的涌现，再到开放以后逐步进入的外资银行。在此过程中人民银行把管理的证券业、保险业分离出去，1992 年成立了中国证监会，1998 年成立了中国保监会。

在转型中，各行各业的企业都要经历这一裂变过程。不仅仅是企业，个人和家庭的权利、义务和责任，在计划经济与市场经济之间也是天壤之别。在计划经济下，一个人生在农村就是生产队的人，而生在城里就是有城市户口的居民；个人在经济上的自由十分有限，只在收入和凭证范围内有生活消费品的选择，基本上没有择业权、迁徙权；城市居民基本上也没有选择和购买住房的可能。

---

* 原文载于《中国金融改革思考录》，商务印书馆 2009 年版。

在市场经济下,个人和家庭在经济上的自由度大大提高。个人的选择权多了,在教育、就业、迁徙、建房购房等方面都可以在合法的范围内由个人选择。与之相对应的,人们需要为自己的决策后果负责。

在由一到多的裂变中,市场经济的特征逐步清晰。首先是产权的界定。市场要求等价交换,而交换的前提是界定产权,所以在裂变过程中,我们经历了许多次分家。中国银行、中国农业银行、中国工商银行从中国人民银行分离出去,中国建设银行从财政部分离出去,农村信用社与农行脱钩,等等。分家就是要把不同主体的产权界定清楚,从而使之对自己的行为负责。

第二是政企分开。在计划经济下什么都在一起,指挥中枢是政府。政府决定生产什么,生产多少,为谁生产。政府决定流通、分配和价格。在市场经济中,市场发挥配置资源的基础性作用,经济决策是分散的,选择和决策主要是由企业和家庭做的。因此必然要求政府和企业分开。

第三是依法治国。产权清晰了,决策分散了,如果没规矩的话就乱了,所以要依法治国。国家也依法制定宏观经济政策,对经济进行宏观调控,但政府的权力要有界定,要依法行政,要遵守企业和个人的产权,不能再随意干预企业的经济活动。

第四是激励相容。市场经济为什么有效,因为它能解决驱动力的问题,能够最大限度调动人们的积极性和创造力。个人的收入与其努力挂钩,企业的利润与其业绩挂钩。在法制的框架下,经济主体的努力和创造力与其物质利益挂钩。和计划经济的大锅饭和平均主义不同,经济激励成了市场经济效率的源泉。

第五是社会监督。市场经济本质上是法治经济,它要求一定的透明度,因此需要有会计准则和披露制度。经济主体和社会公众有知情权,从而在舆论上对市场正常运行和公平正义实行社会监督。社会监督并不排斥内部监督,党内监督、政府内审、企业内控机制都非常重要,但市场经济必须接受民众的监督。

本文通过回顾中国银行业 30 年的市场化改革过程,试图归纳总结银行业改革的内在逻辑,而银行业改革是我国从计划经济向市场经济转型的伟大过程的一个重要组成部分。把银行业改革的逻辑分析清楚,对认识中国经济转型的内在逻辑有重要意义。

一、拨改贷是整个金融改革的起点

如果说银行改革是整个金融改革的起点,那么拨改贷就是整个银行改革的起点。

拨改贷的可行性:经济货币化程度迅速提高。1978 年改革之前,在高度集中的计划经济体制下,资金配置主要通过财政渠道并依据国家计划进行。在这一体制下,企业的资金来源呈现以下特点,长期资金归财政负责,短期资金归银行负责;无偿资金归财政,有偿资金归银行;定额资金归财政,超定额资金归银行,这一体制一直延续到 1978 年。

1978 年召开的党的十一届三中全会,揭开了经济体制改革的序幕。随着农村实行联产承包责任制和乡镇企业的发展,城市经济单位恢复企业奖励和利润留成办法,财政推行分级预算包干制。国民收入分配格局出现了大调整,财政在资金配置中的比重迅速下降,企业和个人收入的比重迅速上升,并通过信用渠道流入银行。1978—1992 年,居民储蓄存款从 1978 年占 GNP 的 5.9%上升到 1992 年的48%,而同期财政收入占 GNP 的比重则从 31%大幅下降为 13%。与国民收入分配格局的大调整相对应,经济货币化程度迅速提高。1978—1992 年,广义货币增长了约 19 倍,同期根据官方价格指数[1]调整的国民生产总值仅增长了 231%,官方价格指数和自由市场价格指数[2]也分别只上升了 125%和 141%,导致广义货币与真实 GNP 之比从 0.32 稳步上升到 1.0 以上[3],反映了体制改革的货币化效应。货币化程度的提高,使银行的资金变得相对充裕,财政投入在 GDP 中的比重下降,为拨改贷创造了条件。

拨改贷的实施和意义。从 1979 年开始,国家在固定资产投资领域进行财政拨款改为银行贷款的拨改贷试点,1985 年这一试点被全面推行。拨改贷的实施,使银行信贷在经济建设资金来源中的比重迅速上升,1981—1992 年,国家预算内资金在全社会固定资产投资来源中的比重从 28%下降到 4.3%,国内贷款的比重

---

① 官方价格指当时价格双轨制背景下的计划内消费品和生产资料的价格。
② 自由市场价格指当时价格双轨制背景下的计划外消费品和生产资料的价格。
③ 从国际比较看看,1978 年印度这一比例为 0.37,与我国水平大体相当,到 1990 年仅上升到 0.47,美国为 0.67,韩国为 0.57。

则由 12.69% 上升到 27.4%。

从理论上看,按照匈牙利经济学家科尔奈在《短缺经济学》中的论述,在计划经济体制下,一个典型特点是企业的预算软约束。在原来的财政拨款投资的体制下,不用还本付息,需求无穷大,也无法鉴别项目回报率从而有效排序,特别是不利于产生企业实体法人,永远存在投资饥渴症,各地方、各行业想尽一切办法争取国家投资。从实践看,尽管到 1995 年底,拨改贷的大部分本息都转为国家投入的资本金,1998 年实施的债转股也包括了一部分转为国家股的拨改贷债务,也就是说拨改贷的大部分后来还是因为无法偿还转成了国家资本金或实施了债转股,但拨改贷还是具有伟大的历史意义。首先,拨改贷后企业要算账了,要比较银行贷款利率和项目的收益率;二是在一定程度上抑制了投资饥渴;三是有利于明确企业实体法人作为还贷主体的责任,开始有了产权负责的概念。

拨改贷是 30 年金融改革的时间起点,也是 30 年金融改革的逻辑起点,从此国有企业开始从政治激励转向经济激励。相应的,银行也开始从国家计划的执行者和国家财政的出纳,开始向国家专业银行转型。在当时清一色的全民企业和高度集中的计划经济体制下,通过适当方式增强企业的经济激励和预算约束涉及面较少,相对容易突破,符合渐近式改革的要求。从整个银行改革的逻辑看,拨改贷在增强了企业预算约束的同时,也使企业对银行贷款的依赖增强,银行的商业化转型也就成为必然。

二、银行要办成真正的银行,对商业银行的需求应运而生

随着拨改贷的实施和整个经济体制改革的发展,金融改革的迫切性日益增强。投资项目(企业)需要业主(法人),银行要有监督企业还本付息的激励,大一统的银行体制不再适应,把银行办成真正的银行于是逐渐提上议事日程。

中央银行与国家专业银行的分离。1979 年 1 月恢复设立了中国农业银行,同年 3 月份设了中国银行和国家外汇管理局。之后又陆续恢复了中国人民保险公司,各地也相继组建了信托投资公司,金融机构和业务的多元化格局初步显现。

自 1984 年 1 月 1 日起,国务院决定中国人民银行正式行使中央银行职能,集中力量实施和研究全国金融的宏观决策和金融监管,加强信贷总量的控制和金融机构间的资金调节,以保持货币稳定;同时新设中国工商银行,分离人民银行过去

承担的工商信贷和储蓄业务。

政策性银行与国家专业银行的分离。中国人民银行 1984 年成为中央银行后,工、农、中、建四家成为国有商业银行(早期称为四大专业银行),但有一个问题尚未解决,即国家需要商业银行扶持一些行业和企业,有时还有政治任务,比如农产品收购、饺子贷款、安定团结贷款等。在商业贷款和政策性贷款同时存在时,商业银行就会有将所有经营不善甚至徇私造成的损失都归咎为政策性贷款的道德风险。

1993 年召开的党的十四届三中全会,作出了《中共中央关于建立社会主义市场经济体制若干问题的决定》,明确提出经济体制改革目标是建立社会主义市场经济,在国家宏观调控下充分发挥市场在资源配置中的基础性作用。在这一目标推动下,1993—1994 年一举推出金融、财税、投资、外贸和外汇五大体制改革。其中《国务院关于金融体制改革的决定》提出要设立政策性银行,改变政策金融业务和商业性业务不分的局面。1994 年陆续设立国家开发银行、中国农业发展银行、中国进出口银行三家政策性银行,分别在基本建设、重要农产品收购、进出口领域从事政策性金融业务。明确政策性银行要加强经营管理、坚持自担风险、保本经营、不与商业性金融机构竞争的原则。

政策性银行设立的意义。政策性银行设立是继拨改贷之后银行改革的又一个标志性成果。从整个银行市场化改革逻辑看,国有企业改革是国有银行改革的基础,而国有企业预算软约束又是全部旧体制问题的核心,拨改贷作为解决这一问题的一个起点,能否真正发挥作用,很大程度上取决于其资金提供者国有银行的行为。如果政策性业务和商业性业务不分,银行的行为就会出现扭曲,一则可以政策性业务为由放松对企业的还款约束,二来可以最大限度地争取中央银行再贷款和各项财政补贴,自身也就没有了商业化改革的压力。以基本建设领域的情况为例,从 1979 年试行拨改贷到 1994 年设立国家开发银行,如果算上中央银行再贷款以及各类财政补贴,国家在基建领域的投入不仅没有减少,反而大量增加。很多项目既无流动资金,也无资本金,完全靠贷款建设和经营,根本无法还本付息,不可能在商业上可持续。这一事实表明,尽管财政拨款在形式上改成了银行贷款,但如果不能从体制上分离政策性金融业务和商业性金融业务,相应的财务约束仍不能建立,信贷资金在实质上就仍然是财政资金,银行的商业化也就无从谈起。

成立政策性银行是符合逻辑的探索。现在回过头来看,尽管后来的情况证明起初想得过于简单。在政策性银行设立后,商业银行仍有一大堆政策性业务要靠国家来解决,但正是这一过程,加深了我们对转型过程的认识,我们面临的问题要复杂深刻得多。在企业产权改革不到位,仍然肩负一大堆社会责任的情况下,银行对企业的硬预算约束就很难实行,把银行办成真正的银行就是一个实现不了的希望。

随着市场化改革的深入和经济环境的变化,当企业产权改革到位后,现在政策性银行也可以办成可持续的商业银行。尽管目前下结论说,国家开发银行低于商业银行的不良贷款率,还为时尚早,但如果机制改革能够有效防范地方政府的道德风险,目前的低不良率就可持续。不仅是政策性银行可以改革,政策性业务也可以招标。在国家事前确定补助标准后,可向各种银行招标,使补助后的政策性业务在商业上可持续。如助学贷款,就是一个市场化招标的成功案例。因此在市场经济下,除极少数领域外,政策性银行存在的必要性越来越小。2008 年开始的国家开发银行向商业银行的转型改革,正说明了这一点。

三、整顿金融秩序,防范化解金融风险

1997 年 7 月 2 日泰国央行宣布泰铢对美元贬值、实行浮动汇率,标志亚洲金融危机开始了。中国政府从 1997 年春天开始准备全国金融工作会议,说明对金融可能出现问题有预见性,亚洲金融危机的爆发提高了召开全国金融工作会议的必要性。

1997 年第四季度,中国召开了全国金融工作会议,并以深化金融改革、整顿金融秩序、防范金融风险为主题发了新闻稿。当时中国的金融风险相当严峻,一是国有银行不良资产比率高,资本金不足;二是非银行金融机构不良资产比率更高,有些不能支付到期债务(包括外债);三是有些地方和部门擅自设立大量非法金融机构,潜伏着支付危机,挤兑风潮时有发生;四是股票、期货市场违法违规行为大量存在;五是不少金融从业人员弄虚作假、内外勾结,大案要案越来越多。

产生这些问题的原因主要有:(1)转型因素。从计划经济到市场经济,产生了许多金融机构法人主体,但是产权不清,法制不健全。这些机构的有些领导人法制观念不强,信用意识淡薄,还以为什么都是国家的,风险由国家承担,因此存在

着预算软约束下的盲目扩张,公司治理结构几乎没有。(2)经济周期因素。1992年开始爆发式经济周期,各地盲目上项目、铺摊子,到 1993—1994 年时有明显的过热和泡沫,到 1997 年时风险已经大量显现,不良贷款大幅上升。从 GDP 增长率来看,1992 以后连续七年一直是逐年下降的,到 1999 年到达谷底,很明显1997—1999 年是这轮周期中最难过的时期。从实际利率的周期看也是这样。1995—1997 年实际利率过高,因为这三年通货膨胀率下降得非常快,到 1998—1999 年 CPI 甚至为负,而名义利率下调滞后,造成实际利率过高。实际利率过高使国民收入向居民倾斜,有利于居民,不利于企业,加重了国有企业的经营困难。同时,银行存贷款利差过小,加上贷款收息率过低,造成了普遍亏损。(3)责任不清、道德风险因素。当时各级政府和有权部门都想享受金融机构动员金融资源的好处,擅自设立了大量非法金融机构,为支持当地大干快上提供金融资源。当发生支付危机时,许多地方抱着侥幸的心理希望中央政府来救助。在迅速新成立和扩张的金融机构中,有相当部分的高管人员和从业人员素质较低,和权力部门有千丝万缕的关系。违法违规经营、账外设账、不正当竞争、以权谋私、金融诈骗活动屡禁不止。在当时,市场大潮涌起,大浪淘沙,这些问题的出现有一定的必然性。

　　中国政府决定治理整顿金融秩序,主要做法如下:一是推进改革,以改革的办法来解决金融体制、机制和制度方面的问题;二是健全金融法治,强化监管;三是积极稳妥,分步实施,保护存款人的利益,维护社会稳定;四是分清责任,坚持必要的集中和适当分散相结合,充分发挥中央和地方两个积极性。

　　在处置金融风险和问题金融机构时,处置的原则是保护存款人的利益,使老百姓的存款基本上得到偿还。处置的难点是由谁来出钱?这是一个非常痛苦的决策过程。最后国务院决定按照"谁组建,谁负责处置风险"的原则,来确定处置资金来源,所谓"谁的孩子谁抱走"。用什么标准来鉴别呢,主要是看股东。对股东来说只负有限责任,资本金全部损失后,很难再拿出资金。对中央政府和地方政府来说要负无限责任,要基本上兑付老百姓的存款,而此主要的无限责任的划分标准是看出资股东隶属于中央政府还是地方政府。责任无法划清的、跨地域的,则基本上由中央政府承担。当然,地方政府也有许多喊冤的。但当时是快刀斩乱麻,只能说是按上述原则基本上划清楚了。

　　1998 年 6 月,经国务院批准,海南发展银行作为一家股份制银行被人民银行关闭,其破产清算由中央政府埋单。2001 年 11 月,人民银行对海南五家公司(海南赛格国际信托投资公司、海南华银国际信托投资公司、海南汇通国际信托投资公司、海南国际租赁有限公司、三亚中亚国际信托投资公司)实施停业整顿。由于这五家公司都是股份制,其股东来自各部门、各地方和民间社会资本,因此其破产清算也是中央政府埋单的。有些信托投资公司,从股东到经营都是地方主导,如广东国际信托投资公司(广国投),这类公司的破产清算由地方政府负责并埋单。地方政府主要负责清算并埋单的还有农村合作基金会、供销社股金服务部、城区"金融三乱"等。当然这些都是在中央政策的指导下,依法治理整顿的。

在处置金融风险时,地方政府在筹集兑付资金上有困难的,可以采取地方政府向中央专项借款方式,用于兑付被撤销地方金融机构的个人债务和合法外债。经国务院批准,2000 年人民银行会同财政部联合制定了《地方政府向中央专项借款管理规定》,强调了专项借款由省级人民政府按照"个案处理、一事一报"的原则,逐笔报请国务院批准;专项借款由省级政府统借统还,还本付息金额应纳入省级预算,省级政府向财政部出具按期还款承诺函,并由财政部批复同意;人民银行据此授权有关分支行与省级政府签订专项借款协议。按照《管理规定》要求,对不能按协议还款的地方政府,由财政部根据人民银行扣款通知在中央向地方的转移支付和税收返还资金中扣收。到目前为止,还本付息在有序进行,地方政府的还款责任基本上得到了落实。

实践表明,在我国尚未建立存款保险制度的特殊情况下,国务院采取专项借款方式支持地方政府化解地方金融风险的决策,是完全正确的。专项借款政策的制定实施,对有效解决停业整顿金融机构的债务兑付缺口,防范道德风险、明确责任、维护政府公信力,尤其是有效防范和化解地方金融风险,维护金融和社会稳定发挥了重要作用。随着我国经济、金融的快速发展,处置金融风险的长效机制在逐步建立,此类作为化解风险应急措施的专项借款已经明显减少。

此次治理整顿金融秩序初步尝试了按产权来界定金融风险处置上的责任,可想而知这个过程非常痛苦,因为当时出资人,尤其是地方各级政府,并没有想到今后可能要承担这么大的责任。按照"谁的孩子谁抱走"、分清责任的原则处置金融风险,极大提高了地方政府的金融风险意识,在一定程度上降低了地方政府办金融的积极性。地方政府认识到,办金融可以动员金融资源,但有风险,弄不好可能赔了夫人又折兵,责任很大。这对减少对金融的行政干预起到了积极作用,同时坚持由股东负责的原则,对今后确立市场经济原则也具有重要的意义。

四、成立金融资产管理公司剥离和处置不良资产

转型时期,由于产权约束、公司治理不到位,加上经济过热等周期因素,商业银行的不良资产急剧增加,在亚洲金融危机后集中爆发,不良资产率甚至高于危机国家。按照当时较低的会计标准,我国银行业不良资产率在 20 世纪 90 年代末为 30%左右,有经济学家称中国当时的银行业在技术上已经破产。要建立公众对金融业的信心,启动国有银行改革,就必须解决银行业不良资产问题。

发行特别国债注资。针对银行不良资产大幅上升的风险,1997 年底召开了中央金融工作会议,提出力争用三年左右时间,基本实现全国金融秩序明显好转,不良资产比例每年下降 2—3 个百分点。

根据会议要求,1998 年 11 月,财政部发行了 2 700 亿元期限为 30 年,年利率为 7.2%的特别国债,专门用于补充四家国有银行的资本金。具体做法是,人民银行将法定存款准备金率由 13%下调至 8%,由此增加的银行资金用于购买财政部发行的特别国债,财政部以特别国债收入用于对国有商业银行的注资,国有商业银行以其获付的资金用于偿还中央银行的再贷款。上述过程对商业银行而言,资产方存款准备金减少,国债持有额上升;负债方资本金增加,借用中央银行再贷款减少,虽然可用资金(流动性)没有增加,但资本充足率得到了改善。对货币政策而言,在下调准备金率的同时减少了对商业银行的再贷款,净影响对四家国有银行基本中性,对其他银行是放松银根;对财政方而言,发行特别国债的利息支出与注资增加的资金占用费率大致相等,所以不增加财政负担。到 2004 年汇金公司代表国家对国有商业银行实施新一轮注资时,财政部向四家国有商业银行支付的特别国债利率降为年率 2.25%,并开始实际向债券的持有者(国有商业银行)付息。

设立金融资产管理公司。根据当时较低的会计标准计算,四家国有商业银行在获得特别国债注资后,平均资本充足率达到 8%以上。但如果按新的更为审慎的资本充足率管理办法测算,扣除国有银行的全部贷款损失,则当时四家国有商业银行的资本充足率仅为-2.29%,财务上已经资不抵债(唐双宁,2005)。在这一背景下,仅仅依靠四家国有商业银行自身的力量,仍然难以化解历年积累的信

贷风险。国家于1999年决定成立四家金融资产管理公司,专门接收、处置从国有商业银行剥离出来的约1.4万亿不良贷款,经过这次剥离,国有商业银行不良贷款率在2000年当年下降了9.2个百分点。

当时之所以要专门成立金融资产管理公司,主要是考虑如果在商业银行内部剥离不良资产,形成"好银行、坏银行",就需要把不良资产处置涉及的一些政策优惠如税收豁免等直接给予国有商业银行,这样做政策优惠面太大,而单独成立金融资产管理公司则可以避免这个问题。另一个考虑是成立一家还是四家资产管理公司,为防范道德风险,也便于将来对不良资产的处置业绩进行比较,因此决定成立四家而不是一家资产管理公司。

从资产管理公司的资产方看,在剥离的1.4万亿不良资产中,大约1 000亿来自于国家开发银行,其余来自工、农、中、建四家国有商业银行;就形态说,大约近4 000亿为国有商业银行持有的债转股股权,大约10 000亿为不良贷款。从资产管理公司的负债方看,约5 800亿为人民银行的再贷款,其余8 200亿是对四家国有银行定向发行的财政隐性担保的债券,最终损失由财政提出解决方案报国务院审批后执行。

到2006年底,四家金融资产管理公司基本完成了国家下达的政策性不良资产处置回收目标,在清收处置不良资产方面完成了历史使命,平均回收率略低于20%。

设立资产管理公司的意义远远超出其本身。尽管从形式上看,设立金融资产管理公司借鉴了美国重组信托公司(RTC)等国际经验,似乎只是一个为处置不良资产在技术层面上的一个设计,但实际上其意义远远超出了利用市场化手段处置不良资产本身。设立金融资产管理公司是国有银行市场化改革过程中的一个重要环节,是整个金融甚至经济体制市场化改革过程中的一个有益尝试。

五、国有商业银行股份制改革取得金融改革的历史性突破

发行2 700亿特别国债注资和设立资产管理公司剥离不良资产,只是为国有商业银行改革做了必要的准备工作,但还不够,此时的四家国有商业银行历史包袱仍然很重,资本充足率仍然很低,甚至为负,有会计标准问题,也有历史遗留问题。从不良资产的成因看,固然与当时宏观经济环境的周期变化有关,但归根到

底是国有银行约束机制不健全、市场化程度低的反映。从当时情况看,尽管国有商业银行开始引入一些先进的管理理念和方法,逐步建立了经营绩效和风险内控机制,但总体而言,这一阶段改革主要在梳理内外部关系、引进先进管理技术、处置不良资产等表层上进行,尚未触及国有商业银行体制、机制等深层次问题,加之当时支持国有企业三年脱困和改革攻坚的需要,先后实施了债转股、技改贷款贴息以及国企上市等措施,使整个经济改革的转型成本向金融领域集中,这是当时国有银行不良资产大幅上升的深层次体制因素。因此,国有银行需要全面深刻的改革。

国有商业银行改革的新阶段。以 2003 年底设立汇金公司向中国银行、中国建设银行注资为标志,金融改革进入了一个新阶段。这一阶段的金融改革有两个大的背景,一是自 2001 年 11 月加入世贸组织以来,五年过渡期过半,金融业全面对外开放的紧迫性日益增强;二是 2003 年下半年以来,我国经济逐渐走出通货紧缩步入新一轮增长周期,加快推进国有银行改革有了一个宏观经济环境。

2003 年召开的党的十六届三中全会通过了《中共中央关于完善社会主义市场经济体制若干问题的决定》,进一步明确了深化金融企业改革的目标、任务和步骤,提出商业银行和证券公司、保险公司、信托投资公司等要成为资本充足、内控严密、运营安全、服务和效益良好的现代金融企业,并提出了国有商业银行实施股份制改造,加快处置不良资产,充实资本金、创造条件上市四部曲改革的明确要求,新一轮银行改革自此开始。

设立汇金公司进行财务重组。财务重组是国有商业银行股份制改革的前提和基础。2003 年底,党中央、国务院决定,选择中国银行、中国建设银行进行股份制改革试点,并通过设立中央汇金投资有限责任公司①动用 450 亿美元外汇储备注资,希望藉此从根本上改革国有商业银行体制。2005 年,汇金公司又向中国工商银行注资 150 亿美元。同时国有商业银行先后将部分不良贷款进行了再次剥离,2004 年以来,工行、建行、中行、交行剥离并出售了 1 万亿左右的不良资产。从国家支持的角度看,希望此次财务重组是转型过程中的"最后晚餐"。经过财务重组后,国有商业银行的财务负担大大减轻,资产质量明显提高,资本充足率水平达

---

① 2003 年底,中央汇金投资有限公司成立,注册资本 450 亿美元。其性质是政府投资公司,代表国家向进行股份制改造的中国银行、中国建设银行、中国工商银行合计注资 600 亿美元。2007 年,国家决定成立中国投资有限公司,中央汇金投资有限公司成为新成立的中国投资有限公司的全资子公司。

到了 8％的监管要求，为下一步设立股份公司以及在资本市场上市提供了有利条件。除对大型商业银行注资外，汇金公司还对一些证券公司、保险公司实施了注资重组，为化解金融风险和全面推进金融机构改革发挥了重要作用。

与以往相比，这次国有商业银行的财务重组有两个特点，一是不良资产处置的市场化程度提高，1999 年是按账面价值将不良贷款剥离到资产管理公司，因而是一次政策性剥离。2004 年以来的不良资产是以拍卖方式定价销售给资产管理公司，相对应的中央银行再贷款也能收回来。二是采取了设立汇金公司用外汇储备而不是财政发债的方式注资。从当时情况看，要启动国有商业银行改革，进行财务重组并推动其上市，一个自然的首选思路就是再由财政发债注资解决，但这一思路没有走通。尽管当时名义财政赤字和债务负担率很低，但考虑到包括国有商业银行在内长期积累的不良资产，以及社会保障方面的巨大欠账，隐性财政负担并不低，而国有商业银行要在加入世贸组织过渡期内完成股份制改革，时间又十分紧迫。相对于财政的隐性负担以及向公共财政转型的巨大支出需要而言，当时国家外汇储备的投资渠道相对较窄，而通过设立汇金公司用国家外汇储备注资，既可拓宽外汇储备的投资渠道，又有利于使所有者多元化。

公司治理改革。公司治理改革是这次国有商业银行改革的最大特点。以往改革主要在财务层面进行，涉及公司治理等深层次问题不多。这次改革是要建立一个规范的股份制公司治理结构，重在机制转换，涉及股份公司治理架构、内控机制、引进战略投资者、审慎会计准则、中介机构作用等多个方面，是一次更为全面和彻底的改革。

资本市场上市。通过在境内外资本市场上市进一步改善股权结构，真正接受市场的监督和检验，是这次国有商业银行股份制改革的深化和升华。2005 年 6 月，交通银行在香港联合交易所挂牌上市，2007 年 5 月在境内 A 股上市。2005 年 10 月，中国建设银行在香港上市，2006 年成功回归 A 股市场。2006 年 6 月和 7 月，中国银行也先后在香港 H 股和境内 A 股成功上市。2006 年 10 月，中国工商银行成为在香港和内地资本市场同时上市的第一家金融企业，创全球有史以来 IPO 最大规模。但同时必须谦虚地说，全球市值排名靠前并不说明什么，切记日本的商业银行在 20 世纪 80 年代排名靠前但昙花一现的历史过程。

这次改革的不同。与以往相比，这次改革有三个显著不同，一是从单纯的财务重组向建立现代企业制度深化。1998 年发行 2700 亿特别国债补充四家国有商业银行资本,以及 1999 年设立金融资产管理公司剥离 1.4 万不良贷款,重在化解金融机构的财务风险。这次是要通过注资实现银行改制,建立规范的现代企业制度,重在机制转换,是一次比较全面和彻底的改革。二是首次引进了境外战略投资者,对公司治理、风险控制以及创新和竞争力的提高影响深远,也为金融机构走出去打下了基础。三是改革效果大大好于以往。不仅初步建立起规范的股份制公司治理结构和风险内控机制,而且资本充足率大幅上升,不良资产率持续下降,盈利水平稳定上升。从整个 30 年金融改革的历史看,国有商业银行实施股份制改革并上市,是整个金融业转轨过程中一个最大突破,具有里程碑意义。

六、农村信用社改革取得重大进展

农村信用社改革是这一时期除国有商业银行改革之外又一个取得重大突破的改革。事实上,从这轮银行业改革的整体战略看,走的是一条"抓两头,带中间"的路子,两头就是指四大国有商业银行和众多的农村信用社。

党中央、国务院历来十分重视农村信用社的改革与发展。1996 年国务院决定农村信用社与农业银行脱离行政隶属关系,由人民银行对农村信用社实施监督管理。2002 年全国金融工作会议后,国务院成立深化农村金融和农村信用社改革专题工作小组,并最终形成了《深化农村信用社改革试点方案》(国发[2003]15 号文件),对农村信用社改革和发展提出了"明晰产权关系,强化约束机制,增强服务功能,国家适当扶持,地方政府负责"的总体要求。

2003 年 6 月,按照引导和自愿相结合的原则,确定吉林等 8 个省(市)作为第一批试点省市,参加农村信用社改革试点工作。2004 年 8 月,国务院又决定将 21 个省、区、市纳入农村信用社改革试点范围,并下发了《关于进一步深化农村信用社改革试点的意见》。全国除了海南省(西藏没有农村信用社)外,所有省区市均加入了本次改革。

为了支持改革,国家给予的政策支持力度很大,涉及财政、税收、资金和利率等多方面。根据国发[2003]15 号文件精神,人民银行会同银监会在 8 省(市)改革试点之初,就及时制定、发布了资金支持方案,由人民银行按 2002 年底试点地区农信社实际资不抵债数额的 50%,发放专项中央银行票据或专项再贷款,帮助试点地区农信社化解历史包袱,其中专项中央银行票据用于置换农信社不良贷款和历年挂账亏损。各试点省份可根据本省的具体情况选择一种方式,也可以"一省两制",但总量不能突破 2002 年底农信社实际资不抵债数额的 50%。

人民银行以发放专项中央银行票据和专项再贷款两种方式支持农村信用社化解历史包袱,目的是使改革后的农村信用社能做到产权明晰、财务状况良好、治理结构完善。资金支持方案正视并注重解除农村信用社的历史包袱、建立连续的正向激励机制,防止改革后农村信用社走下坡路和防范道德风险。在专项借款发放和专项票据发行、兑付条件,以及考核程序的设计上,把资金支持与农村信用社改革进程紧密结合起来,力求取得"花钱买机制"的政策效果。

专项票据在兑付之后就成为信用社的自有资金,不用偿还,但对信用社增资扩股、资本充足率和不良资产的下降有一整套的严格要求,达到标准后才能兑付票据。兑付之前,信用社持有央行票据并得到按季付息。央行票据的设计为农信社改革和地方政府提供了巨大的正向激励机制,使 99.9% 的县选择了央票支持方式。截至 2008 年 6 月,人民银行共计完成专项票据发行和兑付考核 18 期,对 2 387 个县(市)农村信用社发行专项票据 1 656 亿元,置换不良贷款 1 353 亿元,置换历年亏损挂账 303 亿元。对 1 771 个县(市)农村信用社兑付专项票据 1 206 亿元,占全国选择票据资金支持方式的县(市)总数和票据额度的比例分别为 74% 和 72%。对新疆、陕西等 2 个省(区)的 44 个县(市)发放专项借款 12 亿元。目前除海南外,全国专项票据发行和专项借款发放已顺利完成,专项票据兑付进程超过 70%。资金支持政策的顺利实施,对化解农村信用社历史包袱、支持和推动改革发挥了重要的正向激励作用,"花钱买机制"的政策效应初步显现。

自 2003 年启动的农村信用社改革,已进行了近 5 年。各方面共同认为本轮改革是我国农村信用社发展历程中、乃至整个农村金融领域的一项重大改革,也是只能成功不能失败的重大改革。本轮改革对农村信用社实现健康可持续发展、对全面改善农村金融服务、对促进解决"三农"问题和新农村建设意义十分重大。经过改革,农村信用社长期积累的沉重历史包袱逐步得到有效化解,长期存在的系统性、区域性支付风险问题得到了有效控制,同口径下的经营财务状况和资产质量明显改善,农户贷款等涉农信贷投放大幅增加,服务功能有所增强,内外部对农村信用社改革发展前景的信心大为提高,取得了重要进展和阶段性成果。按贷款四级分类口径统计,2007 年末农村信用社不良贷款比例为 9.3%,与 2002 年改革之初相比下降了 28 个百分点;资本充足率为 11.2%,与改革之初相比提高了

20 个百分点。2002 年,农村信用社亏损 57 亿元,2007 年盈利 453 亿元。2007 年末,农村信用社农业贷款 1.43 万亿元,占其各项贷款的比例为 46%,比改革之初提高了 6 个百分点,占全国金融机构农业贷款的比例为 93%,比改革之初提高了 12 个百分点。

以中央银行票据的方式支持农村信用社改革是一次了不起的金融创新。央行票据对央行来说是负债,对信用社来说是无风险资产。央行用央票这种无风险资产来以县为单位置换农信社的不良贷款和历年亏损挂账,其中置换不良贷款占比不得低于 65%。相对 2008 年美联储在次贷危机中用美国国债置换问题金融机构资产的做法,2003 年夏天出台的以央行票据支持农信社改革的办法非常值得研究,感兴趣的读者可以就此课题进一步探索,应该可以做出几篇博士论文来。

七、开放是改革的强大动力

从 30 年金融改革的历史看,对外开放伴随着整个改革过程。早在改革之初,邓小平就非常清楚到意识到要搞中外合作和对外开放。1979 年我国就起草了第一部《中外合资经营企业法》,设立了中国国际信托投资公司,作为引进外资,开展国际经济金融合作的窗口,并成功发行了第一笔外债。一些外资银行也开始在华设立代表处和营业机构。1997 年亚洲金融危机的爆发,凸显了经济金融全球化对我国的深刻影响。2001 年 11 月我国加入世界贸易组织,标志着我国经济金融领域的对外开放进入了一个新阶段。正是在这一背景下,金融改革的迫切性日益增强,直接推动了 2004 年以来国有商业银行的股份制改革。

对外开放对改革的促进作用,首先在于认识到差距的存在。如果没有对外开放,就连信息都无从得到,也不清楚自己落后在哪里。即使是改革以后的国有商业银行,以总市值来计算的话可能排在世界前列,但靠的只是规模和大量投入,人均利润、资本回报率等效益指标仍有相当差距。如果再看机构功能、市场开发、内控机制和风险管理水平,差距就更大了(周小川,2006)。其次,是对外开放能在很大程度上促进竞争。计划经济不讲竞争,竞争往往被认为是重复建设。经过多年改革,竞争的原则在制造业和大多数服务业已被普通接受。后来的实践也证明,当初一些开放较早、程度较深的行业,如电子行业等,现在不但没垮,反而成为在全球具有竞争优势的行业。但要在金融领域对引进外资来参与竞争,却仍存疑。

典型的莫过于在国有银行改革中,是否有必要引入境外投资者。对此应从两方面看,一方面境外投资者获得了投资收益,但另外一方面,我们不仅引入了技术和管理,也引入了竞争机制,特别是有助于改善公司治理和减少外部行政干预。同时会促进会计准则、透明度和信用评级等中介服务领域的改革,这对巩固银行改制成果是非常重要的。如果没有境外投资者一定的股权,尽管改制后股东多元化了,但在现行体制下,内资股东仍然难以摆脱不当的外部行政干预。第三个与金融开放有关的问题是金融安全。从国际比较的角度,在前东欧转轨国家,外资银行所控制的金融资产大都超过了 60%,在新兴市场国家这个比例一般也超过了30%。而我国外资银行加上境外投资者所持有我国商业银行股权的比重,大约为20%,比较适度。更重要的是,一个国家金融是否安全,关键是宏观经济的稳健性、法治的完善程度、和金融体系的健康程度,特别是金融市场的基础设施,如交易、支付、清算、托管、信息等功能是否健全。与外资比例大小,金融服务由内资还是由外资提供,并无必然的联系。

从未来的趋势看,随着金融全球化深入发展,各国金融市场联系将更加密切,竞争将更加激烈,对此,我们只能坚持改革开放方针不动摇。在引进中缩小差距,在开放中提高竞争力,既是三十年金融改革的一条基本经验,也是今后深化金融改革的一个基本动力。

八、关于分业经营和混业经营

这个问题恐怕还需长期争论下去。1933 年美国国会通过《格拉斯-斯蒂格尔法案》,开始了美国银行、证券业分业经营的历史。格-斯法案的理念是混业经营风险大,因此要分业经营和分业监管。主要理由有两个,一是银行的资金来源(资产负债表的负债方)主要是企业和公众的存款,用这样的资金来源从事证券业风险太大。二是如果银行持有企业的股权,将产生在贷款决策上的不公平,银行倾向于给自己持有股权的企业优先贷款。显然,格-斯法案吸取了美国 1929—1933年经济大萧条的经验教训。

然而经济学家们一直在批评,格-斯法案其实误读了历史。大萧条的真正原因,是中央银行(美联储)没有履行最后贷款人的职能。当时的决策者过分相信市场的自我修复机制,没能及时地提供市场需要的流动性,来阻止债务—通货紧缩的自我加强过程,从而导致了大萧条。到了上个世纪70—80年代,批评格-斯法案的声音占了主流,分业经营开始松动。中止格-斯法案于是逐渐成为共识,格-斯法案何时淡出只是早晚的事。直到1999年尾,美国国会通过了"金融服务现代化法案",克林顿总统很快签署通过,格-斯法案才寿终正寝,结束了美企60多年的分业经营历史。

反观中国的历史,在改革开放初期,中国实际上是混业经营模式,银行可以办证券和保险(如交通银行)。在1993年6月底当经济过热、金融混乱时,中国政府出台了治理整顿16条措施,其中有13条和金融有关。在反思金融混乱的原因时,混业经营成为其中一条。因此,决定借鉴美国经验,走上分业经营的道路。以1995年颁布的《中国人民银行法》、《商业银行法》、《证券法》为标志,中国正式走上了分业经营的道路,要求商业银行与其持有的证券公司、保险公司脱钩。当时作为一名学者,我参加了部分关于分业经营的讨论,当时我曾指出,在美国分业经营已是尾声,格-斯法案被废止是迟早的事。早在1980年,我到美国留学的第一年,《货币银行学》的授课老师就批评格-斯法案的缺点,给我留下了深刻的印象。当然我当时对此问题的理解是肤浅的,后来通过不断研究、教学和参与各种国际学术研讨会,特别是到人民银行工作以后,对此问题的思考和国际才越来越深入了。

分业经营和混业经营各有利弊。总的来说分业经营的优点是对风险看得比较清楚,监管的责任比较清楚;缺点是不利于金融创新,效率要低一些。混业经营有利于金融创新、新产品的推出,但有时对风险不容易看清。在混业经营分业监管的模式下,监管责任不易划清。欧洲一直是混业经营,叫做全能银行模式,或金融百货店模式。虽然争论一直在持续,但在美国次贷危机发生以前,中国学者的共识越来越倾向逐步走向混业经营,可以借鉴美国的金融控股公司模式,也可借鉴欧洲和日本好的经验。

历史好像在和勤于思考的人开玩笑,美国的次贷危机再次质疑混业经营模式。分业经营的实质是把银行(间接融资)和证券(直接融资)风险隔离开,而混业经营会使银行与证券、保险在机构、产品上的界限越来越模糊。有学者提出(我听到前MIT教授、IMF副总裁斯坦尼·费希尔提问)"如果不废止格-斯法案的话,会发生次贷危机吗"的问题。可见,次贷危机对混业经营模式的冲击还是深刻而有力的。

从1995年中国决定走分业经营的道路,到今天才13年,从2003年开始一行三会的体制到今天也才5年,我不想在今天做任何结论。中国是幸运的,在我们思考重大问题时,总有些重大的事件会发生,告诉我们风险在什么地方,帮我们标明前进的航道。有了这些信息和思考,中国的金融业可以少走弯路。

九、三十年银行改革的基本逻辑

从实践中的改革顺序看,1979年开始实行的拨改贷,是金融领域改革中政治激励转向经济激励的起点。拨改贷的实施,企业开始有了还本付息的压力,企业作为还贷主体开始有了产权约束。银行也开始有了追求利润的激励。随着拨改贷规模的扩大,大一统的、政企不分的国家银行体制必须转变,人民银行与工商银行分设就体现了这一要求,也是金融领域改革政企分离的开始。进入90年代中期以后,政策性银行的设立,也同样反映了在政企不分的情况下,商业银行追求自身商业利益与贯彻国家政策意图的冲突,是经济激励改革要求日益上升这一大背景下,金融领域进一步的政企分离改革。随着建立社会主义市场经济体制改革目标的确立,金融改革进入全面推进阶段。在这一背景下,商业银行获得了至今为止仍然是最广泛的经营权限和经营范围,设立了大量的非银行金融机构,并通过这些机构绕规模拆借资金;获得了进入股票市场、房地产市场、期货市场、信托市场在内的几乎所有金融行业的经营权。但由于当时的改革并不配套。从外部看,金融监管的理念和制度尚未建立;从内部看,金融机构自身改革尚未开始,外部和自身均没有约束机制,自然引发了当时金融秩序的混乱。加之随后遭遇到亚洲金融危机,金融风险急剧上升。这一情况表明,如果仅仅是通过放权让利来增强市场主体的经济激励,在产权不清晰,金融机构自身没有一个好的公司治理和内在约束机制的情况下,单纯的经济激励改革最终不会成功,只会变成国家和企业之间的利益博弈,产生大量道德风险,达不到真正增强微观主体内部约束的改革目标。正因如此,20世纪90年代后期中国金融业的治理整顿、分业经营至关重要。2003年底以来的新一轮金融改革,具有明显的产权改革特点,无论是设立股份公司,还是引入境外投资者和上市,都体现了在现代企业制度框架下明晰产权的公司治理要求,使金融机构改革从最初的外部放权让利和经济激励,转向建立现代企业制度和规范公司治理的产权激励,并通过公开上市增强外部市场约束和社会监督。随着金融机构特别是国有商业银行产权改革的深入,整个金融领域的微观基础正在发生根本变化,市场力量会反过来会促进政府加快职能转换,促进从行政命令治国向依法治国转变。

以上按照市场经济的五个特征,描述了三十年银行改革过程的内在逻辑。最后,我们再对照这五个特征一一回顾,看改革 30 年来银行业是否发生了相应变化。首先看产权是不是比过去清晰多了,回答是肯定的。过去是人民银行一家银行统天下,现在是几百家银行加上几千家相对独立的农村信用社,资本充足率也有了显著改善;过去银行是政府和财政的出纳,一切听命于政府,现在是自主经营、发挥资源配置作用的市场主体,体现了政企在很大程度上的分离;过去以行政命令代替法律,现在法治建设初具规模,人民银行法、银行业监督管理法、商业银行法、物权法等成为监管部门和商业银行依法监管、依法经营的依据;过去银行领导干好干坏只体现在政治升迁,现在银行业已经有相当的经济激励;过去银行没有社会监督,现在每年都需要披露年报,上市银行还要考虑股票价格的表现,经营和决策透明度也明显提高,这些都是社会制约和监督。

尽管银行业改革取得了显著成效,但仍然还有很长的路要走。国有控股银行的董事长、行长基本上是任命制,监管也还带有不同程度的管制特征,这也是符合中国国情和渐近式改革的体现。但另一方面,资产回报率、资本回报率、利润、不良资产等经营指标的考核,中外资银行日益激烈的竞争,上市银行的市值表现等,都对传统体制形成了强有力的外部制约,银行业现状呈现出明显的混合经济特征,转型过程中的复杂环境导致了较高的交易成本,也存在寻租腐败的机会。但就目前看,在没找到更好的替代之前,现行体制仍是可行的选择。随着全球金融一体化的不断深入,国际竞争压力的不断增强,港澳台日益融入内地的经济生活,祖国统一大业的宏伟蓝图日益清晰,中国银行业将继续向市场化方向前进。暂时的反复或有可能,但改革开放从趋势上已不可逆转。下一步,中国的银行业,在可见的未来,将经历经济周期、人民币逐步可兑换、稳步推进利率市场化这三件事的考验。对于中国银行业能够平稳度过这三个考验,我是充满信心的。

参考文献

亚诺什·科尔奈,《短缺经济学》,经济科学出版社,1986年中译版。

邓小平,《关于经济工作的几点意见》,《邓小平文选》(第三卷),人民出版社1994年版,第194—202页。

《中共中央关于建立社会主义市场经济体制若干问题的决定》,中共中央文献研究室编,《十四大以来重要文献选编》(下册),人民出版社1999年版,第519—548页。

《国务院关于金融体制改革的决定》,中共中央文献研究室编,《十四大以来重要文献选编》(下册),人民出版社1999年版,第593—604页。

《地方政府向中央专项借款管理规定》,银发2000(148)号,中国人民银行办公厅编,《中国人民银行文告(2000)》。

《中共中央、国务院关于深化金融改革、整顿金融秩序,防范金融风险的通知》,中国人民银行、中共中央文献研究室编,《金融工作文献选编(1978—2005)》,中国金融出版社2007年版,第281—293页。

唐双宁,2005,《关于国有商业银行改革的几个问题》,2005年3月25日在中国金融学会学术年会上的演讲,银监会网站。

《中共中央关于完善社会主义市场经济体制若干问题的决定》,本书编写组,《中共中央关于完善社会主义市场经济体制若干问题的决定》辅导读本,人民出版社2003版,第1—26页。

《深化农村信用社改革试点方案》,国发2003(15)号,中华人民共和国中央人民政府门户网站。

《国务院办公厅关于进一步深化农村信用社改革的试点意见》,国办发2004(66)号,中华人民共和国中央人民政府门户网站。

周小川,2006,《中国银行业改革的长期性、艰巨性和复杂性》,中国人民银行办公厅编,《探索与思考——人民银行学术讲座与领导干部调研报告选(2006年度)》,第14—26页。

易纲,1988,《市场效率与产权界定》,《中国:发展与改革》,1988年第12期。

光荣与梦想

徐滇庆

加拿大西安大略大学休伦学院终身教授

纽约相聚,创建学会

1985 年 3 月 29 日,美国普林斯顿大学的邹至庄教授来匹兹堡大学讲学。课后,邹老师告诉我们几个中国留学生,暑假期间可能在纽约召开一次有关中国经济改革的学术座谈会,希望我们去参加。当时,左学金(现在是上海社会科学院常务副院长)和我都是在 1984 年夏出国,到美国还不满一年。我拿的是公费奖学金,每个月 360 美元,左学金拿的则是联合国人口基金会的奖学金,每个月 550 美元。去纽约往返机票要 200 多美元,对于我们来说实在太贵了。邹老师看出我们面有难色,马上补充说他的学生杨小凯(原澳大利亚科学院院士,莫纳什大学终身教授)、于大海(美国波士顿一个学院的教授)正在想办法,也许能给我们弄点补助,令我们喜出望外。

我们在 4 月份收到了于大海和杨小凯寄来的邀请函。我和杨小凯相识于 1980 年,当时我在国家计委搞全国钢材优化分配的研究,杨小凯在数量经济研究所写《经济控制论》。每天晚上最晚离开国家计委计算中心的就是我们两个。当时我正在华中工学院读研究生,曾经动员他来华工。后来,武汉大学把杨小凯挖了过去。大家都在东湖边上,相隔不远,经常来往。5 月初,接到杨小凯的电话,他和于大海在邹老师的帮助下,终于从福特基金会申请到 7 500 美元,可以给与会者一定的机票补贴。那个时候,这笔钱对于我们这些穷学生来说几乎就是一个天文数字。我问杨小凯,这是一次什么会议? 他回答:近年来陆续从中国出来一批留学生,大家都非常关心中国的经济改革,为什么不走到一起来,讨论一下有关中国的改革? 一群年轻人 1984 年 9 月在莫干山召开了"全国首届中青年经济科学工作者学术讨论会",影响很好。可惜我们不在国内,错过了那次会议。是啊,为什么不在美国开次讨论会呢?

这确实是一个非常吸引人的建议。如果没出国的话,我估计许多留学生都会去参加那次莫干山会议。我问有哪些人会参加会议? 杨小凯说,他负责通知武汉的同学,于大海通知北大的同学,钱颖一(清华大学经管学院院长)通知清华的同学。当然不限于这些人,在纽约周边地区的人他们都尽力通知,请我们把关心中国经济改革的同学也尽量叫上。

杨小凯还告诉我,总领事馆答应补贴住宿和伙食,福特基金会给的 7 500 美元,全部拿出来补贴大家的路费。我问,够吗? 杨小凯说:反正就是这么多,如果人多每个人就少拿一点。我们很卖力地四处联络,争取多些人去开会,而从来没想自己能拿多少钱的补贴。后来,不论远近每个人发了 120 美元的路费补贴,大家非常满意。

1985 年在美国的中国留学生人数并不多。我和左学金等人算是第一批由国家教委(现教育部)组织集训的公派留学生。在我们之前,还有一些零零散散来美国留学的学生,例如于大海、杨小凯是邹至庄先生给办出来的,林毅夫(现在是世界银行副行长,首席经济学家)是芝加哥大学的舒尔茨教授给办出来的,易纲(中国人民银行副行长)是校际交换学生,海闻(北京大学副校长)、张欣(美国多雷托大学教授)等人是自费。尽管出国方式很多,但是人数并不多。大家互相通知,相约去纽约开会。

1985 年 5 月 25 日早上 5 点我和左学金就赶去机场,7 点起飞,8:25 到纽约,马上转乘地铁来到位于纽约 42 街的中国总领事馆。几乎每一个公费留学生对这里都非常熟悉。当初出国的时候,集体行动,飞到纽约之后总领事馆用大巴把我们接到这里,然后再根据所去的学校分别发给机票并且派车送去机场。在此之前,我们连一分钱都没花过。我们开玩笑说,离开总领事馆之后就要开始自己照顾自己了。

一进总领事馆大门,惊呼声连连不断,朋友们虽然分手不到一年,好像已经分隔了很久。大家在大厅里交谈,连行李都没放。

9点开会,由于大海主持,总领事纪立德和邹至庄教授致辞。中国驻美大使韩叙还专门发来贺信。我不记得在会议室有没有说明会议名称的横幅,好像是没有。

总共来了大约50人。田国强(上海财经大学经济学院院长,美国德州农工大学终身教授)是我在华工的老同学,见面自然格外亲切。我很高兴见到了同样来自于武汉的汤敏(原亚洲开发银行首席经济学家)和左小蕾(银河证券首席经济学家)夫妇。那个时候,林毅夫的头发很长,盖过耳朵,风度潇洒。还有张欣、文贯中(美国三一学院教授)、尹尊声(美国西东大学教授)、杨昌伯(中金公司总经理)、杨文艳(在联合国工作)、周惠中(美国西密歇根大学教授)……,有些人是在出国集训时认识的,有些虽然初次见面,却是一见如故。来参加会议的主要来自于北京大学、清华大学、复旦大学……不知道什么缘故,武汉来的人比较多。田国强、王辉进(Koch公司中国区总裁)、方振民(香港理工大学教授)和我都是来自于华中工学院,后来从华工还来了谭国富(美国南加州大学教授)、艾春荣(美国石溪大学教授)、邓胜梁(加拿大布鲁克大学教授)等人。杨小凯、汤敏、左小蕾等人来自于武汉大学,被大家戏称为“武汉帮”。

于大海、杨小凯和钱颖一是会议的组织者,忙里忙外。海闻很热心地帮助料理会务。茅于轼老师(天则经济研究所理事长)刚刚从国内来,路径纽约去哈佛大学访问,正好参加了会议。大家请茅于轼老师介绍国内改革的情况。你一言我一语,讨论非常热烈。

分组宣读论文。几乎所有的论文都和中国经济改革有关。大家都试图使用在美国学到的现代经济学理论来解释中国的改革。不时听到一些新的术语。茅于轼老师评价,和国内会议最大的不同点,就在于论文大多有理论模型,不仅谈具体的现象,还有理论的支撑。有些论文即使眼下可能还比较青嫩,但是今后有很大的发展空间,没有理论支持的实践是走不远的。

我提交的论文有关中国价格改革。田国强提交的模型在数学上非常复杂,据说,可以用来设计激励机制,帮助设计改革方案。左学金是研究人口的,他的论文自然也和中国的人口政策有关。

在饭桌上,于大海报告了他联系福特基金会的过程。他告诉福特基金会,来美国留学的这批年轻人是来自于国内各个名牌大学的精英,非同寻常,将来一定会在中国经济改革和经济学研究中起到非常重要的作用。福特基金会很高兴能资助我们开会，并且有意再资助我们。大家一听还有资助，那么就得有个比较稳定的班子来负责召集会议。于大海于是提议，我们为何不成立一个经济学会？

茅于轼非常赞同于大海的建议，他积极主张把讨论会转化为一个比较固定的学术组织。

于大海、杨小凯和钱颖一似乎早有预谋，他们在向福特基金会申请资金的时候临时起了个名字（Chinese Young Economists Inc.）。于大海说，莫干山会议之后在北京成立了一个"北京中青年经济学会"，他建议成立一个"中国留美青年经济学会"。据说，北京成立这个学会的时候，有些人以为年过 30 岁，不能再自称青年，所以创造出一个"中青年"来。可是在纽约的会议上情况截然不同，与会者全部都是留学生。我是老大哥，刚满四十岁，大部分人都是二三十岁。大家朝气蓬勃，以为自己的事业刚刚开始，几乎没有一个人自认已经年届中年。因此，毫无疑义地接受了"青年经济学会"这个名称。中间有的时候还采用过"中国留美同学经济学会"的名字。在四年后，我们准备正式申请加入美国经济学会（AEA），大家一商量，研究中国经济不分老中青，干脆把"青年"这两个字给删掉了。从此，正式的名称成了"中国留美经济学会"（Chinese Economist Society）。

于大海在会议之前泡在图书馆里阅读了不少法律方面的文件，搞清楚了在美国注册成立一个组织所需要办理的法律手续。当他报告这些内容的时候，大家都很惊讶，原来在美国还有这么复杂的注册程序。

到了第二天下午，大家聚集在一起，选举理事会。杨小凯鼓励我报名参选。我觉得自己英语尚未过关，经济学知识极为欠缺，不够当理事的资格，所以自告奋勇说，还是由我来主持选举吧。我站起来说，凡是想竞选理事的到我这里来报名。事后想想，满滑稽的。是谁授权给我主持选举的？大家七嘴八舌，总不能让主持人选举自己吧？既然没有人反对，那就由我主持了。从此之后，除非我也参加竞选，否则就主持选举，前后主持了 5 次，被大家戏称为"选举专业户"。

报名参加选举的人很踊跃，有的人毛遂自荐，有的人提名别人。我一一写下名字之后，还要当众问问被提名的人是否接受提名。我们这些学生虽然刚来美国不久，很快就学会了美国式的民主选举。

因为有些人相互之间并不熟悉，我要求每个候选人都来一个自我介绍，并做竞选演说。我第一点名的就是于大海，随后是杨小凯和钱颖一。因为他们是这次会议的发起者,似乎理所当然要成为第一届理事会成员。于大海为这次会议出力最多,杨小凯讲话的气势最大,钱颖一在波士顿,大家希望他当选后在哈佛组织下一届年会。轮到田国强发表竞选演说时,喊了好几次名字,谁都不知道他跑到哪里去了。我急中生智,替田国强竞选,讲了不少好话。竞选演说之后,大家非常认真地投票,计票还是像国内那样在一块黑板上画正字。选举结果,于大海、杨小凯、钱颖一、海闻和王辉进当选为第一届理事会成员。于大海担任第一届会长,并在会上商定在次年在哈佛大学召开第二次年会。

中国留美经济学会的大部分会员都有极其强烈的使命感:读书,积累知识,把最先进的经济学思想和研究方法带回去。每个人都很清楚,作为第一拨出国留学的人,我们肩上的担子是什么。谈吐之间豪情万丈,把中国的经济改革当做自己的事业。大家有个共识,未来中国的经济学界将是我们驰骋的广阔天地。大家在交谈中尽量扩大知识范围,问对方学到些什么。当时几乎没有人有自由选择工作单位的念头,潜意识里还是从哪儿来还回到哪儿去。在饭桌上数了一数,全国各个重点大学都有人,于是大家约定,回国之后还要保持联系,如果十年、二十年以后,各个大学经济学院的院长中有许多是我们这些同学,多棒!

在纽约开了两天会,紧张、活泼,非常愉快,好像很少有人上街。选举结束后,我和左学金跑到楼顶观光,新当选的理事们也上来了,我充当了一回摄影师,大家相约明年在哈佛再见。

参加第一届年会的有:陈大白、陈举富、陈雪明、陈燕南、蔡金勇、董力、杜欣欣、方莺、方振民、顾宝昌、海闻、黄谷、黄跃秋、金瑞龄、金曦、李少民、林毅夫、刘俐俐、刘鹰、马国南、毛立本、牧新明、钱颖一、单伟建、汤敏、陶勇、田国强、王辉进、王江、王建盛、王为人、文贯中、吴澜、徐滇庆、徐友伟、杨文艳、杨小凯、杨昌伯、易纲、尹尊声、于大海、曾星、张欣、张军、张处、周国平、周惠中、左小蕾、左学金。

哈佛再聚首,第二届年会

中国留美经济学会第二届年会是 1986 年 5 月 24 日在波士顿的哈佛大学召开的。我们匹兹堡的中国留学生和访问学者 5 个人租了一辆车,由左学金开车,大家轮流帮着看地图,很顺利地到达了波士顿。对我们大多数人来说,第一次长途开车居然能顺利到达,很有成就感。后来,即使从东海岸开到西海岸都没有这样的感觉。

　　当时在哈佛访问的除了茅于轼老师之外，还有樊纲（国民经济研究所所长）、李稻葵（清华大学世界与中国经济研究所所长）和上海来的乔伊德。他们不仅参加会议，还为会务做了大量工作。出席第二届年会的大约有 120 人。

　　哈佛大学世界发展研究所的所长珀金斯（Perkins）教授和傅高义（Ezra Vogel）教授发表讲演。

　　在分组讨论中，大家提交的论文的质量突飞猛进。杨小凯报告了他新古典经济学劳动分工模型的思路。田国强拿到了美国优秀博士论文奖（斯通奖），他讲的数学模型让听众一头雾水，神龙见首不见尾，却又不得不佩服。陈平（北京大学中国经济研究中心教授）在会上海阔天空地大谈发展战略，让人耳目一新。还跑来一个汪康懋，他满嘴都是最新的金融新名词，目空一切，好像他毕业之后就要颠覆华尔街。

　　当初莫干山会议的组织者之一朱嘉明也参加了在哈佛举行的中国留美经济学会第二届年会。他报告了国内改革形势，介绍了北京青年经济学会的情况。他说，国内和海外的中国经济学者要加强交流合作。吃饭的时候我问他，对于海外这批人有何感觉？他回答，不出国不知道，海外藏龙卧虎。他在国内见到许多非常优秀的青年经济学者，在这里遇到了一群更为嚣张、志向更为远大的年轻人。他很感慨："水太深了。"

　　另外一位在国内经济改革中崭露头角的何维凌也参加了这次会议，他说，这些留学生本来就是国内各个名牌大学的顶尖精英，出国之后有幸跟随大师左右，言传身教，了不得，言谈之中尽是让人头晕的术语，国内哪里见过这种场面？在国内来了一个奥塔·锡克就刮起一阵旋风。在哈佛，只要抬头就见到柯尔奈、柏金斯……个个都是声名显赫的大经济学家。校园里走过来个老头，说不定就是诺贝尔奖得主。他断言，只要这批留学生回国，要不了多久，就会大有作为、推动改革。

　　茅于轼在讲话中再三强调，大家要厚积薄发，学好世界上最先进的经济学理论，只有在理论上站得住脚，才有未来发展的广阔天地。

　　国内来人都说，他们印象最深的就是在每篇论文宣读之后，马上就有人站出来质疑、提问、辩论，批评起来一针见血，毫不客气。而研讨会之后大家又非常亲切，并没有因激烈的争论而伤感情。我解释说，在美国几乎所有的学术讨论会都是这样，来这里几年好像已经适应了，并不觉得有什么特殊的地方。他们说，这就是必须出国学习的原因,就等着你们把这种学术气氛带回去。

更上一层楼,第三届年会(安娜堡)

1987年6月11日在美国密歇根大学举行第三届年会。匹兹堡的中国留学生租了一辆面包车。还是由左学金驾车,车里坐了14个人。其中有方星海(上海金融办主任),许定波(中欧商学院副院长),李玲(北京大学中国经济研究中心教授),张俊喜(原中央财经大学金融研究院院长、香港大学教授),邢小林(新加坡国立大学教授)等。大家情绪高涨,一路歌声。

到了安娜堡,接待我们的是朱民(原中国人民银行副行长,IMF高级董事)。他和复旦的同学们为组织这次会议出了很大的力气。参加第三届年会的同学有162人。大家高兴地说,我们的队伍越来越壮大了。汪康懋则有备而来,到处游说,竞选会长。陈平和汪康懋在竞选中针锋相对,妙语迭出。汪康懋拍着胸脯说,他若当选,保证筹款三万美元。由于许多留学生远在西海岸没有能来开会,有人建议下次年会要到加州去开。没有足够的经费确实是个很大的问题,因此,汪康懋颇赢得一些人的支持。杨小凯等人在会上指出他言过其实,学位有假。汪康懋极力辩解,却越抹越黑。由于大家重视诚信,不能容忍弄虚作假。汪康懋竞选失败,气愤异常,大喊冤枉。

在会上我很荣幸地当选为学会理事。早期会章规定,会长不得连选连任,理事连选连任不得超过两届,我在第三届和第四届担任理事。第九届担任会长。在第十届和第十二届担任理事。也许我是学会早期当理事次数最多的一个。学会的会长和理事就是一个出力干活的差事,既无报酬又耗费时间。即使没有规定,大概也没有人吃得消连任两届会长。

四方圆桌,第四届年会(伯克利)

第四届年会决定在加州的伯克利大学召开。陈平担任会长后提出要召开一次学术水平更高的四方圆桌会议:中国大陆学者、中国台湾学者、美国学者和我们留美经济学会。在美国和中国台湾的经济学家很高兴地接受了我们的邀请。陈平要我和他一起回北京邀请大陆经济学家参加。当时出国是一件非常稀罕的事情。想参加我们年会的人很多,可是经费却无从着落,出国手续也异常复杂。

1988年夏天,我们飞回北京,这是我出国4年之后第一次回国。陈平身体弱不禁风,回国奔波几天后累得胃出血,住进了中日友好医院。剩下来的事情只好交给我去办。国内官僚主义严重,办事非常艰难。我还接替陈平跑到设在建国饭店的福特基金会办事处,去找彼得·盖特纳软磨硬泡,筹到一笔资金。在各方面的努力之下,我们终于邀请到6个人参加我们的年会。他们是孙尚清(原国务院发展研究中心主任)、周小川(中国人民银行行长)、周其仁(北京大学国家发展研究院院长)、张少杰、唐欣和张晓彬。台湾中华经济研究院第一研究所所长赵冈教授也参加了这次会议。

在1988年7月16日选举了新一届理事会。许多人鼓励我出来竞选,我说,很快就要读完回国,就不参加竞选了。不过我答应主办下一届年会。在许小年(现任中欧商学院教授)和孙涤(美国加州州立大学教授)竞选时,许多人都看好许小年。有人提问,你当会长最大的困难是什么? 他毫不含糊地回答,没有时间。大家不由得哄堂大笑。没时间还竞选个啥? 他也和大家一起笑个不停。孙涤也就顺利当选了。

竞选理事得票最多的是左小蕾。在竞选的时候,汤敏为她拉票:请你们选左小蕾,如果她当选了,我白干,买一送一。他首创的这种说法,几年后竟然被克林顿用去了,不过克林顿当选总统后白送的,是他的老婆希拉里。费城大学的单伟建(新桥集团负责人)、杨昌伯、海闻也都当选理事。在冥冥之中老天似乎预料到这届理事会将遭遇极为不平凡的变故,特地开恩,给学会准备了一届很强的理事会。

中国留美经济学会从第二届以后就办了一份《会员通讯》,每年3—4期,一共办了30期。还办了一份杂志《经济论坛》,也是每年4期。在草创阶段,基本上就是一份油印的杂志。新当选的理事会讨论分工时,单伟建提议办家正规杂志,这可是一件了不起的大事。要组织编委会,联系出版社,办理许多法律手续,签订各种合同,几乎没有人相信他有这个能耐。单伟建说,咱们理事会有7个人,让我专门去办。顶多是把我搭出去,你们6个人干7个人的事情。办成的话是学会转折性的成就,办不成就算你们多辛苦一点,好吗? 后来果然让他办成了 China Economic Review,迄今为止,这是在全世界影响力最大的关于中国经济的学术杂志之一。单伟建的谈判能力实在太强了,难怪后来在亚洲金融危机中他代表新桥集团把韩国第一银行给买下来了。

急风暴雨中的第五届年会

从伯克利回匹兹堡的路上，朋友们怪我，自己不当会长，怎么就把开年会的任务给揽下来了？到时候少不了又要找我们帮忙。左学金则非常仗义，为朋友两肋插刀，毫不含糊地支持我。我们很快就决定在 1989 年 7 月 14—15 日在匹兹堡召开第五届年会。

为了筹备会议，匹兹堡的同学们总动员，齐心合力，征集论文，编好议程，印出论文汇编，定好饭店。诺贝尔奖得主西蒙教授、匹兹堡市长、匹兹堡大学校长和许多知名人士都应邀许诺参加会议。万事俱备，只欠东风，却万没料到在 1989 年发生了政治风波。按照当时的形势估计，如果要按照原计划召开年会的话，肯定要开成一个火爆的会议，甚至有散架的危险。中国留美经济学会是一个学术性组织，理当不卷入任何政治性活动，可当时又绝对没有办法避免如此重大的冲击。于是理事会多次讨论，在北美已经有各种各样的政治性组织，为此再多开一个会议也没有多大的意义。而研究中国经济的正规学术组织只有我们中国留美经济学会一家。倘若沦为政治性组织，学会就失去了其存在的意义，延续不了多久。而且一旦破了这个规矩，学会关注的重心变了质，今后就很难修复。从长远来看绝对得不偿失。可是，在会上又不能不让人家谈论北京发生的政治风波的影响，至于怎样把握？谁都说不清楚。最后大家得到一个共识，为了把中国留美经济学会继续办好，只能将年会延期。这意味着我们前期做的一切工作都得从头再来一次。匹兹堡的同学们，左学金、李玲、许定波等都认为，延期开会虽然增加了我们大家不少麻烦，但从长远来看，是值得的。

我挂电话给孙涤，他也正在为这件事情发愁，我建议将年会推迟到 12 月举行，仍承诺在匹兹堡举办年会。他非常高兴，连声说，那就辛苦你们了。各位理事也都认为这是保全学会学术性的良策。杨昌伯、单伟建、许小年、海闻、汤敏、左小蕾全都坚定地支持年会延期。大家一致的意见非常坚定，不能随便以经济学会的名义发表任何带政治性的声明。

当我和老会员通气时，有些人并不以为然。那时杨小凯已经去澳大利亚墨尔本，他在电话中非常明确，说如果在经济学会上只围绕政治打转，还要经济学会干什么？中国今后无论如何还是要改革开放的，我们不能改变学会的宗旨，而要千方百计把学会保存下来，并承诺以自己的影响力尽量避免冲击。有点出乎我的预料，于大海在回话时也明确表示，中国留美经济学会是研究、讨论中国经济改革的平台，意义很大。他作为一个普通会员，支持理事会坚持学会不受非学术活动的干扰。

在大家高度共识的基础上，孙涤会长在 6 月 14 日正式决定将年会延期至冬季举行。

1989 年 11 月，有些人在美国国会作证要求经济制裁中国，又一个严峻的考验摆在理事会面前。中国留美经济学会是当时北美最大的华人学术组织之一，在海外留学生当中威望甚高。我们是否要站出来表态？我打电话给孙涤，他很明确地表示，按照学会章程，将不就任何政治问题表态，但在是否制裁中国经济，关系到改革开放的问题，我们应当旗帜鲜明地反对。理事会和许多会员讨论商量之后，一致认为这是和中国经济改革密切相关的大问题，决定针对经济制裁发表我们的看法：反对采取任何形式的经济制裁。我们的理由很简明，经济制裁只会伤害中国的民众而无助于解决中国的问题，担当出口主力的是民营企业。经济制裁不但会造成数以百万计的工人失业，而且将严重阻碍中国走向市场化的道路，对中国改革开放的进程不利。

中国留美经济学会的声明发表后，很快在北美的主要媒体上广为流传。果然招来了一些海外华人组织的责难非议，我们事先曾估计到可能会有这样的情况，思想上有所准备。值得欣慰的是，大多数人还是尊重和理解我们意见的。他们认为，除了中国留美经济学会之外，在北美真正懂得中国经济而又认真负责的实在不多。几周之后，美国老布什总统发表讲话，不同意经济制裁中国。他在讲话中提到了在美国的华人经济学家也不同意经济制裁，毫无疑问，他指的就是我们的声明。过程中并没有任何人给我们施加过压力，中国留美经济学会的学者完全独立地作出判断，不随波逐流，能坚持原则，从而在海外华人中赢得了更高的声望。

年会是否邀请中国官员出席曾一度成了难题。事实上在北京的政治风波之后驻美使领馆人员很少和留学生接触，担心会出现抗议局面。理事会认真讨论后我们决定正式邀请纽约总领事馆的人员出席会议，同时也敞开大门欢迎各方代表来参加会议。我们非常明确地表示要尊重各种意见，但在正式的会议上只谈经济改革，不及其余。至于别的议题，我们可以代为安排场所坦诚交换见解。由于左学金、邢小林和我先后担任过匹兹堡地区学生联谊会的会长,和匹兹堡的中国同学们关系密切,得到了大家的积极支持。除了匹兹堡大学和卡耐基·梅隆大学经济系的同学之外,薛澜(清华大学行政学院院长)、阎洪(香港城市大学教授)、郝刚(香港理工大学教授)等人也为这次年会做出了很大的贡献。

1989年12月22日第五届年会在匹兹堡召开。诺贝尔奖得主西蒙(Herbert Simon)教授,匹兹堡大学校长及经济系部分教授出席了会议。会议开得非常成功,始终坚持以研究中国经济改革作为主题,发表的论文水平较之以前有很大的提高,同时坚定了志向、凝聚了大家的士气。

制度建设,唯此为大

2010年12月在天津南开大学召开会议,纪念中国留美经济学会走过25年历程。许多人都有这样的感叹,真是不容易。在海内外曾出现过许多学术组织,例如,中国留美历史学会、政治学会、工程学会等。光中国留美工商管理学会和商学会前后就有好几个。每当兄弟学会成立时,我们留美经济学会都会热情致电祝贺,可是没有一个能够像中国留美经济学会这样保持稳定、团结、志向明确、组织良好。中国留美经济学会在学术研究中能够摒除门户之见,海纳百川,不受外界各种因素的干扰,坚持研究中国经济问题,进而涌现出大批人才,表现出很强的凝聚力和创新精神。

记得茅于轼老师当时和我谈过好多次,他很担心留美经济学会将来还能不能长久保持活力。他说,创始会员们都很优秀,有奉献精神,可是你们这些老会长总有一天要退出舞台,要有制度的保障,学会才能延续下去。

回顾往事,如果要总结经验的话,重视学会的制度建设,绝对关键。

学会成立之初,创始会员们就意识到制度建设的重要性。在第二届年会上陈平提出动议,要求讨论于大海起草的会章草案。陈平提出的动议并不直接讨论会章,而是讨论产生和修改会章的程序。他建议:只有在全体会员大会上才能讨论和修改学会章程。任何会员有权对会章提出修改意见,但只有经过大会多数会员同意的方可纳入议程;在充分讨论后再交付表决;会章修改必须有三分之二的会员赞同才能生效。与会会员首先通过了这个会章修改程序,然后众人推举陈平主持讨论会章。

　　在讨论会章过程中,有两点重要的争论:第一,学会是否要以中国经济研究为重点;第二,是否要保持学术性。有人提议我们应当迅速融入经济学研究的主流,马上就有人质疑,难道中国经济研究不是主流? 确实,如果不从事主流研究就很难在北美找到工作,难怪有些人出国以后就变得根本不再关心中国问题的研究了。会议很快就达成了一致的意见:如果到北美只是为了混口饭吃、发点财的话,就请离开中国留美经济学会。我们出国,固然应当努力学习现代经济学理论和掌握当今主流经济学派的观点和方法,可是得记住,中国留美经济学会的宗旨是研究中国经济,为改革开放服务。如果放弃研究中国经济这个特色,中国留美经济学会就没有存在的必要了。由于大部分会员同时也已加入了美国经济学会(AEA),要报告纯理论研究成果尽可去美国经济学会。

保持学术独立性

　　毋庸讳言,凡是有人的地方就有左中右。在海外,各种势力并存,鱼龙混杂,非常复杂。我们亲眼见到许多华人组织背后受到某些政治势力的操纵,变成了政治斗争的工具。有些组织成立不久就窝里斗,争权夺利而四分五裂。来得快,散得也快。留学生有很高的智商,独立性强,各有各的观点,不可能也没有必要强行统一。可是如果有人,特别是理事会成员,要把自己的政治观点塞进学会,就可能造成学会的内讧或分裂。弄得不好,甚至有可能篡改学会的学术性质,沦落为某种力量的工具。为了实行民主就必须建立规矩,不仅让全体会员都能了解、并且能实施有效监督。法规的制定主要是为了制约当权者,无论是会长还是理事,都必须遵守这个共同的规定。

　　因此在会章的第一稿,就明确规定了,"任何会员无权代表学会发表非学术的见解"。在讨论中大家还不满意,改成"任何会员不得代表学会发表见解"。

　　虽然在第二届年会上通过的会章还比较粗糙,但是,为学会规章制度建设奠定了一个良好的基础。在随后几次年会上我们花了很多时间来修改会章,修改会章本身就是我们学习民主并且亲身实践的过程。

　　在 1987 年的第三届(安娜堡)年会上,出现了一场非常激烈的争论。如何才能摒弃外部干扰,坚持学术路线。有人提出,创始会员中有些人在外面发言具有浓厚的政治色彩,是否合适? 有些人说,学会拿了总领事馆的赞助,是否接受官方的操纵？更有人质疑，理事会是否存在黑箱作业，背后受人控制？在会上大家丝毫没有回避，认真地讨论了这些问题。我们尊重言论和信仰自由，但自由的基本要素，是不能把自己的观点强加给别人。学会无权干涉任何个人的观点，同时任何个人的观点也不代表学会。我们一起走到经济学会来，共同点是要研究中国经济改革开放，凡是不属于这个领域的问题，一律不能掺杂进来。为了确保这一点，不仅要有清晰的规定，还要让每个会员都有监督的知情权。在讨论中发言多次引用契约理论，强调只有签订契约才能降低交易成本，遵守了契约，交易才能进行下去。

在会上杨小凯提出这样一项修改会章的动议："会员有知情权，在政治组织试图干预学会活动时，学会负责人应向会员报告。"大家认为有利于保持学会的学术性和独立性，一致通过把这一条写进了会章。

稳定性、连续性和学术性

事实上，中国留美经济学会不止一次遇见风险。有的人在竞选的时候许诺了很多，可是当选之后除了为自己捞取好处什么事情都不干。在1988年，第五届年会（柏克莱）前，陈平、于大海和我回国办事，原来承诺组织年会的人言而无信，毫不负责，居然撂挑子，连人都逃得不知去向。海闻临危受命，在仓促之间担当起组织年会的重担。有些会员对于这场混乱很不满意，引起了一场争论。在实践中我们逐步认识到，没有一套规章制度，学会随时可能有解体的危险。

随着学会的发展壮大，在北美和国内的影响越来越大，也渐渐积蓄下一笔资产。由于当时大多数理事还是学生，课业负担很重，会长是最关键的人物，责任和权力很大。于是，为了持续发展就有必要慎重选择会长，同时还要限制会长的权力。理事会有7名理事，如果有一两个理事不负责任，起码其他的理事还能把学会维持到下一届年会。如果会长不负责任，事情就麻烦了。

从第二届年会我们就提出，竞选会长的人必须担任过至少一届理事。也就是说，这个人必须是会员们熟悉的，并且在担任理事期间表现出良好素质，热爱学会，愿意为大家付出的人。

若要稳定，就要多元化分权。由于理事会一年一换，我们需要一个比较稳定的组织，这个组织必须具有较高的学术威望，能够为学会长期发展战略考虑。于是,在第五届年会(奥斯丁)上成立了中国留美经济学会的学术委员会(Fellow Committee),选举了学术委员。按照国际上许多学会的惯例,学术委员会独立于理事会,不干预理事会的日常运作。学术委员是终身的,由现有的学术委员们选举、增补新的学术委员。退一万步讲,即使理事会散了,只要有学术委员会就能够重建学会,保持历史和学术传统。在 1998 年学术委员会成员有:张春、陈平、邓胜梁、樊纲、林毅夫、茅于轼、钱颖一、雷朴实、单伟建、孙涤、谭国富、田国强、徐滇庆、杨小凯、易纲、王一江、魏尚进。

除此之外,我们还聘请了一群当今经济学界泰斗、大师担任学会的顾问。他们是:Kenneth Arrow(Stanford University)、Robert Dernberger(University of Michigan)、Leonid Hurwicz(University of Minnesota)、Lawrence Klein(University of Pennsylvania)、Morton Miller(University of Chicago)、Dwight Perkins(Harvard University)、Walt Rostow(University of Texas at Austin)、Jeffrey Sachs(Harvard University)、Herbert Simon(Carnegie Mellon University)、郑竹园、邹至庄、董辅礽、厉以宁、刘国光、马洪、童大林、吴敬琏、于宗先(中国台湾,中华经济研究院)。这些大师门下几乎都有中国学生,而且他们也把我们当做自己的得意门徒。所以,每次我们在国内举行国际会议都邀请一位或者几位诺贝尔奖得主参加。国内的朋友非常吃惊,以为请动他们不知道要花费多少,实际上我们是学生请老师,老师甘愿帮忙,根本就用不着谈什么金钱。1996 年,中国留美经济学会在上海召开国有企业改革研讨会,米勒教授应邀出席,他非但不要任何出场费,还叮嘱我,只要经济舱机票,他可以用自己的积分升级。天下上哪儿去找比他们更好的老师?

监督机制,约束权力

中国人往往相信"人之初、性本善",依靠道德维持秩序。这样做自然有好的一方面,但是,单纯依靠道德约束是不够的。必须在道德约束之外还有明确的规矩。在制定法规的时候不妨把人都想象得坏一些,有了明确的法规之后,好人就不会变坏。

假若会长或某些理事违反会章,怎么办? 需要有弹劾、罢免会长或理事的程序。

在 1988 年的年会上通过一项决议:"如果发现会长或任何一名理事具有严重

违反会章的行为,经由 4 名理事共同提议,可以通过全体会员通讯表决,在多数会员通过的情况下停止该会长或理事的职务。"

在 1995 年的年会上进一步修改补充为:"如果 5 名会员联名提议,经理事会多数通过,由学术委员会主持召集全体会员通讯投票,最低票数超过 50 票以上,投票有效,当赞成票超过三分之二多数时,可以罢免会长,由理事会代理会长职务到下届大会。"并且写入了会章。迄今为止,我们非常幸运,还没有动用过这项条款。备而不用,恰恰是我们追求的目标。

财务公开与隔离墙

每届会长都要千辛万苦地筹款。众所周知,筹款非常不容易,有时竟如化缘一般到处游说,虽屡败屡战仍百折不挠,否则很难为学会筹集到足够的经费。我们几乎把北美所有可能筹款的基金会都找了个遍。

国内有些人很不理解,你们接受基金会的赞助,难道就没人操纵你们? 他们不知道,在北美有许多基金会,各种有机会资助的特定项目,任何人都可以提出申请。我们递交的申请不过是许多申请中的一份,是否能够获得成功,还要靠许多努力。只要符合基金会提出的宗旨,拿到资助之后该怎么花就怎么花,并不需要向基金会请示汇报,更不必听取什么人的指示。完全是按照自己申请时的计划去办。如果我们申请经费的目的是为了召开学术会议,基金会顶多是派个观察员来开会,而且他们派人来的路费还要自付,我们只负责吃住而已。基金会完全无权干预学会的事务。国内有些人疑神疑鬼,少见多怪,是对美国的基金会制度缺乏了解的缘故。

各届会长都积极筹款,省吃俭用,除了召开年会和主办出版物的开销之外,略有点结余,于是学会渐渐有了一点积蓄。学会建立了审计制度,每届都由专门选举的审计员提出审计报告。迄今为止,中国留美经济学会还没有出现过一起财务舞弊案。

在第八届年会上,我和陈平、田国强等人商量,学会的这点家当来之不易,倘若今后摊上一个败家子,花光学会的经费,学会的持续发展就有问题。我们有必要把财权从会长手里分出来。

陈平说,会长本来就不容易,没有财权的话怎么运作? 我说,可以成立一个财务委员会,掌管学会的资金,新会长上任时向财务委员会借钱,卸任的时候,不仅要归还借款,还要尽其能力给学会做些贡献。陈平笑道,好是好,除非你当会长,向自己开刀。我说,一言为定,我当会长时把钱交出来,你组织个财务委员会,把钱看住了。

在第九届年会上,我当选会长,在年会上由俞卫、陈平、田国强、张欣、易纲组成一个财务委员会。我把从海闻手里接管的学会资产全部交给了财务委员会。在我的提议下,年会还通过了动议,新任会长最多只能从财务委员会借一万美元作为学会的活动经费。卸任时必须如数归还。在卸任会长没有交代清楚财务移交之前,不能参与财务委员会。

实践证明,会长手里的一万美元只能用来支付筹款出差费用,没等到用完,筹集的资金就陆续到位了。但如果只靠这一万美元,是无论如何也不能维持学会正常运作的。也许正是要求会长背水一战,各届会长都不甘示弱,积极筹款,不仅能够保证各项活动开展,在卸任时不仅归还借款还能额外上交一些。前些年,学会的基金平均每年都能增加六千美元。这个好传统一致延续至今。

由于财务和日常业务分开,保证了财务高度透明,经过多年的积累,学会已经建立起几十万美元的基金。这在北美的学术组织中是极为罕见的。这从另外一个方面反映出了学会的战斗力和凝聚力。

祝愿学会理想常青

1995 年在安娜堡召开年会庆祝中国留美经济学会成立十周年,我们曾经有一个主题为"光荣与梦想"的专题讨论。当时,我们觉得一步一步走过十年,艰难而又快乐。转眼之间,中国留美经济学会度过了 25 个春秋。当年自认为青年的创始会员们都已经两鬓斑白。在 2008 年 5 月,在北大送林毅夫去世界银行任职,我写了一首诗,谈到当年成立中国留美经济学会时的情景:

送友
当年聚会纽约州,
快意笑骂不识愁。
豪情犹如翻飞燕,

壮志胜似不系舟。
天下兴亡身家事，
指点江山论千秋。
送君东去惜分手，
似水流年竟白头。

　　如今，回顾往事，为学会的"光荣与梦想"而有无限感慨。衷心祝愿中国留美经济学会发扬光荣传统，越办越好，理想之树常青。

经纶济世一代英才

——追忆杨小凯

尹尊声

美国西东大学商学院教授

　　对于生死的态度,中国人历来是通达、浪漫、甚至是幽默的。中国人把出生、嫁娶和死亡当成是"红白喜事",以不同的方式隆重庆祝大自然的周而复始。中国人甚至把灵柩叫棺材,谐升官发财的音韵。江西、湖南一带古风是给出嫁的女儿陪上一副棺材,敲锣打鼓送到婆家,以期给丈夫带来官运和财气。但是,中国人对生死的通达和浪漫大概只适用于正常的生老病死,而不适用于像小凯这样才华出众偏又英年早逝的人。小凯的去世令人痛心,我至今怅然若失。上天如有知,为什么不多给他一点时间去完成他未竟的事业,造福于后人呢?小凯的早逝使我们不仅失去一位良师益友,更重要的是使我们社会失去一代英才,一位经济学派的领军人物。

小凯与留美经济学会

　　我与小凯的友谊始于中国留美经济学会的成立。1985 年 5 月 25 日,来自美国各地的中国留学生和访问学者 58 人,借中国驻纽约总领事馆举行经济讨论会,并成立中国留美经济学会(原名"中国留美同学经济学会")。这个学会就是由杨小凯倡导并由他和于大海发起组织的,那时他们正在普林斯顿大学读经济学博士。而与会的也多是自中国大陆二十多岁来的青年学生,为研究中国经济问题聚集到一起,是个名副其实的学生团体。为了这次会议,他们还筹款补助大家。这算是我参加的第一次国际会议了,我至今仍珍惜保存着这次会议的全部文件。

二十年过去了,这个学会从一个初出茅庐的学生学术团体,成长为一个研究中国经济问题的国际知名经济学团体,对中国经济改革的理论和政策研究有着举足轻重的影响。回首往事,我们不得不佩服这两位发起人的远见卓识和组织能力。创会伊始,谁会想到,中国留美经济学会二十年后会发展成一个拥有五百多名博士成员的组织,能在北京人民大会堂与中国科学院共同举办私有企业和中国发展的国际研讨会? 谁又会想到中国总理能亲自接见与会代表并共商国是? 谁又会想到留美经济学会的会刊能从一份薄薄的《会员通讯》发展为一份具有国际影响力的专业期刊《中国经济评论》(*China Economic Review*),并成了跻身于前五十名之内的主要国际经济学杂志呢?

值得一提的是,当时大海和小凯花了相当多的精力和时间,把学会在新泽西州注册成一个非营利的公司机构。这一点对学会筹款和发展至关重要。较之众多华人学术团体,中国留美经济学会财力雄厚,人丁兴旺,不能不归功于二位创始人草创之功。学会发展到今天的规模,令我们倍加思念小凯的贡献。

俗话说:"前人栽树,后人乘凉。"颇令人惋惜的是,学会的两位发起人中一位发起人英年早逝,另一位发起人难返国门,徒有赤诚之心,想来也真让人感慨良深。

与小凯的一次学术交流

留美经济学会成立不久,就定期出版自己的学术刊物《会员通讯》,英文名为 *Forum of Chinese Young Economists*,体现了这个留学生组织从事学术研究的严肃认真精神。在第一期《会员通讯》里,小凯用中文写了篇文章,题为《经济制度改革政策咨询的开放和多元化》。这篇文章把经济学界大致分成四类:中国老经济学家,计量经济学家,中国青年经济学家和以世界银行为代表的国际力量(包括邹至庄教授等)。小凯的分类表现出他对经济学流派独特的见解,表现出他很强的洞察力和综合分析能力,但也不乏偏激的观点。我在第二期《会员通讯》中写了一篇《也谈经济改革咨询的多元化问题——与杨小凯同学商榷》,对他以年龄和国际背景的分类方法提出质疑,提出要重视苏联、东欧和发展中国家发展的经验教训,做到真正的咨询多样化。在第二期中,单伟健对于大海的市场社会主义说提出反驳。学会一开始就主张讨论自由,文责自负,建立起了良好的文风。

这些学术上的争辩为留美经济学会开创了和谐的学术讨论气氛,学术观点可以针锋相对,但不伤和气,不损友谊。到目前为止,海内外老中青学者浑然一体,广泛交流,形成一个有影响、有亲和力的学术网络,而没有派系之争。这对推动中国经济改革,对解决经济改革理论和政策上的前沿和敏感问题起到了非常有益的作用。在小凯等学者的带动下,留美经济学会从幼稚走向成熟。这群学子从学生变成教授学者,开始在经济学各个领域崭露头角,或成为学术领军人物,或成为治国理财的实干家。这批学者不仅在中国经济问题上可执牛耳,并开始在国际主导经济理论研究方面占有一席之地,而小凯正是这批学者中的佼佼者。

墨尔本探病

2001年9月,医生诊断小凯患了肺癌,发现时已是晚期。我在得知这个不幸的消息后,利用去悉尼开会的机会,专程到墨尔本去看望病中的小凯。那是11月中,小凯动了第一次手术已有近两个月时间,正在家中养病。印象中小凯的家在市区东部一个高尚住宅区,一座二层西式洋房,与周围房舍相比较新也较大,可见小凯在几经坎坷后,学术上取得了很高成就,生活上也开始安定下来。可天有不测风云,没想到竟恶疾缠身。

见到小凯时,他正在读一篇学生的论文,客厅里仍放着不少杂志、刊物。见到他面容消瘦,气力有限,就没有多问他的病情。但从桌子上放的一些医书,就知道

他正通过各种途径和疾病作着苦斗。除西医外，他也尝试中医、气功等方法。聊了一会儿之后，小凯带我参观他家前厅后院，并一一介绍他种植的各种花草、果木。院子不算很大，但井井有条，有花有草，充满生机。

中午，小娟一定留我在他家用午餐。我记得最主要一道菜是草药炖鲤鱼，小娟解释说这对病后恢复很有效。小凯生病，小娟承受极大压力，但为了配合治疗，她一直表现得十分乐观的样子。

饭后，小凯休息了一会儿，决定带我去附近一个森林公园散步去。小凯是开车带我去的，公园离他家并不远，没开几分钟就到了。这是一个对外开放的森林公园，那里没有精心修葺的花圃和草地，但树木繁茂，空气新鲜，这种环境对小凯的病后康复很好。他告诉我他几乎每天都到这里来走走。公园内虽然没有花草，但上下坡的地方都有用宽大木板修起行人道，走起来方便、踏实。

下车后，我们海阔天空，边走边谈，谈到他对中国经济改革的看法，谈到中国政治改革的前途。因为他知道我是学商业管理的，我们没有谈很多经济理论问题。

在这次见面之后，我一直关心他的病情变化。后来听说他康复得很好，病灶不断缩小，胸腔积水也被吸收，他又跑到国内举办超边际分析研讨会去了。再后来听说连癌细胞也消失了。我真的希望奇迹能在小凯身上发生，让他完全康复。

英年早逝　一代骄子

小凯是我所知道的第一位致力于创立经济学新学派的同龄人。他有这个智慧、毅力和勇气,为了攀登这个高峰,他脚踏实地的在进行研究。古人云:"小智者治事,大智者治人,睿智者立法。"小凯为了探索经济学的基本规律和法则,他孜孜以求,敢于怀疑,敢于向权威挑战而不随波逐流。小凯可谓有经纶济世能力的"睿智"之士。

读过 Thomas Kuhn 写的《科学研究结构》(1962)一书的人都知道,什么才称得上科学研究、科学发现和学科革命。他认为,科学研究就是具有原创性的概念和理论上的研究典范(Paradigm),这种典范能带动这个学科进行新的探讨,并以这个新的概念和理论取代原有的理论。小凯进行的研究就是开创新河的典范研究,他的超边际分析方法和分工与专业化理论,被一些著名经济学家们认为是"才华横溢"之作。经济学诺贝尔奖得主布坎南称其为"世界上最好的经济学家之一"。小凯的新兴古典经济学向新古典经济学提出了挑战,他的学说正逐渐被接受,而这个学派一旦形成,并为主流经济学派接受,就会对经济学研究产生革命性的影响。

小凯以他的新兴古典经济学理论展示他具备成为这个学派的领袖人物和一代宗师的才能和智慧。小凯正在取得一个人所能取得的最高成就,立言传世,留芳后人,大器将成之际,竟突然心力交瘁,撒手人寰。天不假年若此,不能不让人仰天痛惜!

后记:2010 年 12 月 10 日,借天津南开大学召开《中国留美经济学会会长论坛》隆重纪念 CES 成立 25 周年,会议制作了镀金银质纪念章,颁发给历任会长。同时也为对 CES 有杰出贡献的会员颁发了此纪念章。在开列杰出贡献会员名单时我们首先想到的就是小凯,他虽已往世,但作为 CES 创始人之一,首当享此殊荣。我们把这份荣誉送给了小娟和他们的两位女儿。

小凯和他的传世之作将永远和我们在一起,永留人间。

论经济危机

刘　吉

中国社会科学院原副院长,研究员,中欧国际工商学院名誉院长,教授

　　过去我们是从书本上认识经济危机。这次以"次贷危机"开端,让我们亲历了一次 1929 年"大萧条"以来最严重的经济危机。有的专家还认为这次金融危机超过了当年的"大萧条"。现在全世界都在应对经济危机,各国各有对策,孰是孰非,莫衷一是。要正确应对经济危机,必先正确认识经济危机及其产生的原因。

一、重新认识经济危机

　　传统的马克思主义政治经济学告诉我们:资本主义制度的基本矛盾是社会化大生产与生产资料私人占有。一方面社会化大生产像魔鬼一样呼唤出空前生产力,另一方面生产资料私有制造成了不公平的社会剥削。由于资产阶级剥削造成资本主义制度下的两极分化,无产阶级绝对贫困化;加之资本主义私有制生产无政府状态,造成了许多行业生产能力"过剩",于是出现大量"倾倒的牛奶"、"愤怒的葡萄",结果形成了资本主义每隔 11 年的周期性经济危机,一次危机比一次严重,打击着资本主义经济一次又一次衰落,直至资本主义灭亡。无论从既往客观事实看,或者从理论逻辑看,这一结论都是令人信服的。斯大林曾断言:1929 年"大萧条"是资本主义全面总危机的开端。然而,后来历史的进程并非如此。经济危机依然存在,有时甚至相当严重,每次危机都可列出巨大的各种经济损失,可是,每次经济危机后迎来的是经济新的高潮,一次比一次更加高涨,历史总的趋势

是经济在一系列低谷高峰中不断增长。经济学家研究的结果如图 1 所示：近一个多世纪美国经济穿越波浪式前进的是近乎一个指数曲线，1945 年后更快速上升。即使 1929 年"大萧条"也只是偏离这一增长总趋势的一个稍大的波谷，使美国成为并至今仍是世界最富强的霸主。欧洲经济发展曲线也是大致如此。

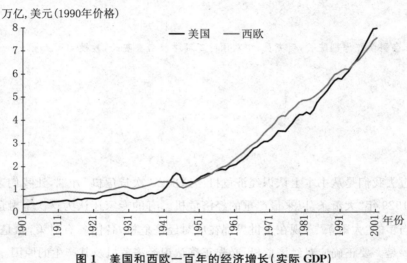

图 1 美国和西欧一百年的经济增长（实际 GDP）

在西方经济学中还有各种商业周期理论，集大成者是著名的熊彼特理论。他不仅归纳了前人关于商业周期的研究，有康德拉季耶夫周期（60 年）、朱格拉周期（10 年）和基钦短周期（40 个月），更难能可贵的是，他特别关注了科学技术创新在经济发展中的作用，认为生产技术的革新和生产方法的变革在经济波动和商业周期中起着至高无上的作用。然而，二战以后，美国以及世界各国经济发展，并没有与科技创新严格对应的明确年月的周期律。这次经济危机给我们提供了一个难得的重新思考的案例。

实践是检验真理的唯一标准。我们必须重新认识经济危机。

生产无政府状态无疑是产生经济危机的原因之一，人们在消费、生产和投资的决策中都存在"买涨不买跌"的心理预期，也起了很大作用。这在市场经济体制不完善不发达的初期更为突显。随着市场经济法制的完善，随着企业经济规模化的发展，现代市场经济一方面是大型和超大型企业有计划生产，配置了社会主要资源；另一方面是社会调控能力（包括市场信息及时传播、各种信息研究和咨询机构服务、行业协会等中介组织自律等)不断加强;再加上政府宏观经济调控,生产无政府的盲目状态已大大减少。资本主义社会中两极分化现象也发生了重大变化。由于生产力发展和无产阶级斗争的结果,无产阶级绝对贫困化逐步变成相对贫困化。特别是科学技术成为第一生产力,教育普及化,以知识分子为主体的脑力劳动者逐渐成为社会主体,从而他们作为中等收入阶层的"中产阶级"成为分配主体。经济发达国家蓝领工人人数降至10%以下,并且享受到不同程度的社会保障,许多蓝领工人也加入了"中产阶级"队伍。所有这些表明,分配两极分化曾是资本主义经济危机的基本原因之一,也已大大削弱淡出了。

那么,当代经济危机真正的原因是什么?如何正确认识它的本质和意义?无可回避,当代经济危机是在当代市场经济体制运行下发生的。因此,首先必须对市场经济进行简明的历史考察与准确概括。

二、当代市场经济

以1776年瓦特发明蒸汽机为标志的工业革命,揭开了人类工业化的进程,人类进入工业社会。工业社会的生产方式是分工协作的社会化大生产,比农业社会以家庭为基础的全能生产具有无可比拟的先进性。社会化大生产的生产目的是满足社会的不断增长的需求,因此越来越大规模生产的是买卖交换的商品。供社会消费的商品经济代替了自给自足消费的小农经济。社会化大生产与商品经济正是两面一币。商品买卖交易自然是在市场中进行。起先,市场小而简单并不引人注目,但随着社会化大生产即商品经济不断发展,市场从空间讲越来越大;从内涵讲内容越来越多(不仅是商品,还包括资本、技术、人力和服务等一切资源);市场的机制和规则也越来越完备和复杂,从而市场的地位和作用逐步提升到主导的重要地位。因此20世纪诞生了市场经济的概念,代替了传统的商品经济。市场经济是商品经济发展的新阶段。市场经济也在不断发展,它的本质及其运行机制也越来越清晰和合理。当代市场经济基本法则或规律可以概括为下列七点:社会需求、等价交换、自由竞争、法制公平、宏观调控、优胜劣汰和化劣为优。

市场经济的第一基本法则是社会需求。正如上述,它不仅抛弃了农业社会的自给自足的自然经济,而且正在把工业社会的社会化大生产和商品经济抛到历史的后面。这个历史的新阶段新高度突出地表现在更加深化"不需分文资本"的分工协作,全面外包成为市场越来越重要的资源配置机制;企业从民族企业、国际企业发展到跨国企业,并进一步发展成全球企业,成为经济全球化的根本标志,从而社会需求和满足它的资源配置也全球化了;尤其重要的是,市场经济具有最大限度的科学技术容量,使现代科学技术成为第一生产力,从而不断创新、加速创新出各种新的商品来满足日益提高、日益增长的社会需求。正是这样社会需求与市场经济融为一体。市场经济的生存和发展内在地要求商品在性能上、质量上和数量上满足社会各层次各个方位各个领域各个群体的各种需求,"顾客就是上帝",从而实实在在地而不是口号式地最佳实现了"为人民服务"的理想。

等价交换是人类追求的终极公平,从这个意义上看,市场经济本质上是社会主义性质。一切依靠封建主义和资本主义特权、亲情友情的裙带关系、乃至道德的交换都必然是不等价的,不公平的。实现等价和公平是不容易的,没有什么先验的科学方法,人类至今找到的最有效方法就是自由竞争。通过充分的自由竞争实践,人的才能及其物化的商品方能各就其等价交换的位置。然而,自由不是随心所欲,更由于事物不断变化和发展,新事物不断冲破旧的体制,或者原有体制本有疏漏和不完善之处,加上人性的弱点(贪婪、无原则宽容的"滥恕"),必然为特权、裙带、道德提供了市场交换的空间,从而破坏了公平的等价交换。因此必须有完善法制建设来确保公平竞争。个人与企业是市场经济的竞争主体,他们遵纪守法地公平竞争,追求自己的利益和发展,创造社会财富。作为单元,他们活动都有各自局限范围,同时他们毕竟都活动在共同的市场系统之中,单元的活力如何更有效地形成系统效应?这就需求必要的宏观调控。调控是在市场基础上进行的。没有市场活力无须宏观调控,而宏观调控的目的正是为了使市场更具有活力,而绝不是限制它,阻碍它。宏观调控的手段依序有信息、法律、政策、经济手段(税收、利息和汇率等)以及必要的行政干预。必要的行政干预不仅因为它是必要的,而且只是必要的最后手段和必要的有限干预。宏观调控所实现的正是更有效的资源配置这一经济学使命。没有宏观调控是自由放任的市场经济,不是当代市场经济,但把宏观调控理解为计划经济的政府统制更是完全错误的。宏观调控是当代市场经济要素之一,是与自由公平竞争共生伴行的,是无时无刻不在进行的,不应误解为计划经济周期性特定的"整顿调整"。宏观调控的执行机关有发布信息的统计分析部门和科研组织,以及同行协会等机构,有立法司法机构,有经济监控机构,以及议会和政府等国家机构构成调控经济的协同系统。市场经济实现等价交换等一系列运行的结果必然是也一定要是优胜劣汰。这不仅体现了市场经济的公正性,同时也是提高效率增加财富的必然要求,从而保证了当代市场经济公平和效率的高度统一。没有优胜劣汰就不是市场经济,前面社会需求、等价交换、自由竞争、法制公平等法则都失去意义,市场经济也就丧失活力乃至生命力。最后,竞争是无尽的,而优胜劣汰只是这一轮竞争的结果,决不是也决不可是凝固的结果。在持续不断的竞争中,优劣地位是在经常更替的,这是当代市场经济公正、自由的再一次体现。劣汰也绝不是社会摒弃。对汰下来"劣质"企业可以兼并重组新生,特别是劳动者个人,社会不仅要给予必要的人道主义福利保障,更要通过无偿教育培训和激励个人努力的政策来提高他们的社会竞争力,投身到下一轮的市场竞争之中。这就是化劣为优。社会主义市场经济更应该体现这一点。

无须赘言,当代市场经济仍在发展之中,还应该继续考察,及时对其发展实践进行新的总结。现在我们可以研究这次在当代市场经济下发生空前大经济危机的原因了。

三、经济危机的真实原因

探索事物的原因是一个复杂的事,何况经济危机这样复杂的事物。因果关系是一个哲学命题,原因分析本身就是一门大学问。原因有历史原因和现实原因、一般原因和特殊原因、基本原因和主要原因、远因、近因和引爆原因、乃至"蝴蝶效应",必然原因和偶然原因、内因和外因、间接原因和直接原因……还有眼下时尚的深层次原因等等。媒体报道中,经济学家们对这次经济危机提出的具体原因,根据我不完全统计达 43 种之多,普遍涉及的如资产泡沫、过度的流动性和杠杆作用、复杂的金融创新、金融监管缺位与不严、错误的货币政策、银行家贪婪、信息不透明等等也数以十计。最后大多结论是综合原因。综合原因的结论一般说也没有错,但对于我们认识经济危机的本质和"求因治本"也无大补。我们的任务是"去伪存真,去粗取精,由表及里,由此及彼",在全面分析已有的事实和矛盾中,找出主要矛盾,求解经济危机本质和根本原因。

我们亲历的这场经济危机的事实虽然错综复杂,但是其爆发和演进过程大致是清晰的:首先是美国的次贷危机,使广大"中产阶级"受害和贫困化;同时暴露了金融创新产品无监管状态,从而造成了广大"中产阶级"对金融业丧失信任引发金融信任危机,占人口 80％的"中产阶级"捂紧了口袋。于是金融业发生"资金流短缺"的金融危机,来势凶猛,人们惊呼"金融海啸",进一步暴露了出一批金融业丑闻与破产,一大批富有阶层缩水乃至贫困。金融业是现代经济的龙头,加上"中产阶级"贫困化和富有阶层缩水,社会消费大幅度衰减,从而导致实体经济困境,企业纷纷倒闭破产,劳动者失业,形成了一场势不可挡的全面经济危机。对这个次贷危机(金融危机)全面经济危机案例进行分析,我们可以得出当代市场经济下经济危机根本原因如下:

第一,破坏市场经济基本法则,违反市场经济规律。次贷就是一个典型的例证。市场经济铁的原则是等价交换,在没有足够经济能力和信用保证的情况下,银行是决不会贷款的,这是不言而喻而且从来如此的金融规则。然而,布什总统在他任期快要结束时,可能是出于历史政绩和即将大选的政党利益需要,提出"让所有人都有自己的住房"的主张。接着有些金融机构就出现了"让所有人都有自己的住房"的广告,提供次级贷款也就是说没有还贷经济能力和信用保证的任一穷人都可贷款购房。于是几百亿美元的次贷贷出了。这是对市场经济法则明明白白的破坏,构成此次经济危机的起始原因和爆发点。"居者有其屋"是封建主义小农经济下农民的利益要求和幻想,回头路是绝对走不得的。

市场经济是法制经济,它的法则和规律是用一系列经济法来保证的。如果说次贷危机是一个特例的话,那么无视市场经济法则的情况总是经常存在的。原因除了上述封建主义小生产(小农)意识作怪外,还在于:(1)社会公众的反市场诉求。虽然市场经济创造巨大社会财富,给公众带来了直接和间接的巨大利益,但是激烈多变的市场竞争使许多心理脆弱的公众望而却步,或竞争疲劳;在竞争中,优胜固然可喜,而劣汰者心态总是不平衡的,总把过错归咎于市场。特别是代表落后生产力的社会弱势群体,"红眼病"、要求平均主义"共享"社会财富也是他们必然的内在要求。(2)决策者的心理矛盾。一方面他们理性地要求按市场经济基本规律和法则办事,承担自己发展经济和人类进步的历史责任;另一方面,正如凯恩斯早已指出:决策者博取人们欢心的心理,使他们轻易作出违背市场共识的大胆决定。这一点政治家的决策更易如此,因为他们直接的利益是个人声望和选票,而不是经济发展和人类进步。(3)人性最大的弱点是贪婪。因此,有法就必然有违法,这是人类社会不可避免、迄今无法消灭的现象。这次"金融海啸"中一些破产的金融机构暴露了许多过去不为人知的违法谋利行为,涉及几百亿美金的麦道夫投资公司就是其中突出的一个。总之,即使在当代市场经济下,正是这些政治的和社会的反市场思想和行为,破坏着市场经济的基本法则,最后造成了经济危机。

第二,市场经济体制发展中的不完善环节。没有一个绝对完善的体制,总是有某些可以寻租的环节。不要说像中国这样社会主义市场经济体制初建伊始,就是欧美几百年资本主义市场经济体制相当完善也不可避免。更重要的是市场经济不是静止的,而是在不断发展之中,新事物不断涌现,而相应的管理体制和法规建设总是相对滞后。例如,金融衍生产品的创新就是一个最新市场。金融创新无疑有利于社会财富增长,还在某种意义上转移和规避风险,是一种良好的经济工具。所以,诞生以后,发展十分迅速。2001—2007 年之间全球金融衍生产品场外交易(OTC)尚未清偿的合同全额从 111.1 万亿美元增至 596 万亿美元,增长了536.5%,比同期传统金融资产增长快 10.1 倍,比同期实体经济增长快 7.1 倍①。诚然每个金融创新产品是可能转移或减少了某个资本风险,但每转移一次必然增加了一次市场运行环节的不可靠性,也就是说增大了市场系统的风险。多转移一次,市场系统总的系统风险就加大一个增量。每个增量也许微不足道,但许多增量积累起来的整个系统风险就十分可观了,一个环节出了问题都可能启动整个系统风险。可是对金融创新产品的出现有关金融监管机构没有及时防范监管,却任其自由高速泛滥;当然,实事求是地说没有足够的实践,谁也不可能先验地确定健全的新体制和规则。这就既为寻租利润提供了广阔的自由空间,也为这次经济危机埋下了"定时炸弹"!明知次贷是无法偿还的,那些金融机构为何敢于冒破坏市场经济规则之巨大风险发放次贷呢?原因正在于金融创新。他们把次贷债券和一些诸如保险等良好资产捆绑一起组成金融创新产品卖出,于是自己的风险被分摊乃至转让给下家了。下家又进一步金融创新衍生产品,如此一次一次转让,达十层之多。最后,这些金融创新产品被那些不知底细的"中产阶级"买去,而最终承担这些巨大损失也自然是这些"中产阶级"。一些"中产阶级"因此破产或贫困了,广大"中产阶级"对金融产品及其创新机构失去了信任,捂紧口袋,这就扩大为"金融信用危机",从而使一些金融机构流动资金短缺而破产,一场"金融海啸"爆

---

① 本文所引用的经济数据除了来自公共报告外,均转引自沈联涛著《十年轮回——从亚洲到全球经济危机》一书,在此谨向沈先生及其他研究成果作者致谢。

发了!

　　第三,经济增长期的潜在负效应。辩证法教导我们,事物发展的过程总会产生阻碍发展的反效应,使事物走向自己的反面。中国古老哲学名言:"祸兮福所倚,福兮祸所伏。"经济发展实践表明:正是在每次危机之前总有一个经济繁荣时期。此次百年不遇的大危机发生之前,全球经历了二战后持续时间最长的经济繁荣期。2001—2007 年全球 GDP 从 31 万亿美元增至 54.5 万亿美元。这是空前的。2003 年 8 月到 2007 年 12 月美国创造了 825 万个就业岗位,大大促进了美国和世界经济繁荣,这也是前所未有的。繁荣培育着危机。在经济增长期间,企业很容易获得利润。因此,一些资源和管理劣质的企业也能够生存,甚至生存良好。在此期间,企业虽然也有竞争,但只是大利与小利之分,公平竞争无法解决优胜劣汰问题,甚至还可能出现劣币驱赶良币的情况。在经济繁荣期间,国家有足够财富,企业有足够利润,于是人类恻隐之心和宽容管理理论都会逐渐占据上风,道德代替了管理,这也是人性的一大弱点,即过分宽容滥用宽容的"滥恕"。从而许多企业很容易吸收一些不合格的冗员,使劳动结构劣化,削弱竞争力。企业员工的福利也不断乃至过分增长,例如,美国通用汽车公司本土工人平均年薪高达 17 万美元,成为把企业拖向破产的沉重负担。甚至一些投机的政治家举措(乃至立法)过度保障这些"弱势群体"的"权益"以争取选票和声名,还为社会所赞赏。所有这些都使"等价交换"的公平分配扭曲变形!在经济增长期间,优秀企业有充足利润乃至巨大利润,竞争压力减少,吃老本也可以持续维持现状,从而领导层对管理创新、科技创新和市场创新等等都会不自觉的放松。一些溜须拍马的庸才会被选上领导,乃至奸佞当道,扼杀了企业创新的生机。此外,经济增长过程必然有一些新兴产业兴起,一些夕阳产业衰落。衰落的不肯自动退出历史舞台,新兴的只能在苦斗着等待机遇,这也是事物新陈代谢的规律。

　　所有这些负效应本质上都是反市场行为,都在静悄悄腐蚀着市场经济体制。日积月累,越来越严重。开始是不自觉,后来发现不在意,继而反复修补,再后积重难返,最终欲挽狂澜而不能,结果历史只能要求一个革命性的解决,这就是经济危机!

　　值得强调指出的是,旧有国际金融秩序与经济全球化的冲突。这是一个全新的情况和命题。第二次世界大战后,美国利用她大发战争财和本土无战争破坏的优势地位,与相关国家签订了"布雷顿森林"公约,把美元等价于黄金,确立了美元的国际霸权地位。美元成了国际货币。70年代当国际持有美元的份额巨大对美国经济形成巨大压力时，美国又单方面霸道地宣布美元与金本位脱钩。于是美国可以肆无忌惮地印发美元维持其政府天文数字的赤字和美国人放心大胆的超前消费，而不会产生通货膨胀，因为通胀由全世界美元持有者分担了。这完全背离了市场经济的基本法则，而是美国独一无二的不可动摇的"特权"（霸权！）。美国繁荣的经济在相当程度上正是靠这一金融特权资本特权维持的。随着经济全球化崛起，随着发展中国家的经济发展，于是与美国经济形成了一种畸形的互补：发展中国家将自己的廉价资源和生产社会基本需要的低端产品出口美国市场，供美国廉价消费，而自己由于经济水平低下、社会保障落后以及贫穷思维定势（高储蓄、少消费）等原因，国内消费需求不足，从而不得不把从美国市场辛辛苦苦赚来的钱，去买美国的国债，成为美国债主。中国经济的和平崛起就成为美国最大债主。这就形成了贫穷的发展中国家借钱给富强的美国维持其霸权和美国人浪漫型的超前消费！正是这样美联储就放心大胆地长期实行宽松的货币政策，不断降息，使商业贷款不断增长，造成越来越多越来越大的消费泡沫，而相应的发展中国家形成了越来越多越来越大的投资泡沫。最后美国次贷吹破了房地产泡沫，引发了这场经济危机。这场危机从美国开始，扩展为全球经济危机。这是人类第一次全球经济危机！它表明在经济全球化这一21世纪不可抗拒的历史潮流下，各国的生产与消费的各种供求关系，都必须在全球范围内平衡，既大大增大了全球企业和各国经济发展空间，又大大增加了它的调控难度。经济全球化与各国货币分立（更何况美元霸权）的矛盾日益尖锐化。历史强烈地呼唤着终结美国经济霸权（包括美元霸权），建立国际经济（包括金融）新秩序。这是完善当代市场经济体制的新问题新要求。

　　总结以上可见，正如一切事物发展过程一样，市场经济在其发展过程中不可避免地发生各种问题和新的矛盾。这些问题和矛盾不完全来自经济本身，很多来自政治的、社会的、文化的因素，本质上都是反市场的，由于人的认识的局限性、滞后性和人性的弱点，不可能全部及时正确应对，积累到一定程度，不可避免地需要一次"大手术"解决它。"经济危机"就是这种"大手术"，它强迫人类必须用"壮士断臂"的非常手段去解决一般情况下无法解决、不敢解决的问题和矛盾。"经济危机"彻底地暴露所有问题和矛盾，使人们也更彻底更清晰地认识而容易解决它。要言之，经济危机不是市场经济本身有问题，而是各种反市场因素综合积累的结果,它虽有阵痛,却是成长的过程,具有不可轻视的积极意义。如果不是周期性,也应是定期性的或大或小必然发生的,是市场经济波浪式发展的一个客观规律。认识了这一规律,我们就必须毫不动摇地坚持和完善当代市场经济体制。在经济繁荣时期,要随时随地与一切违反当代市场经济体制七大法则的反市场行为作斗争,把它们消灭在萌芽之中,从而避免或推延或减弱经济危机。在经济危机中,必须重现市场经济七大法则的尊严,坚决清除一切反市场的行为后果,以迎接危机后新的经济高涨。这就叫按科学规律办事。

四、危机和科技进步

众所周知,西方经济学认为生产力是由资本、劳动力和科技进步构成。根据马克思主义基本原理,我曾经提出当代生产力=(劳动对象+劳动工具+劳动力+管理)×科学技术的公式。不论哪种表达,现代科学技术进步都是经济发展中至关重要的因素。科技进步不仅是自然科学,也包括经济、管理等社会科学内容。人类科学技术的发展经历了个人志趣研究、企业 R&D 崛起与蓬勃发展等历程,现在已全面与生产和经济发展融为一体。经济高度繁荣与它紧密相关,经济危机和复兴也自然与它不可分割。因此,两者关系需要专题研究。现代科学技术是第一生产力,导致经济增长与繁荣,这是不难理解的。经济繁荣时期,政府、企业乃至社会都有能力把巨多的资本投入科学研究,促进更多的科研成果问世,这也是不言而喻的事实。然而,恰恰是这个经济长期繁荣越来越阻碍科学技术成果转化为生产力。基本原因有二:

(1)科学技术实践表明:一项新技术产品诞生,研究费用与中试费用、批量生产费用之比是 1:10:100;当科研成果诞生后需要更大的十倍百倍的资本投入,在经济繁荣时期企业往往就不愿意承担了。只要老技术产品还有市场,还有利可赚;老顾客用惯了也不想改用、不习惯用新产品,为什么要生产新产品呢?更重要的是新产品生产线建设的巨大投入;老产品生产设备报废的损失巨大;加上开始试生产不可能大量生产,达不到规模经济等等,都会造成过高的成本。新产品尽管技术上先进,但在经济上不可行或是企业不愿承担而无法成为商品。

(2)在经济长期繁荣时期,企业赢利很多,因此,原来锐意创新开拓的企业领导人也逐渐保守懈怠了,并且因为"功臣"很容易终身制垄断领导权。即使退休,选拔上来的新领导层也不大可能是有能力有创新开拓精神的,往往是一些忠诚听话、维护传统利益的二三流人才,甚至是牟私利的小人,他们谁会关心、谁愿冒险去投资开发新技术产品呢?因此,越来越多新技术、新产品无法成为商品,投入市场,造成人力物力的浪费,阻碍先进生产力诞生与发展。例如新能源产业。风能、核能、早已是成熟的技术,太阳能也早已应用于航天和军事用途了,燃料电池,锂电池等电动力也都不是什么新发明,早在半个世纪前美国凯特皮勒公司就生产出25马力燃料电池拖拉机运行了。然而,这些新能源及其动力都没有产业化。因为石油和内燃机历史地占有了市场,使它们举步艰难。新技术、新产品、新产业得不到自由发展,于是劣质产业、劣质企业、劣质人员越来越多,形成恶性循环,越来越阻碍着经济的创新和发展,直至酿成经济危机。

经济危机到来了,一切都要经历市场经济法则的检验,重新洗牌。

现在流行一句话:经济危机既是危,也是机。这话对,但不彻底。应该明确:经济危机对劣质产业、劣质企业和劣质人员是绝对的"病危",而对于优质产业、优质企业和优质人才是大好的机遇。只有一般产业一般企业才是既有危又有机,改革与创新是他们唯一生机。必须强调指出这里的"劣质人员"只是一个借用词,绝非人格侮辱的"劣等人"。他们只是在公平竞争中相形见绌的人,或者是在过去不公平竞争中利用特权占有其才能达不到之位置上的冗员。他们使企业劳动结构恶化甚至因人力资源配置错位而阻碍优秀人才贡献才智,从而使企业失去竞争力,成为问题企业。在经济危机中必须优胜劣汰。优胜使整个社会人力资源优化,成为经济增长最活跃的因素。而劣汰下来的人员经过自己重新学习或国家和社会无偿培训,提高他们的市场竞争力,加上经过失业的磨炼提高了自己的劳动品格,他们同样平等地继续参与社会人力资源优化,在新的经济增长中将找到自己合适的岗位,为社会发展作出贡献。当然,适当的失业社会保障是必要的,以保证他们在失业期间人道的生活水平。目前美国失业率已达10%,但社会仍比较稳定,正是当年"大萧条"后进行社会保障改革的结果,就是一个证明。总之,经济危机中必要的失业不是坏事,有着优化企业劳动结构和社会人力资源的积极作用。因此,经济危机既是危又是机还须补充一句话:如果继续违背市场经济规律,劣质产业,劣质企业和劣质人员由仁慈的政府包下来而不危,那么国家和社会就会错失新的经济增长的机会了,必将陷入不可解脱的越来越严重的危机!

按照市场经济基本法则,科学理性地对待产业、企业与劳动者才是应对经济

危机的不二法门。面对危机,要区别六类状态:

● 优质产业创业中的优质企业。政府应给予各种政策和资源扶持,使他们尽快脱颖而出。

● 优质产业成长中的优质企业。市场中资本、资源和人才竞争涌入,正是发展的大好时机,政府无须干预。当然,政府任何危机对策都不能伤及这些企业。

● 一般产业的优质企业。遇到暂时诸如流动资金困难,政府及时给予救助,帮他们渡过难关。

● 一般产业的一般企业。必须等待它按市场经济规律进行必须的足够的改革乃至破产保护之后,重组成为优质企业,政府才给必要救助。

● 一般产业的劣质企业,正是经济危机中必须劣汰的,政府绝不救助,任其死亡淘汰。

● 劣质产业,必须也必然在经济危机中劣汰,政府绝不能救助。

不言而喻,政府应该大力支持社会各种技术创新;企业为了提高竞争力、渡过危机也必须在技术创新上下功夫,以造就新的优质产业和各类优质企业。正是经济危机提供了廉价的自由劳动力、优质人才更多的选择空间、较多技术创新的资金以及劣质产业劣质企业让出的市场,都为新技术新产业新企业脱颖而出提供了充分的环境。

应该强调提出:政府必须充分认识到自己手中的钱不是自己的,而是纳税人的钱,是人民劳动的成果,决不可乱花,随便救助一个企业。救助该死的劣质产业和劣质企业,充其量救成"植物人",反而成为社会无底的负担,而不产生任何价值和社会财富,这就是赤裸裸地挥霍劳动者的成果。因此,绝不存在"大银行""大企业"不可破产的咒语。政府救助的目的是通过优胜劣汰,使社会的产业结构、企业结构和劳动结构优化,从而真正摆脱危机,实现经济新的更高的增长。所以,政府应模范地按市场规律和法则办事,警惕自己因讨好选民而落入可能的反市场陷阱。

还应该强调指出:政府干预救助,也必须是按市场经济法则等价交换。政府救助本质是借贷给危机的企业,帮助渡过难关,危机过后是要按市场规则归还的。危机过去,政府将及时退出,绝不是什么国有化!既是借款,就必须公平竞争,根据优胜劣汰原则借给优质产业和优质企业。

技术进步的巨大意义还在于进一步完善市场经济体制。危机揭示出来市场经济体制中许多寻租的空间,例如对金融创新监管空缺,对资本信贷杠杆和流动过大监督不严等,都必须得到有效的改进,甚至要对市场经济某些体制进行改革和创新。现有国际经济秩序必须改革,全球化经济新秩序的创新也是不可懈怠的历史进程。所有这些都是科技进步的内涵,由专家进行认真的科学研究是不可或缺的环节和前提。

为了形象表达技术进步与经济危机的关系,可以表达于图2。

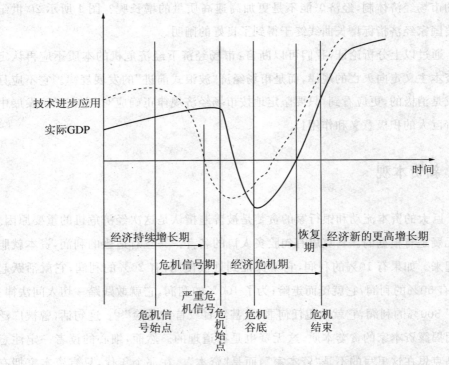

图2　经济危机和技术进步的关系示意图

由图2可见,新的科技进步应用停顿下降可以成为经济危机一个重要的潜在信号。当科技进步应用为零时向人们警告危机已迫在旦夕了。技术进步更新的速度决定了经济危机期的长短和危机后经济增长的速度和水平。正是在这次大危机中,长期停滞的新能源、新动力产业在全世界崛起,推动着经济复苏和未来新经济大增长。据美国太阳能产业协会2010年4月公布年报:美国2009年新增太阳能发电装机容量481兆瓦,总装机容量已达2 108兆瓦,即使如此,两项都低于德国、意大利和日本,居世界第四;即使如此,美国太阳能行业2009年收入已达40

亿美元,比2008年增长36%,由此可见一斑。

总之以上,经济危机是在经济长期繁荣期中由于一系列反市场行为出现和发展造成的。这些反市场行为造成科技进步衰退是最值得注意的信号。正确应对经济危机必须严格按市场经济规律和法则办事;大力开拓和应用科技创新,改革和完善市场经济体制。这样经济危机的结果是劣质产业、劣质企业淘汰了,劣质人员也得到了更新。留下来都是优质产业、优质企业和优质人才,加上一个更完善的市场经济体制,经济怎能不是更加高速高质量的增长呢?图1所示20世纪欧美国家经济指标增长曲线终于得到了良好的阐明。

通过以上分析论证,我们可以断言:市场经济下经济危机的本质不应再认定是资本主义走向灭亡的规律,而是市场经济"波浪式前进"的发展规律。它不应只看成是消极的,更应看到,只要坚定地按市场经济规律正确应对,它在经济发展中有着巨大的积极意义和作用!

五、新资本观

巨大的资本流动和银行家的贪婪是被普遍指认是这次经济危机的重要原因。这无疑是有根据的。马克思有句脍炙人口的名言:"一旦有适当的利润,资本就胆大起来。如果有10%的利润,它就保证到处被使用;有20%的利润,它就活跃起来;有50%的利润,它就铤而走险;为了100%的利润,它就敢践踏一切人间法律;有了300%的利润,它就敢犯任何罪行,甚至冒绞首的危险"①。这句话,曾被广泛引用揭露资本家的贪婪本质,这无疑也是有道理的。然而,细心的读者一定注意到马克思在这里写的不是"资本家",而是"资本"。在那个年代,只有资本家拥有资本,因此二者可以同义理解。在那个年代,只有发达的资本主义国家有资本,资本输出被列宁定义为资本主义发展到帝国主义的特征之一,因此,马克思这句名言用以形容帝国主义的侵略性,从本质上讲也是正确的。然而历史又前进了一个多世纪,正是资本发生了巨大的,甚至可以说发生了某种历史性质变。我们必须建立与之相应的新资本观,才能进一步揭示经济危机深层次原因。

当代资本究竟发生了什么样的巨变呢?

---

① 《资本论》第一卷,人民出版社1975年版,第829页。

资本发生的第一个变化是比较显见的,就是当代资本的量的巨大增长。由于现代工业社会化大生产和市场经济的竞争促进科学技术的高速发展,导致社会生产力高度发达,社会财富高速增长,资本不断增值,人类社会的资本就必然越积累越多。到 2006 年底,全球资本市场的总值达到空前的 88 万亿美元,其中股票市场总值为 50 万亿美元,债务市场总值为 38 万亿美元。众所周知,科学学研究表明,近代人类知识增长不仅是高速的而且是加速的,20 世纪知识增长的数量超过以往人类全部知识的总和。因此,可以想象,社会财富和资本的增长也是加速的,预示着在和平发展时代资本还将加倍增长。

资本发生的第二个变化是劳动者资本的崛起。现代科学技术催生了现代先进生产力。由于社会生产力的提高和劳动者组织起来斗争,现在已不是当年的"血汗工厂"了,劳动者的收入除了供家庭生活消费外,尚有多余积累,成为劳动者的资本。特别是劳动者知识化大大壮大了劳动者资本。这是一个历史性的变化。

劳动者资本有集体资本,许多社会福利保障,如养老基金,医疗保险基金等即是;也有个人资本,即不同劳动者的收入和消费不同,从而他们形成多少不同的资本。每个劳动者资本可能是微不足道的,但是劳动者人数巨多,集中起来或从社会整体讲,劳动者资本是十分巨大的财富,甚至是越来越超过资本家资本。

资本发生的第三个变化是发展中国家的资本崛起。二战以后,一系列国家摆脱帝国主义殖民剥削,走上独立的和平发展进程。由于后现代化后发优势;与发达国家经济互补的出口导向;虽然出口资源和产品价格以及劳动力工资都低廉,但几乎全民勤俭节约低消费,所有这些使发展中国家迅速积累起越来越多资本。它既包括了资本家资本,也包含着劳动者资本。社会主义中国实行市场经济导向的改革开放以后,三十多年高速和平发展,GDP 持续十多年二位数增长,无论是国家还是个人都积累起巨大资本,更是一个突出的例子。它既是发展中国家资本,又是劳动者资本。加上印度、巴西及其他新兴发展中国家经济崛起和发展,使世界资本比重发生了历史性变化。像美国这样世界最发达国家 1952 年还是净债权国,债权占 GDP 的 10%,到 2004 年已成净债务国,债务占 GDP 的 22%,中国竟成了美国第一债主。亚洲经济崛起也反映了这一历史转折。1950 年亚洲在全球 GDP 中份额仅 18%,而 1998 年已上升至 37%,经济学家预测到 2030 年可增至 53%,而西欧、美国等西方发达国家的比重将降至 33%。2007 年亚洲拥有世界官方外汇储备的 66.8%,也反映了这一历史变化。

总之以上资本发生了三大历史性变化。这是马克思和列宁当年没有经历的，也不可能先验地预见到的。当代资本的这三大特点向当今时代提出了一个尖锐的问题，如此巨大的资本，特别是劳动者的资本怎么办？出路何在？劳动者资本最初总是存放在银行取利，以保值增值，可是银行增值小，而且还有通胀贬值的危险。资本要扩张，劳动者也有自己的打算，于是，可以有下列选择：

(1) 提高物质消费水平。例如，中国在改革开放三十年中经历了老三大件(手表、自行车、家用缝纫机)、新三大件(电冰箱、洗衣机、空调)的消费浪潮，现在是住宅、汽车和旅游三大需求。当这些消费需求都已满足了，现在还看不出什么是下一轮三大件。

(2) 提高教育、文化乃至各种创新活动的精神消费水平。

(3) 腐化消费：赌博、嫖玩异性乃至吸毒等。

(4) 愚昧消费：无意义无限制的宴会送礼等社会应酬，各种封建迷信活动，以及酗酒等有害嗜好。

(5) 浪费。

在以上五种选择中，第(1)(2)类是正当的，不仅提高劳动者的生活质量和素质，而且促进社会生产的发展，构成人类经济活动(科研、生产、流动、分配、消费)不可分割的一环。但是，在既定的历史条件下，这两类消费都是有限的。特别在发展中国家，刚刚脱贫致富的劳动者有节约和储蓄防范的思维定势，正常消费就更有限了。而(3)(4)(5)各项都是既损害劳动者个人，又损害社会发展进步。因此，劳动者资本必须有一个既有利于个人身心、又有利于社会进步的健康出路，那就是投资。

最直接的投资是劳动者集资合伙经营实体企业。它虽然值得鼓励，但受到劳动者的才能和兴趣的限制，只有小部分甚至很少部分劳动者才能做到。于是，股票、证券等金融市场越来越繁荣。同样，它也受到劳动者个人才能和兴趣的限制，于是各种投资机构(投资公司和基金)兴起代理劳动者投资理财。这里产生了一个值得关注的理论问题：劳动者的资本应该交给谁运作？资本运作是一门艰深的科学，劳动者自己不行，必须交给有经营才能的企业家和有专业知识的理财专家们运作，资本才能不断有效增值，从而才对劳动者个人和社会发展都最有利。这又涉及劳动者之间分配问题了。社会主义分配必须是"各尽所能、各取所值"，从而达到公平与效率的高度统一。如果平均主义分配，就必然陷入上述后三类消费的陷阱,既损害劳动者身心又破坏社会进步! 还会造成持续的通胀,使劳动者资本贬值,乃至经济滞胀,破坏经济发展,导致经济危机! 回到劳动者资本投资,资本投资就是资本的增值扩张。劳动者也是人,必然也追求最大限度的利润;而代理投资机构的贪婪,除了机构人员本身利益驱动外,还包含着对劳动者承诺的责任。于是各种投机和违法行为(如诈骗)就不可避免了。诈骗者的贪婪不正是利用了被诈骗者的贪婪心理吗?

归根到底,当代金融乃至经济问题的本质和要害在于:人类的资本越来越多,而且劳动者的资本更加越来越多,它们要找出路。资本积累越多就要求更多地资本扩张,资本扩张增值又导致资本更多的积累,进一步形成更多的扩张冲击。这就是当今资本巨大的全球的流动性! 资本冲击到实体经济就导致产能过剩,资本冲击到资本市场就导致繁杂的金融创新和虚拟经济。资本短缺,资本不扩张,社会生产力不发展,无法满足人类不断增长的物质和文化的要求;资本过多,又无足够正当消费来吸纳,资本就只能冲击性扩张,从而导致市场这样或那样失控,构成当代经济危机的经济基础。这是人类当今面临的、今后越来越严峻的两难命题。

如何使资本控制在既能促进社会财富不断增长而又不导致经济危机的范围内。可以举出下列三条根本途径:

其一,实现公平分配机制。市场经济等价交换的本质原则要求公平分配,但在实践中违反市场经济法则的"血汗工厂"、"诈骗"、"贪污"(权钱交易)等剥削情况经常存在。从而使本来供人类正当消费而不会积累的资本集聚到少数富有者手中,形成巨大剥削者资本。必须加强市场经济体制的法制建设,努力实现一切可能的信息共享和透明度,旗帜鲜明地宣告"不劳动者不得食",消灭一切形式的剥削。同时,在劳动者之间实现社会主义"各尽所能,各取所值"这一效率与公平高度统一的分配原则。这样,就可以避免少数人拥有大量资本,形成不应有的资本巨大的流动和冲击。全球经济中穷国和富国的差距大体也是类似道理的。经济发达国家有责任也有可能率先在国内作出榜样,然后推广到全球全人类中去。

其二,大力发展教育和科研。这不仅本身大量吸纳资本,而且充分开发人类的智慧和发展科学研究业(简称科业),于是不断创造出与资本增值相适应的、足以消费掉扩张资本的有益的物质产品和精神产品。从而既不断提高了人类生活质量,达到高素质高水平的境地,又不积累过多的资本。这是劳动者资本的最佳出路。遗憾的是,正是当今人类科教投入太少(其中相当部分投入军事科技方面了），从而当代科学技术发展还不足支撑实体经济创造出足够有益的消费产品，使资本更多地甚至可以说无奈地进入虚拟经济，并在虚拟经济中内循环，造成当今虚拟经济无限的膨胀，以至虚拟经济总量超过实体经济了，这究竟包含了什么风险、多大风险值得人类关注。

以上两条不可能一蹴而就，将是一个漫长的持续努力的历史过程。

其三，改变消费观。首先是消灭前述"后三类"不良浪费，发展更多高素质高水平消费。旅游休闲将是劳动者最现实最容易吸纳资本的消费。此外在节制资本的方面，美国人借债超前消费也应作两面观。借债消费（例如贷款按揭住房）具有一系列先进的意义。首先它实现了当代劳动者享受自己创造的当代先进的劳动成果，这是最大的公平；第二，不追求资本积累，节制了资本；第三，改变传统的前辈积累资本和财富、让子孙不劳而获的消费模式，消灭了这种继承性剥削；第四，为了还贷，劳动者必然更加勤奋的工作，努力发挥自己的主动性、积极性与创造性，成为实现"各尽所能"的一种内在动力和机制，从而创造出更多的社会财富，促进社会进步；第五，劳动者安居乐业，社会自当稳定和谐。然而，如果违反市场经济法则来实现借债消费（如美国次贷购房，希腊无节制国债供人民高福利消费），那就走向反面了。负债消费必须以劳动者创造足以还贷的资本为基础，为原则。

当然，也许还可有其四其五的途径，期待着人类的智慧。

新资本观告诉我们：资本发生了新变化，带来了新问题，必须用新观念新办法去解决它。如果不能解决它，必将导致经济危机；危机出智慧，从危机中不断找出新的解决办法来。

六、经济危机的预警信号

经济危机的巨大破坏力使人们一直希望能及时预警，以减少经济损失和社会振荡。现在，我们可以说：经济危机的发生并不是绝对盲目随机的，也是有规律可寻的，有某些预警信号可供掌握：

（1）经济危机不是市场经济机制的必然，而是种种违反市场经济法则积累的必然。当市场经济造就经济繁荣时，人们开始容忍政治的、文化的、道德的等违反市场经济法则的事物，越繁荣、越长期繁荣，违反市场经济法则的事物就积累越多,经济危机的可能性越大！因此,越要加强反思和社会监督,防微杜渐,从市场科学研究、社会舆论和法律等各方面,与不断涌现的一切违反市场经济原则的事物作坚决的不调和的斗争。也因此,违反市场经济法则事物的数量和频率以及特大事件(如此次安然公司案)出现都可以成为经济危机的一个预警信号。

（2）新的技术专利数量,以及其投入生产的实现率,可以成为经济危机的一个重要预警信号。当数量增多而实现率下降,预示了经济危机将要到来。

（3）正常的市场经济下,企业特别中小企业巨大数量的破产或关闭是优胜劣汰的必然,而同时巨大数量创新的中小企业诞生也是技术进步发展的必然。这正是当代市场经济新陈代谢的巨大活力所在。一旦相形见绌的企业仍有利润维持而不被淘汰,新技术进步的企业缺乏市场支持而不能脱颖而出,即统计表明破产关门的企业和创新诞生的企业降到某个数量水平,这就预示了经济危机不远了。

（4）正常市场经济下,应有一定失业率,这不仅是人力资源市场竞争优胜劣汰的必然结果,还有产业结构更替过程中夕阳产业人员转移的必然。与此同时,每年有足够的就业率,以满足人口增长和经济发展的要求。因此,失业率统计必须区分流动失业率和长期失业率。前者既可鞭策就业人员敬业奋斗,又可鞭策失业人员努力学习新技能,正是优化企业劳动结构、社会人力资源和社会产业结构的一个有效机制。后者形成弱势贫困人口宁可用社会救济和福利来保障他们人道主义的生活水平,绝不可行政地和道德地保障他们就业,从而破坏了社会优质的人力资源劳动结构。这样,失业率过高,社会不稳定,固是危机;但如果失业率低于某一数字,例如3％,它可能就是经济危机的一个预警信号了,如果100％就业,那定是100％的经济危机！这个结论可能引起某些道德理想家的责难,但是真理并不都是甜的,人们应该有勇气理性地接受真理的辛辣味！

（5）当社会资本急剧增长,而无法通过全球和社会公平分配,通过科学技术创新服务等来消费资本,资本的扩张属性必然形成各种冲击性流动,从而迟早要导致这样或那样的经济危机。因此,资本流动的性质、数额和速度都可以成为经济危机的预警信号。

可能,也一定还有其他预警信号。有待研究者们更多的发现。所有这些不仅要求准确的经济统计,改革经济统计项目和方法,而且还是经济学研究的新课题,乃至对当代经济学提出了新的改造和创新的历史性要求。

七、对经济学的挑战

这次经济危机对当代经济学提出了严峻的挑战。当美国实行如此明显的反市场法则的次贷时,经济学家没有提出指责和忠告。当金融创新如此快速发展,经济学家没有及时研究和提出对它必要监控,任其放任自流⋯⋯当经济危机爆发后,经济学家提出的对策五光十色,令人茫然⋯⋯以致许多社会舆论质问:经济学怎么啦? 经济学还有什么用吗?

经济学当然有用,这已是近代以来人类发展的历史所证实了。始则微观经济学,继而宏观经济学,还有各种专门经济问题的研究,经济学家们的贡献是功不可没的。就是面对这场经济危机也有许多经济学家提出了很好的对策建议。当然,一些社会舆论质询也是有道理的,也表达了社会对当代经济学更多的期待。我们不能要求经济学是万能的,能洞察一切反经济规律行为。但是,经济学家们应该从这次经济危机中认真反思:当代经济学一定还缺少了什么? 请允许我不揣冒昧提出:当代经济学至少缺少两类学科,或者说,虽有若干研究,但需要自觉、认真、系统推进两类学科建设:

1. 战略经济学

战略讲的是全局长期总趋势。它不回答而且必须忽视一些枝枝节节问题,也不回答眼前乃至 3—5 年的短期问题,而是回答中长期的发展问题。经济战略服务于又受制于社会发展战略。由于经济是社会发展的基础,因此经济发展战略在整个社会发展战略中的突出地位是不言而喻的。此外,从经济学本身发展而言,也应关注自己内在逻辑演进所展现的发展前景,这也是经济发展战略的重要命题。经济发展战略对眼前和短期发展、局部和全局的发展都起着指导作用,因此,一切经济领域不断涌现的新现象、新事物、新问题(例如次贷),都应该看其对经济发展战略的可能影响作为是非优劣的判据,从而制定出正确和优质的经济政策和措施。战略一错,全盘皆输,纵使眼前得利,最后损失不可收拾。

显然,战略经济学要有足够的全面的经济学知识,从历史到当今,从理论到应用,全面关注和研究人类经济活动全局,把握经济活动的总趋势大趋势;同时密切关注和研究人类经济活动中不断涌现的新现象、新事物、新问题(例如金融创新、网络虚拟经济),从蛛丝马迹中敏锐地发现其中必然而非偶然的、对社会有益而非有害的因素。特别要善于发现其中足以燎原之星火，进行认真的超前研究，来扩展和修正经济发展战略。达不到这一要求，经济发展战略也必将逐渐失去自己的活力和价值，甚至成为错误的战略而误导整个经济发展。

同样显然，战略经济学虽然立足于经济学，但它是高度综合的预见性研究，不仅仅是纯经济学问题。它必须综合考虑和研究政治、科技、文化、自然环境、社会等全方位的发展和它们的历史性要求。还应有必要的哲学观和历史观，最好还有广泛的从基层到高层的社会实践。从而才能有正确的综合研究方法，得出准确的经济战略发展的结论。或者说战略经济学是从人类发展全方位的视野、运用人类一切文明成果来研究经济学问题的经济学。还是显然，以上种种对战略经济学家的素质和知识结构提出了更高的要求，有才能有志气的经济学家应该敢于和勇于开拓战略经济学。

2. 球观经济学

既往的经济学包括微观经济学和宏观经济学，都是局限在一个国家范围之内。然而从上世纪末开始的经济全球化的历史趋势，已经显现出它不可抗拒的生命力、冲击力和突破力。

经济全球化是20世纪从民族企业到国际贸易到跨国公司的经济国际化进程的必然。八九十年代跨国公司大兼并诞生全球公司，是经济全球化标志性的起点。全球公司不仅具有规模经济优势、超级竞争力，更重要的是它从资本、资源、技术、生产、管理、市场以至人力资源配置（包括最高层领导集体）等一切生产要素，都在全球范围内有效配置。因此，经济全球化首先代表了当代最先进的生产方式。同时，既然全球配置，必然冲破民族和国家的利益局限性，各民族各国家你中有我我中有你，从而它也构成了人类持久和平、共同繁荣和世界大同的经济基础。这次经济危机表明，连经济危机也是更明显更广泛的全球化。经济全球化是21世纪不可阻挡的历史潮流，着眼全球来研究经济的球观经济学必须随之登上历史的舞台。

球观经济学不仅要研究全球公司的种种问题，在当今全球分为一百多个国家，它们虽有共同的全球化诉求，但同时各自自然条件、文化传统、发展阶段和政治制度等国情差异，各国现实的经济利益也有许多不同，必然有这样那样矛盾。如何在经济全球化过程建立起球观经济的国际新秩序，达到大家和平发展和共赢，更是球观经济学的重大命题。

经济全球化是与先进的科学技术分不开的。没有全球化的信息技术,全球企业和经济是无法管理和运作的。20 世纪中叶以微电子技术崛起为开端的新的科学技术革命掀起信息产业、信息高速公路以及互联网络的浪潮,宣告了工业革命造就的几百年的工业社会已经走到尽头。知识和信息已超越其他经济资源,成为人类的主导的战略资源。生产知识和传播信息的科学研究活动已成为名副其实的生产产业。美国硅谷标志了科学研究业(与历史上农业、工业相对应,可简称科业)已历史性崛起。原来,20 世纪中叶掀起的这场新科学技术革命,不是一般意义的科学技术革命,而是影响极其广阔极其深远的新的生产方式革命。正如当年工业革命那样,这是一场科业革命! 它不仅改变人类生产方式,而且进一步改革劳动结构(脑力劳动成为科业社会主要劳动,人类一直被束缚的占人口的一半的女性劳动资源彻底解放)、社会结构,乃至人们社会活动方式、生活方式和思维方式。科学研究产业化成为 21 世纪历史大趋势,科业正在成为人类社会的主导产业,从而代替正在消亡的旧的工业社会将是正在升起的全新的科业社会。科业社会经济将是怎样的有效运作的,也必将是球观经济学的基本命题。

既然是全球化的科业社会,只有一个地球,保持人类生存和持续发展的经济,达到人类共同繁荣和公平分配的经济……都将是球观经济学的重大课题。

要言之,球观经济将是全球资源和产业要素有效配置的经济,高新技术快速更新下的经济、全球共赢下竞争与合作的经济以及解决全球问题的经济。

最后,回到经济危机问题,可以断言:当代和未来市场经济的运动和发展仍是波浪式前进,但战略经济学和球观经济学将可能使未来的市场经济成为高频低幅式的波动,从而可以避免较大的"危机式"冲击。经济学将为人类和平发展和共同繁荣作出更大贡献,经济学的社会影响力将有一个划时代飞跃!

CES 的财务制度建设:财务管理委员会

俞 卫

上海财经大学公共经济与管理学院教授、院长

从一个学生组织开始,经过了 25 年的历程,中国留美经济学会(后文简称 CES)能够成长壮大为一个在国内外颇有影响的学术组织与它严格和完善的组织建设密切相关,其中规范化的财务管理就是一个非常重要的部分,在海外有很多组织就是因为财务管理不善而无法持续发展的。我有幸从财务委员会建立开始参加了 CES 财务管理规范化建设的全部过程,也见证了历任各届会长对 CES 财务管理重要性的认同和支持,因此我从财务管理的角度将 CES 的这段历史与大家共享。此外,CES 对我个人的成长与发展也起了很大的作用,使我学到了很多东西,结识了很多朋友,CES 的工作是我人生发展的道路上一个非常重要的经历。在回顾 CES 的 25 年历程时,我借此机会也在这里向 CES 表示由衷的感谢。

入会的第一项工作

我 1986 年去美国留学,当时在南卡罗来纳州的克莱姆森大学学习经济学。加入留美经济学会是 1992 年博士毕业后的事了。由于克莱姆森比较偏僻,学习期间也没有与同学经济学的其他学生来往。毕业后好像是去波士顿参加美国经济学会的年会,才知道留美经济学学会,于是就加入了学会。第一次参加学会的会议是 1992 年,当时海闻竞选会长。担任会长后,海闻需要人协助他做福特基金会短期回国教学的工作,问我能否帮助做这件事,这样我就开始了 CES 的第一个

工作。由于福特基金会短期教学工作需要有连续性，所以后面两届会长换届，这项工作还是由我来负责。那时国内高校开设西方经济学的课程才刚刚开始，许多学校都缺乏师资，因此 CES 中的很多会员都通过这个短期教学项目为国内的高校引进了西方经济学的知识，同时也加强了学术交流。为了了解国内高校对各个方向的教学需求，我还在一些重点高校中作了一次调查，为参加短期教学的学者们提供了有关信息，也建立了一定的联系。

财务委员会(Finance Committee)的建立

像很多学生组织一样，CES 创建的前十年由于每年经费有限，财务上似乎也没必要建立一个复杂的制度，学会资金基本上是由会长管理。每一届会长先是设计活动计划，然后就是筹资，资金筹来之后就组织活动。由于 CES 会长是每年一换，到换届时，一般说来会长都还有一些后续工作要做(例如出一套书籍等)，因此每一届会长都会在任期结束后的 2 至 3 年内才全部完成自己任期内启动的工作。每到换届之时，离任会长会将自己需要完成既定任务的资金留下来，剩余交给下界会长。在那个时候，CES 有一个很好的传统，那就是会长们总是设法给 CES 积累一些资金，在我参加财务管理的这些年内，没有一任会长出现财务超支现象，经过十年的运营，到 1995 年财务委员会成立之时，CES 的累积资金已接近六万美元。

但是这样的财务管理至少有三个问题。第一，资金的筹集、使用和转交基本上都由会长自己决定，没有一个监管机制，靠的是会长的自觉性。没有一个制度，长期下去就难保不出问题。第二，CES 每年报税的工作很难完成，因为每一位会长都只是负责自己分管工作的一部分财务，报税的时候就容易忽略其他前任会长在任期结束后的财务活动。而且，CES 的会长换届一般是在秋季新学期开始之时，而报税按的是财政年度，所以报税时前任会长对在任会长的资金不太熟悉，在任会长对其他会长的资金情况也不熟悉，很难完全和准确地完成税务申报。更麻烦的是每一任会长自己保管报税单和有关材料，没有统一建立档案，以致报税没有连续性。第三，CES 开通的账户太多，没有管理。CES 是在美国注册的非营利学术组织。在银行开启账户，可以享受免税待遇。由于每一任会长离任时都会有未完成任务，CES 在同一个时期内会有多个银行账户，有些账户长达 5 年以上，使得 CES 的资金长期没有统一的管理。为此，在 1995 年的 CES 年会上，当时在任和前任的几位会长认识到问题的严重性，决定成立一个财务委员会（Finance Committee，简称 FC）来统管 CES 的财务。经过会员选举，我、陈平和易刚是第一届 FC 的成员，陈平任主席。

财务管理

财务委员会成立之后马上做了三件事：统一报税、建立财务制度和资金管理。

报税

FC 成立之后最紧急的一件事就是报税。由于会长之间的沟通问题，CES 在 1995 年暑期成立时，因为会长不在美国工作，去年的税还没有报，当时已经过了报税期限。如果逾期不报税，IRS 就会终止 CES 非营利学术组织的身份，在美国也不能合法筹资了。在查看了各种文件之后，我们决定申请财政年度时间的改变，从正常的日历年度转为每年 10 月开始的新财政年度。更改财政年度的申请上报之后，IRS 批准了我们的申请，这样就多给了我们几个月，使得 CES 报税得到连续。从此之后，FC 负责了 CES 的报税工作，将所有 CES 账户的资金全部汇总，统一报税，既完整也及时，再没有发生税务申报延误的问题。报税的工作一开始是由我负责申报。后来随着 CES 的发展，资金量不断增加，活动也越来越多，我们就请了专业税务人员来负责税务申报，而 CES 的税务工作也从此走向了专业化。

制度建设

FC 成立后的另外一件大事就是建立财务制度。首先，每一位会长在完成了各自任期内启动的工作之后，要立即关闭 CES 账户，并将余额转给 FC。此外，如果会长在离任三年之后还不能完成遗留任务，他/她则必须关闭账户，将资金转给 FC，由 FC 代为管理财务。第二，规范了会长奖励制度。过去，会长如果给 CES 筹集了资金，并且有一定结余，会得到一定的奖励，奖励的额度一般由在任会长决定。FC 成立后统一制定了一个奖励公式，由 FC 统一执行。第三，FC 接管了所有的财务文件。过去，FC 的财务文件都散在各任会长手中，特别是早期的文件，是由当时参与组织的一些人士帮助保存。经过一些老会员的努力，特别是尹尊声的协助，我们从第一届会长于大海同 IRS 申请税务待遇的来往信件和 IRS 给予 CES 税务待遇的批示信件，直到 CES 每年在新泽西州的注册文件都统一保存起来，完成了 CES 的组织和财务档案的完整和统一。第四,FC 建立了自身管理的条例。FC 成员没有工作报酬,而且 FC 成员也不能使用任何 FC 管理的资金来组织 CES 的活动。简单的说,就是 FC 管钱,但不能用钱。这样可以避免 FC 自身出问题。第五,FC 每年要向 CES 成员发布年度财政报告。

资金管理

FC 做的第三件大事是 CES 资金的管理。FC 在 1995 年刚成立时我们已经有了将近 6 万美元。刚开始时为了资金的安全起见,陈平,易纲和我每人负责一部分资金的管理。后来陈平和易纲回国了,资金就全部转到我这里。集体决策,在我这里统一管理。记得当时讨论投资策略时,按易纲的建议,我们基本就投资在指数基金上。后来,我们在 Fidelity 等几个业绩表现较好,有较长历史的基金上进行长期投资。

CES 的累积资金都是历届会长在各自筹资和经办活动中节省下来的,少的 3 000 多美元,多的超过了 8 000 美元。对于这笔资金的用途,大家主要的考虑有两个方面。一是要用来支持 CES 长期发展项目。因为会长筹资一般都是在任期内要做的短期项目,对长期项目则缺乏考虑。另一个是用在 CES 运营资金突然发生短缺的情况时,可以应急。随着中国的开放和经济增长,国际交流活动趋于正常化,CES 组织国际交流的重要性也相对减弱,因此筹资也变得越来越困难。一旦哪年筹资不利,我们不希望 CES 的活动因而中断。近年来由于筹资困难,曾有会长提出要动用这笔资金,还希望由会长和理事会将资金的管理权从财务委员会的手中接管过来。我们认为,这样做就相当于让这笔资金做了短期运营费用,没有可持续性。而一旦改变长期发展和应急的原则的话,这笔资金很可能被迅速用尽。从管理角度来看,若把这笔资金转交给会长和当届理事管,对资金的使用也缺乏监督机制,稍有不慎,历届会长辛辛苦苦积累起来的资金会很快被用光。因此,在同 FC 的成员以及前任的几位老会长商议之后,这个意见没有被采纳。CES 所累积的资金也确实要努力用到 CES 发展的长期目标上来,然而到目前为止,还没有看到这样的计划。原因之一,是各届会长都非常忙,没有精力来关注 CES 长期发展的项目。另外一个原因,是 CES 今后的目标也有待修正。随着我国国际化程度的提高,CES 作为中外沟通的桥梁这样一个作用已经弱化了,在 CES 发展方向没有调整确定之时,长期发展项目确实也难建立起来。

邹至庄奖学基金

CES 最大的一笔筹资,要数李稻葵任会长期间筹到的邹至庄奖学基金,有 20

万美元。邹至庄（Gregory Chow）是普林斯顿大学计量经济学方面的资深教授。这个基金是用来资助回国讲学、科研等工作，英文全名是 Gregory and Paula Chow Endowment for scholarly research to promote free-market economics in China。当时邹至庄提出要成立一个董事会来管理基金，同时制定出基金管理的原则和规定。董事会由 5 人组成，邹至庄教授和家族成员占两名、CES 前届和现任会长、再加上财务委员会主席。董事会主席由邹教授或指定家人担任。邹教授的慷慨支持为 CES 的继续发展和壮大起了很大作用。

FC 人员的变迁

从 1995 年起，FC 已走过了 17 年的路程。建立之初，考虑到 FC 除了管理财务、支持会长及执行团队完成任务之外，还要对现有的财务运行进行监督和对学会积累资金的使用进行监管等作用，所以 FC 需要独立并有一定的权威。因此，FC 委员基本上都曾担任过会长，相信他们在关键时刻会挺身而出来维护 CES 的利益。在过去的 17 年中，尽管委员们在相继更替（见下表），CES 财务管理的规范化一直得到了保持，每年都有财政报告，CES 的各种收支也都在有序管理之中。我在 FC 工作了 10 年之后（5 年委员和 5 年主席）于 2005 年退居二线，FC 在资深会员尹尊声教授的带领下，工作更上了层楼。

同很多 CES 会员一样，我在 2006 年底返回了离别 20 年的祖国，回国的契机也还是在 CES 的影响之下，当时张欣在上海财经大学公共经济与管理学院任院长，希望发展卫生政策与管理的学科，我就应聘到了上海财经大学。回来之后也还是经常在 CES 会员的相互支持之中，2010 年 CES 在南开大学举办了 25 年会长论坛，见到老朋友们也是感慨万千，从 1992 年入会，我参加 CES 也近 20 年了，CES 为我提供了很多机会，也是我人生中非常重要的一段经历。

年 份	CES 财务委员会成员	主 席
1995—1996	陈平、易纲、俞卫	陈 平
1997—1998	陈平、易纲、俞卫、田国强、张欣	陈 平
1999—2001	俞卫、田国强、张欣、尹尊声	俞 卫
2002—2004	俞卫、田国强、尹尊声、陈百助	俞 卫
2005—2006	尹尊声、田国强、陈百助、文贯中	尹尊声
2007—2009	尹尊声、文贯中、王燕、陈百助、董琪泓	尹尊声
2010—	尹尊声、文贯中、陈百助、董琪泓	尹尊声

注：表中信息是根据本人回忆，可能在任期年份上有误差。

平台、奉献、海归

陈爱民

四川大学特聘教授、原副校长，美国印第安纳州立大学文理学院杰出教授（2005）

第一任女会长

　　经济学科在西方似乎是男性占主导地位的学科。这个统计上的观察不论是从我们的同事、学生，还是 CES 会长的性别比例中都得到了证实。90 年代初，我和很多会员一样，刚刚开始我们的助理教授生涯，都把主要精力放在写论文和争取拿到终身教职上。CES 的领导和管理主要由一批更加资深的学长们在进行，学会比较活跃的女性经济学者更是为数不多。2000 年，我有幸成为 CES 的第一任女会长。自信、奉献精神以及展示"半边天"能力和风格的志向，使我有了足够的勇气挑起这副重担。

　　那是 2000—2001 届班子，理事会成员包括刘国恩（Gordon Liu）、胡永泰（Wing Thye Woo）、冯毅（Yi Feng）、张宏霖（Kevin Zhang）几位教授，以及杨森（Lynn Yang）和爱德华（Ron Edward）博士。班子实力很强，大家团结合作，为 CES 的健康发展做出了贡献。我们在保持 CES 优良传统和前任会长们已经开拓的很多有益活动外，把工作重点主要放在两个方面：一是提升学会各项工作的职业化程度，从而增加在主流社会的影响力，二是把 CES 在国内的学术活动向中西部地区和促进城乡平衡发展方面转移。

　　在提升职业化程度问题上，我得益于女性的细心和对完美的追求，首先对

CES介绍册进行了文字和信息上的梳理,使其读起来更顺畅、更贴切、更符合标准的英语,信息更准确、更实时,以体现一个专业组织高度职业化和一丝不苟的学术风范,进一步提升了 CES 的形象和影响力;在规范化管理方面,我们梳理了学会的会员费和会员资格管理制度;为了提高学会论文评审制度的透明度和职业化程度,争取使学会在国内举行的年度高层次国际研讨会论文质量达到或接近 SSCI 期刊的论文质量,我们第一次对参加与厦门大学合作举办的国际研讨会的论文提纲进行匿名评审,而且论文的 session 也按照 ASSA 的模式和要求进行,从而把国际高水平的研讨会模式和质量介绍给了国内。会议论文有很多后来被 SSCI 的 *Urban Studies* 收录为特刊文章,还有的在 *Contemporary Economic Policy* 和 *China Economic Review* 上发表。那年,学会还在 ASSA 会员的基础上成为了美国西部经济学会的团体会员,并举办了两个 session。

世纪之交,中国在一部分人、一部分地区先富了起来以后,收入差距的扩大以及城乡之间、地区之间的不平衡发展开始成为经济可持续发展的威胁。所以,我们决定把学术活动向中西部地区和促进城乡平衡发展倾斜。那年,我们第一次把福特基金会国内教学项目的重点资助对象从沿海和北京、上海等城市的大学转移到了西部和较贫困地区的大学,鼓励会员们到这些地区进行短期讲学。这一转向受到了福特基金会的大力赞赏和支持。我们把中国的城市化问题定为我们年度国际研讨会的议题,重点探讨农民进城、城乡之间平衡发展以及中国城市化模式问题。

为了提高研究的深度和实用性,我们还第一次结合国际研讨会的议题,在会前会后组织团队,用了一周多的时间对闽南闽北很多县市进行实地考察和田野研究,并为福建省政府提供了关于福建省城市化情况的研究报告。之后,由陈甬军、陈爱民主编的《中国城市化:实证分析和对策研究》(*An Analysis of Urbanization in China*)两次印刷,并成为很多大学城市化问题的参考教材;在城市化问题上,学会还出版了(由陈爱民、刘国恩、张宏霖主编)*Urban Transformation in China* 和 *Urbanization and Social Welfare in China* 两部书,其中一部曾经被 Amazon 统计为 100 部关于中国经济问题的最畅销经济学英文书之一。

经济学家的社会责任和 CES 平台

作为原 CES 会长,我为学会各届会长及其班子和成员为中国经济改革和发展所做出的贡献感到自豪。纵观学会发展的历史,它迈出的每一步都与促进中国经济的发展和改革开放紧密相连。在改革开放初期,中国必须"摸着石头过河"的时代,CES 把经济学和发展的系统理论以及国外的实践介绍到中国,并结合中国实际给出政策建议;在中国最缺乏与国际接轨的经济学人才的时候,CES 以团队或者个人的形式回国讲学,把西方经济学的体系和国际水平的教学科研方法引入国内;面对中国经济改革开放中出现的阶段性问题,CES 针对当时最需要解决的问题,及时召开我们的年度国际研讨会,并将相关问题和政策建议用中英文发表,为决策者献计献策。学会从 1993 年以来召开的每一个年度国际研讨会,几乎都是国内大学争相合作举办的最高规格学术会议;研讨的问题都具有较强的前瞻性和实践指导意义;众多会员回到国内发展或者短期合作,也都在各自的领域担当领军人物。最重要的是,我们是带着社会责任感、怀着报效祖国的使命感来履行我们的职责的。

最近在研究中国城市化新模式的过程中,我特别欣慰地看到大成都地区已经初步建立起城乡统一的劳动力市场,初步实现了城乡间人口的自由流动。我们深知,这是很大的进步。十多年前,城乡二元体制使得中国的城乡差别不断扩大,农民工进城受到各种限制和歧视,很多地方还向他们收取社会治安费、价格上涨费等费用;农民工子女就学异常困难;城里人把社会秩序的恶化归咎于农民的进城,等等。

正是因为看到这些社会不平等,看到重庆农民工在城市生存的困难,担忧城乡差别、贫富差别以及地区差别的扩大对中国可持续发展的威胁,我在 2001 年决定把 CES 国际研讨会定格在城市化这个议题上。我们与厦门大学合作,针对这些问题召开了年度国际研讨会,并在闽南闽北进行田野研究,为福建省政府提交调研报告。我们呼吁,呐喊,希望加快城市化步伐,希望消灭二元经济体制,希望停止对农民工的歧视,希望中国发展出一个科学的城市化模式。我们的研究和声音起到了一定的作用。十多年后的今天,我们看到了中国的城市化步伐在不断加快,农民工的权益日以受到重视、地位不断提高。更可喜的是,是城乡统一的劳动力市场已在不少地方初步得到建立。而且至今,科学合理的城市化模式,仍对中国经济结构的转型、对扩大内需以及中国经济的可持续发展起着举足轻重的作用。

由此我不得不感叹,我们这一代人是幸运的。我们经历过中国的计划经济年代并为之担忧；我们中的很多人有幸成为改革开放早期的留学生，观察和体验不同的经济社会体制，并努力成为中国与世界接轨的桥梁；我们也见证和参与了30多年中国的改革开放、中国的崛起和世界经济格局的大变革。CES则为我们提供了锤炼和参与的平台，让我们能够为祖国的发展做一些事，并做成一些事。

"空降海归副校长"：东西方文化的碰撞和磨合

2004年10月，在朋友的鼓励下，带着曾经作为CES会长所经受的锻炼和得到的自信，报名参加竞聘四川大学向全球公开招聘副校长的项目，并在众多申请者中脱颖而出，作为八位副校长中唯一的海外代表和唯一的女性，成功受聘，主管财务、国有资产和社科研究。当时我的一个即兴答题受到了听众的认可和媒体的关注。那天，面试礼堂的观众席里有人给我提了这样一个问题："作为主管财务的副校长，你如何处理原则和权宜的关系？"我回答，在美国，即使在深夜2点，人们过马路的时候也不会闯红灯，体现了人们对原则和制度的尊重。而在中国，很多司机即使在白天也会因为没有警察看着而闯红灯。中国人做事喜欢说"原则是死的，人是活的"，处理问题喜欢因人因事而论，喜欢凭关系办事。久而久之，这种文化会导致对制度和原则的不尊重，使管理无法规范化。相反，对制度和原则的尊重一旦形成习惯，我们对权宜的需求就会越来越少。所以，我会在原则和权宜之间选择"原则"。之后，媒体把我叫做"不闯红灯的副校长"。

就这样，我离开了美国，带着兴奋、感恩和报效祖国的心情，开始了我川大副校长的生涯。精忠报国，坦诚做人，踏实做事，推行规范化管理，推动教育改革，做中西方文化的桥梁……，我满脑子想的都是这些。有着经济学者的训练，有着CES会长以及在美国大学介入管理的经验，应该说，我可以得心应手、甚至游刃有余地胜任副校长的职责，虽然每一天我都在努力地适应着新的环境，观察、理解、解释着各种"中国特色"，以及微观实体的运作与宏观经济发展的关系。在工作中，我强调和做得最多的就是推行规范化管理和务实的工作作风，并得到了领导的支持和肯定，取得了一些成功。为了工作，我从不会喝酒到学会了喝酒，从不会敬酒到学会了敬酒。不过，这好像是我唯一强迫自己学着做的事情。

由于我的特殊身份，领导、同事、下属们对我的态度和要求也不太一样。比如，我可以比较直接地对我认为违反原则的事说no，而且从我嘴里说出的no，人们似乎更容易理解和接受。在我这里，人事关系仍然是那么简单：工作是工作，友谊归友谊；不能做的，我会坦诚地说 no；能够做的，我会把它当成服务，根本不懂得拿任何"架子"就把事情办了。有时候，当我在学校制度允许的基础上为别人办了事，别人答谢坚持要请客的时候，我会说，"饭别吃了，事儿我已经办了！"而且很少记得自己曾经为谁提供过什么帮助。受西方 20 多年生活和工作经历的影响，我从没把自己的职位跟官位联系起来，而是把它看成是管理和服务的平台，做出业绩的平台，并相信自己的升迁将取决于自己在这个职位上做出的成绩，取决于自己真实的素质和能力。我把美国大学里养成的处世原则带回到国内的大学，希望能带来一些新鲜的办事作风。所以，在副校长位置上的这些年，除了工作需要的"公关"外，我没有刻意去发展任何对我个人有利的关系，更不想为了升迁而改变自己的人格。我的中国同事们甚至会感叹，"老外教授""纯得可爱"。

在班子里，我比同事们都更直率，特别是遇到能提高效率、避免事故或者浪费的事，我从来都无法使自己"事不关己、高高挂起"。我是经济学者，关注的全是怎样用最少的投入办最多的事，怎样避免资源浪费，怎样实现帕雷托改善，想的是如何平衡效率和公平。我和班子在彼此经历着难得的东西方文化和办事风格的碰撞和磨合。领导和同事们也渐渐习惯了我的风格，我们彼此尊重。任职期间，我去了中央党校学习；作为无党派人士，我被送去中央社会主义学院学习，在那里和李稻葵教授成了同学；我也成了省政协委员，并被告知将成为省政协常委……一切都是那么正常、那么顺理成章。如果我"老老实实"地呆在川大本部，"不折腾"，我的命运会完全不一样。然而一个带着某种偶然性质的事件和机会，改变了我的发展路径和结果。

回国担任川大副校长后，我最值得提及的成就之一，就是在我的具体参与和主持下，川大办成了第二所独立学院——四川大学锦江学院（一所民办公助的四年制本科大学）。这个项目在我接手时已濒临失败。我接手后，因为有一些新的理念，而且工作特别务实，所以得到了投资方和学校主要领导几乎是毫无保留的信任和支持，从而促成了双方的成功合作。投资方感叹地说，是陈校长把他们留在了四川，留在了川大。我还带领部下利用所有休息时间参与学院的"软件建设"，与投资方通力合作，使一所崭新的本科大学不到一年就奇迹般地建成招生。

锦江学院建成后，在运营上遇到了一些特殊困难，急需一个能力强、影响力大的院长来扭转局面。带着对这所在自己主持下建立起来的年轻学院的特殊感情和在全新基础上创办一所具有"世界水平、中国特色"的民办本科大学的强烈愿望，我坚持请求去锦江学院兼任院长，并不惜以辞去副校长职位为代价，最后终于得到了川大常委会的同意。

到了锦江学院，我在 2007 年 10 月写下了这样一段话：

"中国迫切需要优秀的教学研究型大学。我们的学生必须学会礼貌地质疑老师；我们的课堂必须活跃起来；我们的老师必须有更好的机制让他们履行人类灵魂工程师的神圣职责；我们的学术必须更加严谨；我们的毕业生必须适合社会的需求。这就是锦江学院要做的。"

这段话成了学院宣传册的标语性文字。我用这段朴实的文字向社会宣布我这个院长将如何带领学院从学生的行为习惯、课堂氛围、师生关系、人事制度、学术纪律、培养什么样的毕业生等多个方面追求国际水平，并最终建成一个中国式的小常青藤大学。然后，我带着几十年国内外经历的积累呕心沥血地在那个坐落在比较贫困县域的学院默默无闻地工作，做着朝着这个理念和目标迈进的每一件事。我和大家的努力使这所年轻的学院实现了跨越式发展，成为全国独立学院中的一流院校。而我，则成了学生们敬爱的"院长妈妈"。

海归和中国的渐进式发展

2006 年，在四川省委统战部组织的一次发言中我曾这样说，"从外看到内（指我在美国时），我看到的中国经济就像一片郁郁葱葱的森林；从内看到内（指回国后的视角），我看到很多病树；从内看到外，我相信病树前面会有万木春"。这段话总结了我回国前后对中国经济社会的认识，我相信在渐进式改革中它会不断前进、在国际上的地位会越来越重要。

回国这些年来，我也更深刻地见证并理解了中国"渐进式改革模式"的运行机理。从宏观层面说，我们的经济从低级、粗放的发展模式逐渐向内涵式发展演变。首先是让一部人先富起来，带动总供给和总需求的发展和市场的活力，将 GDP 这个馅饼做大；然后发现贫富差距在不断扩大，社会稳定可能在"不患贫、患不均"之中受到威胁，于是国外的经验得到"汲取"，各种关于缩小贫富差距和改善社会福利政策的建议被逐渐采纳；城市化的步伐从而加快，对农民工的种种歧视性政策被逐渐取消，各种惠民政策相继出台；于是贫富差距得到一定的控制，经济增长得以持续。在"抓大放小"的过程中民营经济的优势不断体现,"大"头对资源的垄断问题凸显,于是,对"国进民退"现象担忧的呼声逐渐受到重视,支持中小企业发展的政策相继出台,反垄断法得到实施,金融改革大规模展开。当多年的以投资和外贸依赖的发展模式遭遇国际势力反对中国大规模贸易顺差和国内大规模产能过剩与通货膨胀压力并存的时候,改变发展模式、增加消费比例、还富于民的呼声得到了重视,并成为"第十二个五年计划"的重点。当成本推动性通货膨胀的特征日益明显、降低物流成本成为焦点的时候,政府开始禁止高速公路乱收费,并出台发展新能源、新材料等各种措施。当"软实力"的概念不断深入人心,中国必须从"中国制造"过渡到"中国创造"的时候,政府决定把更多地资源投向教育和科研,投向人才的引进、投向文化产业的发展……在这一过程中,虽然有些政策的出台显得被动,但总体上政策的客观性、科学性在不断提高。中国经济的宏观架构就是在这样的动态改革中不断得到改善,宏观经济得以保持高速稳定的发展。在这些改善和发展的背后,我相信,我们留美经济学会会员的建言献策也尽到了它们应有的贡献。

从微观角度看,渐进式改革可以体现为经济社会中的每一个单位、每一个个人逐渐朝着与世界接轨、朝着更科学、更高效、更高素质和更高水平的方向发展。这种渐进式改革的特征可能比宏观层面来得更低调,甚至悄然无声。以海归们为例:众多优秀海归们所带回的理念和知识技术,其政策建议,其眼界言行,其办事作风……有的变成了看得见摸得着的政策、制度、操作模式,有的则在潜移默化中与现存的文化碰撞出火花,改变着周围世界。这是"开放红利"的重要体现,也是国家出台一系列人才引进政策的开花结实。

继往开来的 CES

CES 的传统是什么?历届会长们和众多会员们的行动和贡献就是最好的回答。在学术上,我们懂得经济学的第一假设是"经济人无不自利"和以微观经济为基础的宏观经济学的含义。但是在工作和实践中,我们中的很多人已经形成了一种风格:忧国家之所忧,急国家之所急,有着强烈的社会责任感和报国激情;我们懂得如何以高度职业化的素养为本,在遵从规则约束的同时使效益最大化。所以,作为学会的一员,我们都有责任使优良传统发扬光大,把我们的薪火一代一代传下去。

学会在中国的改革开放中做出过显著和重要的贡献。我们眼前的挑战是：CES 如何在中国经济从粗放式发展过渡到集约式发展的过程中更好地发挥我们的作用，为中国软实力的提高做出新的贡献。要战胜这样的挑战，学会需要在组织形式、治理结构、研究重点、参与方式等多个方面有所创新。我有信心，以学会的优良传统和众多会员的高素质品格，以我们的奉献精神和社会责任感，我们宽广的视野和丰富的阅历，以及有我们严格的专业训练和风范，我们一定能够更上层楼。

美国金融危机对中国市场改革与经济发展的启示

鲍曙明

美国密歇根大学中国信息研究中心主任

张晓欢

北京大学政府管理学院博士后

引言

　　发端于美国的金融危机,在 2008 年前后已经演绎成为国际性金融危机,其对全球经济冲击的余威至今仍是我们关注的重要问题。关于金融危机的原因,大多学者均是围绕次贷危机来展开分析,即次贷危机引发美国金融危机,进而发展成为国际性金融危机。关于金融危机对中国的影响,主要观点是直接冲击较小,其主要原因是中国金融国际化程度不高,但间接冲击较大,其主要原因是中国经济对外依赖程度较高(张晓欢,2009)。但是关于中国应对金融危机的措施,以及中国未来发生金融危机的可能性,目前还存在较大分歧,比如对于 4 万亿的财政刺激计划,国内外一直存在多种争论。事实上,当我们对美国金融危机的深层次背景进行系统分析之后,我们就会发现,随着技术进步和经济全球化的发展,中国各种要素的流动性必然会不断增加,金融市场也必然会不断开放,目前西方国家出现的一些问题,未来也可能在中国发生。中国应积极审慎推进市场化、国际化,加强金融现代化管理和全球合作,建立起中国特色的多元化发展模式,以保证和促进中国体制改革和经济运行的健康发展,并为世界经济改革与发展作出相应的贡献。

为此,本文结构如下:第二部分是对金融危机的深层次背景进行分析;第三部分是对未来中国及全球经济发展的趋势进行探讨;第四部分是结论性评述,重点在于分析美国金融危机的启示。

美国金融危机的深层次背景

从 2008 年危机爆发过程看,美国房价下跌引发次贷危机,次贷危机引发金融危机并迅速波及全球(Keys et al., 2008)。所以,关于本次金融危机的原因,大多围绕次贷危机爆发过程中各个环节问题展开探讨,即更多地从次贷危机的来龙去脉进行探讨(张晓欢,2009;Adrian et al., 2008;Goldstein, 2008;Lim, 2008)。比如房地产泡沫的破裂、次级贷款和股市泡沫的膨胀、金融创新过度而监管滞后、金融自由化和不当货币政策、不合理的国际货币体系、美国低储蓄高消费模式难以为继、会计准则和华尔街职业经理人激励模式的缺陷等,还有比如负债、通货膨胀、全球房地产市场降温、经济下行周期、信息传递失真等其他原因假说,这大都是基于次级贷款危机或次级债危机视角。

而事实上,是次贷危机与其他危机一起促成了这次金融危机,次贷只是这次金融危机的一个触发点,而不是其原因的全部(吴敬琏,2009)。对于这次金融危机,既要从当代国际环境的大背景下来审视,也要从美国经济增长方式和社会制度、文化等方面来考察。关于本次金融危机爆发的深层次,笔者认为可以从三个层次加以剖析,分别是技术层次(技术创新)、产业层次(产业全球化)和制度层次(社会制度与文化)。

技术层次

在金融全球化过程中,现代信息技术对金融交易方式和速度产生了革命性影响。全球金融信息可以在每一个金融交易所同步显示,数目巨大的金融交易可以在瞬间完成,全球外汇市场和黄金市场可以 24 小时不间断交易。新信息通讯技术也加速了全球金融市场网络化,使各种金融衍生产品在全世界范围内迅速增长。据统计,互联网广泛应用前后,国际资本市场规模增速差距相当悬殊。国际债券市场的融资规模在 1973 年为 622 亿美元,在 1979 年达到 1 450 亿美元,年均增幅 15%;而从 1990 年的 4 276 亿美元增加到 1996 年的 15 139 亿美元时,在基数不断增大的同时,年均增幅仍高达 23.5%。在国际证券市场上,发达国家证券资本年平均流出入总额,1976—1980 年间为 476 亿美元,而在 1991—1994 年间已增加到 6 311 亿美元。美国 1970 年的共同基金数为 400 个,资产总额约为 448 亿美元,到 1994 年则相应增加到 5 300 个和 21 000 亿美元(王元龙,2003)。而据美国投资公司协会调查显示,截至 2006 年 11 月底,美国共同基金管理的资产达 10.281 万亿美元,在全球基金市场占据了 53% 的比重,相当于美国 2005 年国内生产总值的 83%。

新信息技术加上新金融衍生工具,再搭上全球化的快车,从而造成了国际性金融危机的潜在因素。遗憾的是,制度改革总是跟不上信息技术和金融业的发展速度,从而难以对金融风险进行全面控制。首先,面对新金融衍生工具,缺乏充分的认识和有效的监管,随着新的金融衍生产品在全球销售,金融风险和危机也迅速全球化。其次,目前国际金融体系仍然采用多年前的美元“纸本位”制,与当今多元化的金融和经济格局已经不能协调。第三,随着现代化和国际化过程加速,原有监管体制存在严重漏洞已经不能适应金融业的发展,但目前国际上尚没有形成有效的国际协调机制,从而使管理失衡加剧。金融危机会影响经济发展,但不必然导致经济危机,而本次金融危机的一个特点是金融危机很快诱发了全球性经济危机,这既反映了新信息技术和新金融衍生产品带来的金融风险的扩散,也反映了现行经济体制和金融监管制度等存在的诸多问题。

产业层次

首先,随着经济全球化的发展,迫于原材料、劳动力成本不断上升等压力,美国传统制造业逐渐流失,尤其是“9·11”事件以后,美国产业升级、替代加快,工作机会随之大量流失,居民收入和消费失衡,从而为金融危机埋下伏笔。如图 1.1 所示,自 20 世纪 70 年代以来美国制造业产值占 GDP 比重和制造业就业人员比例同时下滑,说明相对于其他产业制造业处于不断萎缩过程中,而就业人员比例在 90 年代后的下降速度似乎更快,一定程度上说明近年来美国传统制造业的流失速度也在加快。制造业就业人数急剧减少,会对制造业工人的收入产生巨大影响,一定程度上就可能会加剧社会收入差距的扩大,而收入差距的扩大必然会对消费和次级贷款等带来压力。

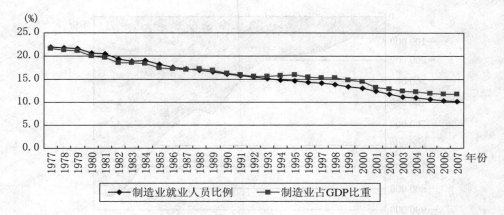

资料来源:《2008 美国总统经济报告》(http://www.gpoaccess.gov/eop/download.html)。

图 1.1　1977—2007 年美国制造业占 GDP 比重和就业人数比重

其次,传统实体产业在萎缩的过程中,资金开始流向 IT 产业和金融市场,IT 产业开始兴旺并产生巨大泡沫,互联网泡沫破裂后房地产市场和金融市场开始膨胀并产生了更大的泡沫(如图 1.2,一定程度上显示了房地产市场的泡沫程度),虚拟经济和实体经济也就越来越严重背离,这在某种程度上就使金融危机诱导的经济危机成为必然。

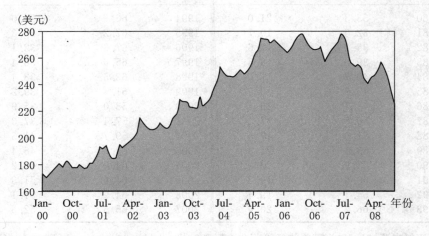

资料来源:戴维·L.泰斯有限责任公司(www.prudentbear.com)。

图 1.2　2000—2008 年美国平均房屋出售价格

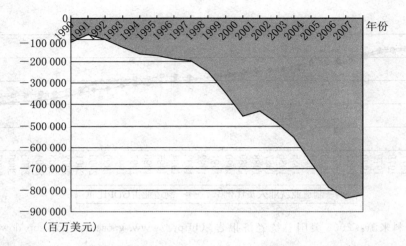

（百万美元）

资料来源：《2008 美国总统经济报告》(http://www.gpoaccess.gov/eop/download.html)。

图 1.3　1990—2007 年美国国家收支平衡状况（贸易逆差）

作为经济支柱的传统制造业日益衰落，使美国经济从根本上受到削弱，加上严格的出口管制（Gao，2005）和"双赤字"政策，国际收支和全球货币体系失衡不断加剧（如图 1.3 和表 1.1），这也为金融危机埋下伏笔。

表 1.1　美国总债务占 GDP 比重及外债占联邦私人债务比重变化　　（％）

年份	联邦债务占GDP 比重	外债占联邦私人债务比重	年份	联邦债务占GDP 比重	外债占联邦私人债务比重
1980	33.3	21.0	1994	66.7	21.0
1981	32.6	19.7	1995	67.2	25.3
1982	35.2	17.6	1996	67.3	32.1
1983	39.9	16.3	1997	65.6	36.4
1984	40.7	17.0	1998	63.5	38.4
1985	43.9	15.9	1999	61.4	39.2
1986	48.1	16.4	2000	58.0	35.9
1987	50.5	17.3	2001	57.4	37.3
1988	51.9	19.5	2002	59.7	41.3
1989	53.1	21.3	2003	62.5	45.4
1990	55.9	20.0	2004	64.0	50.2
1991	60.6	19.2	2005	64.6	51.3
1992	64.1	19.4	2006	64.9	51.1
1993	66.2	20.4	2007	65.5	52.5

资料来源：《1995 美国总统经济报告》表 B89，http://www.gpo.gov/fdsys/pkg/GPO-ERP-1995/pdf/GPO-ERP-1995.pdf《2008 美国总统经济报告》表 B89，http://www.gpoaccess.gov/eop/download.html。

第三,美国尽管拥有雄厚的经济和科技实力,但新产业尚未成为有力的经济支撑点,比如新能源产业、医疗生物工程、生命科学等都还在探索阶段,这就使投资、出口和消费失衡程度不断加大。当投资和出口都不能有效拉动经济时,消费便成为唯一的选择。如表1.2所示,美国消费占GDP比重一直居高不下,从1980年到2001年之这一比例一直在65%—70%之间,至2002年突破70%,并继续保持增长势头,在金融危机爆发前的2007年已达到71.6%,相反投资占GDP比重在维持低位的情况下还有进一步下降的趋势,可以看出美国在储蓄率基本为零的情况下消费和投资严重失衡。

表1.2 1990—2007年美国个人消费支出占GDP比重变化（单位:%）

年份	消费占GDP比重	投资占GDP比重	年份	消费占GDP比重	投资占GDP比重
1980	65.4	12.5	1994	67.5	14.0
1981	64.7	13.3	1995	67.7	14.1
1982	66.9	11.7	1996	67.5	14.8
1983	67.6	12.2	1997	67.0	15.9
1984	66.5	14.8	1998	67.6	16.8
1985	67.1	14.0	1999	68.0	17.3
1986	67.5	13.5	2000	68.7	17.7
1987	67.5	13.4	2001	69.9	16.2
1988	67.4	13.2	2002	70.6	15.5
1989	67.0	13.3	2003	70.8	15.7
1990	67.1	12.6	2004	70.8	16.6
1991	67.3	11.6	2005	70.9	17.0
1992	67.3	12.1	2006	71.1	16.9
1993	67.7	12.9	2007	71.6	15.7

资料来源:《2008美国总统经济报告》表79, http://www.gpoaccess.gov/eop/download.html。

制度层次

制度层次原因,即观念和体制上的问题,是美国金融危机更深层次的原因。主要表现在与其政治体制相应的市场经济、在物质享受欲望激励下的过度信贷消费体系以及强大的劳工保护制度。在政府方面,美国缺少强有力的外部冲击压力条件,仅靠内部力量在短期内难以做出实质性改变,这不仅是金融危机的诱因,也是美国未来发展面临的根本性挑战。

金融自由化经济

西方长期以来提倡市场主导经济和金融自由化经济,导致宏观调控能力不断下降,这为金融危机带来隐患。首先,放松监管的法律环境为金融危机带来隐患。从 20 世纪 80 年代开始,美国极力推动放松金融管制,先后通过了储蓄银行和商业银行混业经营、鼓励信贷等一系列法案(《1980 年存款机构解除管制与货币控制法案》,取消了对第一留置权按揭贷款的利率上限;《1982 年可选择按揭贷款交易平价法案》,允许对按揭贷款采用可变动利率(ARM);《1986 年税收改革法案》取消了消费贷款的利息扣除规定,但保留按揭贷款的利息扣除规定),至 1999 年《格雷姆-里奇-布利雷法案》——金融服务现代化法案颁布,彻底结束了银行、证券、保险分业经营与分业监管的局面,使越来越多的商业银行加入金融衍生品业务中,导致金融创新泛滥,金融衍生品激增,从而使房地产市场和金融市场泡沫急剧膨胀,金融危机一触即发。其次,金融危机的触发点便是长期的低利率政策和不当的加息政策引发的次贷危机(雷达等,2008)。网络经济泡沫破灭后,为刺激美国经济的增长,美联储从 2001 年 1 月开始连续 13 次降息,至 2003 年 6 月美国一年期利率由 6.5% 降低到 1% 的超低水平,并在这个低水平持续了近一年之久,低利率和充裕的银行信贷导致房地产和其他资产价格大幅上涨,次级贷款顺势蓬勃发展进一步膨胀了房地产泡沫(Papadimitriou et al.,2006)。为了抑制日益上升的通货膨胀,从 2004 年 6 月至 2006 年 6 月美联储共加息 17 次,利率由 1% 升至 5.25%,不断上升的利率水平导致房地产市场降温,房地产价格下跌,交易量急剧萎缩,次贷危机便顺理成章。所以,某种程度上,可以说制度和政策的自由化是美国金融衍生品过度创新的直接导因,而金融过度创新和监管的不匹配则催引了次贷危机,次贷危机引发了金融危机,而不当的货币政策在某种程度上只是次贷危机的催化剂。而面对突然爆发的金融危机,政府缺少有效的决策机制,在市场主导的经济体系下已经显得有心无力。

信贷消费

作为本轮金融危机发源地,美国在全球化背景下的消费信贷模式已经成为其经济增长一个显著特征。低储蓄、先消费、后还贷的信贷消费方式造成了面上繁荣,消费增长成了其经济增长的主要驱动力,其对 GDP 的拉动已达 70% 左右。美国储蓄率 1984 年为 10.08%,1995 年为 4.6%,2004 年为 1.8%,2005 年为 −0.4%,2006 年为 −1%,2007 年为 −1.7%,创下 30 年代大萧条以来的历史最低纪录。2007年,美国金融部门债务激增到GDP的114%,非金融部门债务达到国内生产总值的226%,信用卡、车贷、房贷的规模也节节攀升(见图1.4,图1.5)。2007年年底,家庭部门负债率增至美国个人可支配收入的133%,较10年前的90%上升40多个百分点。债务危机和储蓄与投资之间的严重失衡到达一定程度,金融危机爆发也就只是时间问题(Michael,2008;Reinhart et al.,2008)。

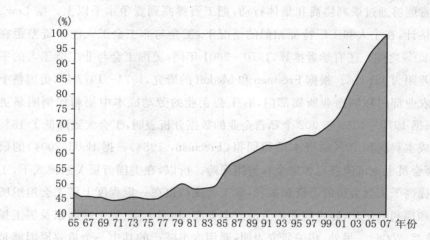

资料来源:美国经济分析局(BEA)。

图1.4　1965—2007年美国家庭债务在GDP中所占的比例

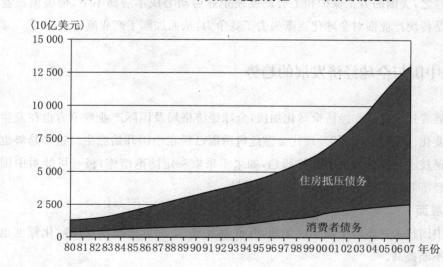

资料来源:美联储。

图1.5　1980—2007年美国消费者债务余额

劳工保护和工会制度

西方制度中的劳工保护和工会制度,历史上曾在就业的公平、正义方面发挥出了重要作用,但这种制度使员工的工资、福利过高,造成劳动力成本居高不下。在全球化和国际产业转移进程中,这种制度使美国在传统产业领域逐渐丧失了竞争力,进而对西方现行的劳工保护制度和工会制度带来了很大挑战。研究表明,工会经常能够通过谈判协商和集体行动,把工资提高到竞争水平以上。据 Lewis (1986)估计,在个人和工厂特征相似的情况下,工会与非工会工人的工资差距在12%到 20%之间。还有学者推算,1970—2001 年间,美国工会与非工会工人的平均工资差距为 17.1%。根据 Freeman 和 Medoff 的研究,1974—1977 年,美国整个私营非农业部门和制造业所属部门,有工会企业的劳动成本中福利比例明显更高,并根据 1970—1980 年 902 个私营企业的数据分析表明,工会大致降低了 16% 的价格成本利润和 19%的资本准租回报(Freeman,1984)。据 Budd(2004)的研究,工会会员也更可能获得养老金和健康保险。所以,在美国劳资关系模式下,工会明显提高了工会会员的工资和福利,非工会成员也在一定程度上搭工会组织所挣工资和福利的便车,雇主就面临劳动成本提高、利润下降、罢工威胁以及罢工损失(于桂兰,2008)。另外,相关研究表明,通用汽车破产的其中一个重要原因就是其员工工资和福利太高,而员工工资和福利过高的一个重要原因就是工会势力过大。总之,美国的劳工保护和工会制度使企业劳动力成本居高不下,使美国产业尤其是传统产业面对全球化逐渐失去了竞争力,从而加剧了产业流失。

未来中国与全球经济发展的趋势

随着技术进步和经济全球化加快,全球经济格局及国际产业竞争力也在发生急剧变化。我们发现,部分现代金融危机诱因已经在中国开始滋生。这些趋势也可能是技术和经济发展的必然所趋,如果不采取一定防范措施,极有可能对中国未来经济与改革的健康发展构成严重威胁。

技术层面

中国技术进步与全球化在加快,互联网发展、金融资产规模及国际化程度也均在不断提高。

互联网与金融业发展迅速

随着新信息通讯技术的广泛使用,中国互联网和金融业发展十分迅速。如表

1.3 所示,2000 年中国互联网上网人数为 2 250 万人,2008 年已经增长到 29 800 万人,9 年间增长了 12.2 倍,从 2001 年到 2008 年年平均增长率高达 39.3%。与此同时,中国的金融业也发展迅猛。从金融债券来看,2000 年中国的金融债券为 30 亿元,2008 年已经达到 20 852 亿元,9 年间增长了 694 倍,其中 2003 年突然从 90 亿元增长到了 2 226 亿元,从 2004 年到 2008 年期间年平均增长率高达 58.9%,目前仍有明显的上升趋势。从有价证券及投资来看,除受金融危机的影响其增长率有所下降外,也基本上一直保持高速增长的势头,1998 年中国有价证券及投资为 8 112 亿元,2008 年已经达到 65 302 亿元,增长了近 7.1 倍,期间年平均增长率高达 24.9%。

表 1.3　中国历年互联网及金融业务发展情况

	互联网上网人数 (万人)及其环比 增长率(%)		金融债券(亿元) 及其增长率(%)		有价证券及投资 (亿元)及其 增长率(%)		金融机构在国际 金融机构资产(亿元) 及其环比增长率(%)	
1998	—		56		8 112		461.8	
1999	—		40	−29.7	12 506	54.2	604.10	30.81
2000	2 250		30	−23.5	19 651	57.1	576.30	−4.60
2001	3 370	49.8	51	70.1	22 113	12.5	754.22	30.87
2002	5 910	75.4	90	75.8	26 790	21.2	798.22	5.83
2003	7 950	34.5	2 226	2 364.3	30 259	13.0	873.40	9.42
2004	9 400	18.2	3 955	77.6	30 931	2.2	682.90	−21.81
2005	11 100	18.1	5 673	43.4	34 942	13.0	862.00	26.23
2006	13 700	23.4	6 483	14.3	39 491	13.0	1 074.60	24.66
2007	21 000	53.3	11 505	77.5	62 790	59.0	1 072.60	−0.19
2008	29 800	41.9	20 852	81.2	65 302	4.0	941.00	−12.27

资料来源:根据美国密歇根大学中国信息研究中心提供数据整理计算绘制。

金融国际化进程加快

金融国际化主要包括金融市场国际化、金融交易国际化、金融机构国际化和金融监管国际化。我国从 20 世纪 70 年代末开始了一系列金融体制改革,金融国际化进程不断加快。从金融市场和交易的国际化进程来看,随着我国外汇储备的不断增多及人民币地位的上升,我国必将在更广阔的范围内从事更多种类的金融业务,同时深圳、上海等城市也必将为打造国际金融中心而努力。从金融机构国际化方面来说,数量和种类均在迅速扩展,截至 2007 年底,我国累计设立了 12 家全国性股份商业银行和 3 家政策性银行,组建了 124 家城市商业银行、113 家农村合作银行和 17 家农村商业银行。同时,我国还形成了 4 家金融资产管理公司、54 家信托投资公司,73 家财务公司、10 家金融租赁公司、9 家汽车金融公司及 2 家经纪公司、106 家证券公司、59 家基金管理公司、346 只证券投资基金、177 家期货公司、8 家保险集团公司、102 家保险公司及 9 家保险资产管理公司。此外,还有 29 家外资银行在国内营业性机构达 440 家(于桂兰,2008)。从金融机构在国际金融机构中的资产数量来看,1998 年为 461.8 亿元,2006 年已经突破 1 000 亿元,虽然个别年份的环比增长率为负值但总体上呈不断增长趋势。从金融监管的国际化来说,随着本次金融危机的冲击,以及中国经济的持续增长,我国必将在金融监管的国际化中扮演越来越重要的角色。

金融管理现代化加快

现代创新的信息技术与金融衍生工具迫切需要金融管理现代化。现代市场经济体系下的金融风险十分复杂,不仅存在行业层面、国家层面的风险而且还存在国际性的巨大风险。行业层面的风险主要涉及各种创新的金融衍生工具带来的风险,创新的金融衍生工具往往在分散风险的同时使风险迅速扩散。国家层面的风险主要涉及国家的金融自由化政策、中长期货币政策以及金融体系的监管措施和力度等,这些相关政策和措施的漏洞往往是金融危机潜在因素滋生的重要原因。国际性分风险主要涉及国际货币体系、金融全球化和国际协调机制,这是当前国际金融体系面临的最难以控制的风险,目前以美元为核心的"纸本位"货币体系暗藏巨大风险,金融全球化使金融风险的扩散性大大增强,而目前尚没有形成有效的金融国际协调机制。但是,目前我国的金融外部环境及相关制度还存在较大的障碍,距离真正融入国际金融体系还存在不小的差距。比如我国金融高级人才极度缺乏,对国际金融规则和惯例还不十分熟悉,对金融创新管理也过于严格,渐进的金融国际化策略又致使我国的金融国际化进程显得不够协调。因此,面对国际国内不可抑制的金融现代化进程,我国金融管理的现代化进程面临着巨大的挑战。

产业层面

产业升级与区域转移

产业升级主要是指传统产业改造及新产业的出现,产业区域转移主要是指某一产业从一个地区转移到另一个地区。随着中国经济与社会的发展,中国也开始面临美国曾经发生的产业升级与区域转移问题。产业升级与产业转移有多种原因,对于目前的中国来说它们的共同原因主要在于劳动力成本、土地成本的上升,以及逐步显现的能源短缺等,而能源短缺在某种程度上也意味着成本的上升。中国的不同区域间在能源供给、土地成本和劳动力成本上存在相当大的差异,中国与其他国家和地区在这些方面同样也存在较大差异,所以产业的区域间转移自然就会出现。

如图 1.6 所示,从 1978 年到 2006 年的工资变化情况可以看出,我国劳动力成本是逐年上升的,并且在 90 年代上升速度较快,2006 年的职工平均工资相比1978 年增长了 33 倍多,每年增长幅度也较大。从本世纪初到现在,平均工资额持续增大,增幅也基本维持在 14% 左右,总体上稍大于国内生产总值增幅(如图 1.7)。日本野村综合研究所的经济专家认为,当劳动力成本增长幅度高于经济增长幅度时,在一定时间内会对一国产业竞争力产生较大影响。

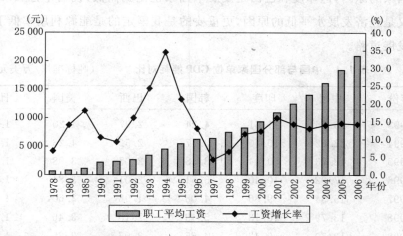

资料来源:2007 年《中国统计年鉴》。

图 1.6　中国劳动力成本及其增长率变化趋势

资料来源:2007 年《中国统计年鉴》。

图 1.7　中国职工平均工资增长率与国内生产总值增长率的比较

我国是能源严重短缺的国家,石油、天然气的剩余可开采量均仅占世界的 7% 左右,按目前探明储量和开采能力测算,我国煤炭、石油、天然气的可开采年限仅为 80 年、15 年和 30 年,而世界平均水平分别是 230 年、45 年和 61 年。但与之相对的是我国经济发展的高能耗,目前我国已经是世界最大能源消耗国。如表 1.4 所示,在所列的六个国家中,我国单位 GDP 能耗虽有下降的趋势,但始终排在最高位置,如果说韩国、美国和日本的单位 GDP 能耗低是由于他们是发达国家的原因,但印度和巴西是发展中国家也比我们低,说明单位 GDP 能耗高不仅是经济发展水平低的原因,更重要的是我国走的是能源利用率低下的粗放型发展道路。

表 1.4　中国与部分国家单位 GDP 能耗对比　　　　(吨标准煤/万美元)

年份	中国	印度	韩国	巴西	美国	日本
1993	26.86	11.61	4.24	2.97	4.20	1.36
1994	22.62	10.70	3.97	2.52	4.23	1.30
1995	18.73	10.14	3.58	2.07	3.98	1.21
1996	17.02	10.40	3.61	2.01	3.84	1.40
1997	15.34	9.86	4.08	1.98	3.60	1.53
1998	13.79	10.13	5.43	2.10	3.46	1.68
1999	13.50	9.43	4.65	3.07	3.35	1.49
2000	12.82	9.88	4.33	2.95	3.24	1.43
2001	12.18	9.57	4.72	3.55	3.08	1.63
2002	11.94	9.39	4.36	3.97	3.04	1.71
2003	12.35	8.24	4.01	3.56	2.86	1.55
2004	9.32	7.49	3.26	3.19	2.51	1.38

资料来源:依据历年《国际统计年鉴》相关数据绘制。

近年来,沿海地区部分产业有着升级的迫切要求,部分产业也出现了向中西部转移的趋势,并且一些本来可以投资到中国的资本流向了东盟等国家,投资中国的资本也出现外逃现象,这均与劳动力成本的上升与能源的短缺有着密切的联系。这必然对我国的产业竞争力和经济失衡调整带来严峻压力。(项俊波,2009)而随着经济的发展,劳动力成本上升、土地成本上升与能源日益短缺等又是一个必然的趋势。在这种不可逆转的趋势下,就必然要求对可能产生的经济运行风险和金融风险提高警惕。

产业失衡与国民经济失衡

我国产业结构失衡主要表现有两方面:首先是第二产业比重过高,而第三产业比重偏低。据世界银行数据库相关数据显示,2006 年中等收入国家的三次产业增加值结构是 8.4∶37.3∶54.3,而对应的我国一、二、三产业增加值结构是 11.3∶48.7∶40.0,说明我国第二产业增加值比重明显偏高,而第三产业增加值比重明显偏低,三次产业结构失衡严重。同时,从表 1.5 来看,也能看出我国三次产业结构存在严重失衡,第一产业偏离度为正,而第二产业和第三产业的偏离度均为负,并且三次产业的偏离度绝对值均较大,说明第一产业就业人员比重严重偏高,而第二产业和第三产业对农村剩余劳动力的吸纳严重不足。第二、三产业对劳动力吸纳不足,是我国居民收入差距不断扩大的主要原因之一,也是我国内需难以提振的重要原因之一,这会加大整个国民经济失衡的风险。

表 1.5   三次产业的结构偏离度(就业人员比重与产业增加值比重之差)

年份	第一产业	第二产业	第三产业	年份	第一产业	第二产业	第三产业
1978	42.3	−30.3	−12.0	2002	36.3	−23.4	−12.9
1980	38.5	−30.0	−8.5	2003	36.3	−24.4	−11.9
1985	34.0	−22.1	−11.9	2004	33.5	−23.7	−9.8
1990	33.0	−19.9	−13.1	2005	32.6	−23.9	−8.7
1995	32.2	−24.2	−8.1	2006	31.3	−23.5	−7.8
2000	34.9	−23.4	−11.5	2007	29.5	−21.8	−7.7
2001	35.7	−22.9	−12.8				

资料来源:作者依据 2008《中国统计年鉴》数据计算绘制。

投资消费失衡与虚拟经济不断扩大

投资消费失衡是指投资比例过大而消费比例过小。如表 1.6 所示,在三大需求中,2006 年资本形成总额和最终消费支出对国内生产总值的贡献率分别 41.3%和39.2%,但出口总额和固定资产投资总额所占 GDP 的比重则分别高达 52.2%和36.8%,这说明我国经济主要靠投资和外需拉动,最终消费支出比重过少。这种经济增长方式,使我国经济发展中暗藏生产过剩危机,容易使流动资本向房地产和股市、债券市场流动,虚拟经济膨胀风险就会增大,抗击外部风险的能力也会减弱。最新数据显示,我国房地产开发投资占资本形成总额的比例已经由 1990 年的 3.75%持续攀升到 22.93%,并且还有继续增大的趋势。

表 1.6　投资、出口和消费占 GDP 的比重及三大需求的贡献率

（单位：%）

	投资、出口和消费占 GDP 的比重			三大需求对 GDP 的贡献率		
	社会固定 资产投资	出口总额 比重	社会零售 商品总额	资本形成 总额	货物和服 务净出口	最终消费 支出
1996	32.2	17.7	39.8	34.3	5.6	60.1
1997	31.6	19.2	39.6	18.6	44.4	37.0
1998	33.7	18.0	39.5	26.4	16.5	57.1
1999	33.3	18.0	39.8	23.7	1.6	74.7
2000	33.2	20.8	39.4	22.4	12.5	65.1
2001	33.9	20.1	39.3	50.1	−0.1	50.0
2002	36.1	22.4	40.0	48.8	7.6	43.6
2003	40.9	26.7	38.7	63.7	1.0	35.3
2004	44.1	30.7	37.2	55.3	6.0	38.7
2005	48.3	34.1	36.5	37.7	24.1	38.2
2006	52.2	36.8	36.2	41.3	19.5	39.2

资料来源：2008 年《中国统计年鉴》。

制度层面

市场化程度不断提高与宏观管理能力下降

随着改革开放的逐步深入，中国经济的市场化程度不断提高，对市场调节的依赖程度也大大增加，相应地宏观管理能力必将不断下降。首先，民营经济占国民经济的比重整体上呈不断攀升趋势。如图 1.8 所示，民营经济占国内生产总值比重由 1989 年的 3.86% 提升到 2006 年的 20.20%，民营经济在全社会消费品零售总额中的比重由 1989 年的 14.58% 提高到 2006 年的 43.88%，非国有经济占全社会固定资产投资的比重则由 1995 年的 45.56% 提高到 2006 年的 70.03%。其次，据《2003 年中国市场经济发展报告》测定，2001 年我国市场经济发展程度为 69%，已经超过市场经济标准的临界水平（60%）。说明我国市场经济基本已经确立（截止 2006 年，世界上已经有 66 个国家承认中国完全市场经济地位）。第三，改革开放以来，我国对外开放度和市场依赖度不断增加。改革开放之初，中国的出口额居世界第三十二位，对世界经济增长的贡献率仅为 1.6%，目前中国已经成为世界第三大经济体，第二大出口国和第一大外商直接投资（FDI）输入国，中国对世界经济增长的贡献则达到 6%，也居世界首位，目前 FDI 和对外贸易额已占 GDP 的 60% 左右，国际收支失衡也随之不断加剧（见表 1.7）。因此，可以预见的是，中国的改革开放将会更加深入，市场对资源配置的基础性作用将不断增强，我

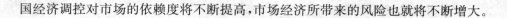

国经济调控对市场的依赖度将不断提高,市场经济所带来的风险也就将不断增大。

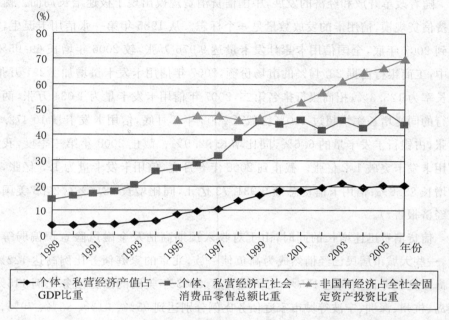

资料来源:周立群、谢思泉主编:《中国经济改革 30 年/民营经济卷》,重庆大学出版社 2008 年,第 72—77 页。作者根据以上文献数据整理绘图。

图 1.8 1989—2006 年民营经济占国民经济的比重

表 1.7 中国国际收支项目情况(1982—2007)(单位:亿美元)

年份	经常项目	资本和金融项目	年份	经常项目	资本和金融项目
1982	56.7	3.4	1995	16.2	386.8
1983	42.4	−2.3	1996	72.4	399.7
1984	20.3	−10.0	1997	369.6	210.2
1985	−114.2	89.7	1998	314.7	−63.2
1986	−70.3	59.4	1999	211.1	51.8
1987	3.0	60.0	2000	205.2	19.2
1988	−38.0	71.3	2001	174.1	347.8
1989	−43.2	37.2	2002	354.2	322.9
1990	120.0	32.6	2003	458.8	527.3
1991	132.7	80.3	2004	686.6	1 106.6
1992	64.0	−2.5	2005	1 608.2	629.6
1993	−119.0	234.7	2006	2 498.7	100.4
1994	76.6	326.4	2007	3 718.3	735.1

资料来源:历年国际收支平衡表,国家外汇管理局。

信贷消费规模迅速增长

随着改革开放和经济的发展,中国信贷消费规模出现了极速增长局面。衡量消费信贷规模,信用卡的发放数量是一个标志。从 1985 年第一张信用卡诞生,截止到 2007 年底,全国信用卡累计发卡量达 9 976 万张,较 2006 年增长 69.95%。其中,工商银行占据 23.44% 的市场份额,2007 年信用卡发卡量增加 1 291 万张,增长率为 123.3%;招商银行排名第二,2007 年信用卡发卡量为 1 034 万张,两家银行的同比增长率均超过 100%。截至 2008 年 3 月底,信用卡发卡量 10 472.96 万张,占银行卡发卡量的 6.6%,同比增长 92.9%。截止 2008 年第三季度,我国信用卡发卡突破 1.2 亿张。截止到 2008 年 6 月底,信用卡发卡量为 1.3 亿张,同比增长 83.6%;信用卡信贷总额 6 931.73 亿元,同比增长 68.4%(《2008 美国总统经济报告》)。

信贷消费迅速增长的同时,由于对收入预期高估及金融风险意识偏弱等原因,一些大城市居民已经悄然成为高负债一族,北京的家庭债务比例高达 122%、上海家庭债务比例高达 155%,已经超过了 2003 年美国的家庭债务比例 115%。青岛、杭州、深圳、宁波等城市家庭债务比例分别达到 95%、91%、85%、79%,天津最低为 44%(刘建昌,2007)。消费信贷的剧增必将会对个人和金融机构带来巨大债务风险。

技术与产业发展的相应制度缺失

金融相关技术与金融产业规模发展很快,而相应的制度却严重滞后。从国际层面来说缺乏有效的国际监控与协调机制,将会给我国的金融国际化进程带来巨大风险。从国内来说,我国使用的金融衍生工具将不断增多,金融资产的规模也将不断增长,但相关制度却严重滞后。这主要表现在以下方面:一是缺乏对新的金融衍生工具的研究,对新国际金融衍生工具容易产生错误认知,也缺乏对有益金融工具的拓展,从而对建立多元化的金融市场结构产生了较大的阻力;二是金融法律制度不够完善,比如我国现行的金融法律制度对跨行业、跨市场的金融业务尤其是新业务缺乏严格的界定,监管也就没有明确对应部门及手段;三是汇率机制的市场化进展还存在较大疑问,相关法律法规很不健全;四是缺乏对虚拟经济发展的监测机制,对于金融市场和房地产市场泡沫没有相应的制度约束,金融改革与实体经济的协调机制还不健全。五是农村金融制度改革缺失,农村金融的正式制度与非正式制度均较为缺乏,从而使农村金融的发展较为缓慢,十分不利于促进农村实体经济的发展。因此,在当前金融国际化进程必须加快的情况下,我国的金融技术与产业发展的相应制度也面临着日益巨大的挑战。

宏观经济层面

宏观经济层面主要表现在国际经济格局面临新的调整。本次金融危机的一个重要深层次原因就是全球经济失衡,其主要特征是以美国和欧洲新兴经济体为代表的中心国家存在货物贸易的巨大逆差,以中国、印度及亚洲新兴经济体等国家和地区为代表的外围国家存在巨大货物贸易顺差,而国际资本却由于当前的货币体系等原因逆势而上流向资本充裕的国家。金融危机后,全球开放国家均遭受重创,虽然短期内不会改变当前国际分工体系,但世界经济体系必然要面临新一轮的调整,全球经济失衡的调整必将给世界各国经济带来较大冲击。

中国在全球经济失衡调整中主要面临以下冲击,一是当前逆差国进口能力迅速下降,作为靠投资和出口拉动的中国,就需要迅速拉动内需或扩大投资,内需拉动需要时间,所以快捷的办法就是扩大投资,而这样做的结果必然使中国的投资消费失衡现象进一步恶化;二是金融危机下,大宗商品的价格有了短时间的下滑,但长期来看随着大宗商品的刚性增长及金融市场上的投机行为必将大大减小我国外汇资产的购买力;三是美元贬值和人民币升值压力的预期,除了会使我国外汇资产缩水外还会使我国对外贸易条件恶化;四是在金融危机下,由于中国经济运行被持续看好及人民币升值预期,国际资本冲击中国的可能性大大增加,加上中国宽松的货币政策及积极的财政政策,尤其是诸如 4 万亿投资计划等实实在在的措施,通货膨胀的风险将大大增加。

结论及其对中国市场改革与经济发展的几点启示

美国金融危机引发国际性金融危机,既有其偶然性也有其必然性。美国金融危机的直接诱因是次贷危机爆发,我们从技术层次、产业层次和制度层次对金融危机的深层次背景进行系统分析发现,美国金融危机与技术创新、美国经济增长方式、社会制度、社会文化以及当代国际环境均有着密切联系。从技术层次看,现代信息技术及金融衍生工具搭上经济全球化的快车,使金融风险隐患大大增加。其基本作用机理是现代信息技术及衍生工具的创新与经济全球化一起大大加速了资本要素的流动,在分散风险的同时大大扩大了金融风险,而金融监管制度改革却相对滞后,并没有形成完善的金融风险控制体制,从而造成管理失衡,金融风险累积到一定程度就必然会发生金融危机。从产业层次看,由于劳动力成本上升等原因美国传统产业不断转移,而新产业还未能成为强有力的经济支撑点,投资便流向网络经济,网络经济泡沫破灭后,资本又流向房地产市场和金融市场,虚拟经济比例不断上升,实体经济比重不断下降,使金融风险大大增加。其基本作用机理是经济全球化下美国产业不断向外转移,产业与贸易结构调整滞后造成国际收支失衡,从而加大了金融风险。从制度层次看,提倡金融自由化和市场自由主义,低储蓄高消费的信贷消费模式以及传统的劳工保护和工会制度为金融危机埋下隐患。其基本作用机理是,金融自由化和市场自由主义使经济运行过度依赖市场,深入人心的信贷消费模式产生过度信贷消费加剧了经济失衡,传统的劳工保护和工会制度使劳动力成本居高不下损害了产业国际竞争力,而这三个方面又难以在短时间内改变,美国经济的国际竞争力下降,政府面对金融危机的隐患及蔓延时难以及时做出有效调控,造成宏观调控失衡,从而使金融危机风险进一步加大。

中国经济对外的依赖程度短时间内还难以改变,而中国金融市场也将不断开放。结合未来中国与全球的发展趋势我们发现,随着要素流动性的不断增大,目前西方国家出现的事情,未来也可能在中国发生,部分金融危机的诱因已经在中国慢慢滋生。从技术层次看,导致美国金融危机主要诱因有信息技术和金融衍生工具的使用搭上全球化的快车,而相应制度改革却严重滞后。反观中国的情况,技术创新和全球化的加速是面临的必然趋势,中国之所以对金融国际化严格管制,除了经济方面的原因外,相应制度的缺失是一个重要的原因,一旦中国加速金融国际化进程其制度方面面临的挑战十分巨大。从产业层次看,导致美国金融危机的主要因素有美国劳动力成本和原材料价格上升等导致的传统产业国际转移、传统工人收入及购买能力下降(收入消费失衡)、金融市场和房地产市场泡沫巨大、产业倾斜等导致的国际收支失衡及投资消费失衡等。反观中国情况,上述情况均可在中国找到对应的现实现象或潜在趋势。从制度层次看,导致美国金融危机的主要因素有市场和金融自由化而宏观调控能力下降、信贷消费规模急速膨胀和工会及劳工保护制度等。反观中国情况,中国经济的市场依赖度在不断增大而宏观调控能力必然会不同程度地下降,中国的信贷消费规模增长速度极其惊人并且已经出现了不同程度的债务危机,中国技术、产业和金融制度等不同程度的滞后十分明显。因此,随着要素流动的不断增大,目前在西方国家发生的情况,未来也有可能在中国发生。

综合以上分析,我们也许可以得到以下几点启示:

科技创新与全球化的两面性

先进国家的经济和社会发展也存在很大问题,无论是先进技术、先进发展方向还是所谓先进制度均有其两面性。首先是科技创新与产业全球化的两面性。先进信息技术的使用大大推动了金融业的发展,甚至在某种程度上为金融国际化扫清了障碍。产业全球化大大提高了资源的配置效率,为人类社会创造了巨大的物质财富。但是当先进技术与过度创新的金融衍生工具相结合并搭上全球化的快车时,金融风险便在全世界金融业范围内迅速膨胀并成为金融危机的潜在因素。其次是市场制度的两面性。市场机制可以高效率地配置社会资源,凡是发展比较好的国家或地区基本上均是有着比较完善的市场制度。但是市场机制不是万能的,并且随着对市场依赖度的增加政府的宏观调控能力会随着下降,这样当政府遇到一些危机情况时往往不能及时有效地进行干预,从而错失最好的控制机会,导致危机愈演愈烈。因此,中国是一个由计划经济转向市场经济的国家,在积极进行市场化改革时,不可以完全模仿西方的路径,而是应该有所选择地加以吸收运用。

经济模式与社会制度、文化应多元化

首先是经济模式的发展应该多元化。全球化背景下的信贷消费模式是美国经济增长模式的主要特征,这一特征隐藏着金融危机的潜在因素。如果其他后进国家也盲目模仿美国的信贷消费模式,可能就会加速经济的崩溃,尤其是当虚拟经济的比重远远大于实体经济的比重时,问题可能会相当严重。其次是制度、文化应多元化。西方的制度、文化有其优越的一面,也有其非优越的一面,比如深入人心的信贷消费文化会大大促进内需的增加,也可能是未来每个国家和地区发展的趋势,却容易产生债务风险,也容易使虚拟经济和实体经济严重失衡。还有以美元为核心的“纸本位”货币体系,需要其他强有力的货币与其一起构成多核心,才能一起平衡国际货币体系,才能在更深层次上消除掉一些金融危机的潜在因素。

积极推进国际化并寻求国际合作

面对来势汹涌的金融危机,面对市场发展与金融的国际化进程,我们没有选

择进或者退的空间，只能是全面推进市场改革与金融国际化，这是经济和社会发展的必然趋势。但是，这样的趋势未必符合经济和社会发展的长期利益，所以只能是因势利导，争取将隐藏的风险降低到最小。在此过程中，必须积极寻求全球合作，因为国际化的冲击力不是单个国家所能解决的，必须多个国家的共同参与，国际化的协调机制才能完成。所以在金融危机面前，我们必须积极和其他国家合作，通过合作才能取得共赢，才能使中国及全球尽快走出国际金融危机的阴影。

建立其中国特色的多元化发展模式

中国目前正处于城镇化和工业化发展的高速时期，是深化市场改革与经济发展的关键时期，也是进一步融入国际化进程的关键时期。中国必须积极推进经济多元化、产业多元化、制度多元化以及文化多元化，创立有中国特色的多元化发展模式，保证和促进中国经济和社会大持续发展，并为世界经济改革与发展作出相应的贡献。

首先，部分金融危机的诱因已经在中国开始滋生。中国需要加强全球合作、积极推进金融国际化，加强金融现代化管理，建立其具有全局意识的经济风险防范体系。在宏观政策、经济结构、金融机构和相关配套措施等均存在很大问题的情况下，不能贸然放松或放开对外汇管制、利率控制和市场准入等方面的管制。并且至关重要的是，必须推行稳定和审慎的货币政策，因为金融危机的发生一般都与不合理的货币政策有关。另外须牢记，加强金融监管并不等于过分严厉的监管，稳步推进金融创新和国际化并不等于放慢或拒绝金融创新和国际化。

其次，要大力调整产业结构调整，促进传统产业升级与区域产业转移，并加强对虚拟经济的监测。我国产业结构失衡是经济风险的重要潜在因素之一，解决产业结构问题有三个重点。一是要从平衡国内外贸易入手，不断扩大内需，这可以通过扩大公共产品的投资和提高个人消费能力两方面入手；二是要促进地区产业结构的升级，针对不同的地区要有不同的策略；三是协调地区间的产业结构，促进区际产业转移；四是密切关注房地产市场和股票市场，控制虚拟经济泡沫，以防虚拟经济和实体实体经济严重背离为金融危机埋下隐患。

第三，积极推进市场机制改革，改进宏观调控能力，并加强信贷消费监控。市场机制和宏观调控要相辅相成，但加强宏观调控绝不是停滞市场化改革，也不是刻意抑制市场机制的作用。我国金融市场化改革明显滞后，阻碍了金融国际化的进程及运营效率的提升，因此加快市场化改革的要求是十分迫切的。其次，不仅要注意金融法律制度的完善,还应认真研究新的金融衍生工具,并积极而又慎重地推进汇率机制的市场化。最后,要加强信贷消费监控。信贷消费的迅速增长,既会加大消费者的负债风险,又可能加大银行不良债务的风险。消费信贷要发展,但在相应制度立法等方面要及时跟上,加强对信贷消费的监控。

第四,力求创建中国特色多元化的发展方向。技术进步和经济全球化是人类发展的必然方向,然而未必就能真正服从人类和社会发展的需要和利益。全球经济体系的多元化也许更能有利经济和社会的健康发展。在一定的条件下,所谓的先进技术和优良制度破坏性也许更大。作为发展中国家,首先要注意,我们不能一味地在各方面都力求赶超西方,要充分认识到现存先进经济体系显露的问题,落后的经济体系也许有后发优势,有更多的机会,选择新的发展方向和方式。其次,要加速融入国际化体系。全球经济和政治体系的多元化发展才更符合人类发展的利益,争取为建立新的多极经济、政治体系多贡献出中国的力量。最后,要充分认识到中国现存经济体系存在的危机,加速调整产业结构和平衡经济结构,尽快创建出符合中国实际情况的多元化经济、制度和文化发展方式,从而为全球经济的健康持续发展贡献我们相应的力量。

参考文献

张晓欢:《国际金融危机成因及对中国经济的影响研究》,《北方经济》2009 年 8 月上半期。

Keys et al., 2008, "Did Securitization Lead to Lax Screening? Evidence from Subprime Loans", SSRN Working Paper, Http://ssrn. com/abstract=1093137.

Tobias Adrian and Hyun Song Shin, 2008, "Liquidity, Monetary. Policy, and Financial Cycles", Http://www. newyorkfed. org/research/current_issues.

Morris Goldstein, 2008, "The Subprime Credit Crisis: Origins, Policy Responses, and Reforms", Peterson Institute for International Economics.

Michael Mah-Hui Lim, 2008, "Old Wine in a New Bottle: Subprime Mortgage Crisis—Causes and Consequences", The Levy Economics Institute of Bard College, Working Paper No. 532.

查尔斯 · P. 金德尔伯格:《疯狂、惊恐和崩溃——金融危机史(第四版)》,中国金融出版社 2007 年版。

王元龙:《金融全球化有关问题的探讨》,《经济研究参考》2003 年第 80 期。

GAO, 2005, "Defense Trade Arms Export Control Systemin the Post 9/11 Environment", February:18.

雷达、孙中栋:《次债背景下不确定的世界经济——基于全球经济失衡角度的理解》2008, http://www. longone. com. cn/upload/images/dhyj20080617013. pdf。

Papadimitriou et al., 2006, "Are Housing Prices, Household Debt, and Growth Sustainable?", NY: The

Levy Economics Institute of Bard College, Strategic Analysis Achive, No. sa_jan_06, Jan. , http://www. levy. org/pubs/sa_jan_06. pdf.

Carmen M. Reinhart, Kenneth S. Rogoff, 2008, "Is The 2007 U. S. Sub-Prime Financial Crisis So Different? An International Historical Comparison", NBER Working Paper No. 13761.

Alison L Booth, 1995, *The Economics of The Trade Union*, Cambridge University Press.

R Freeman, J Medoff. What Do Unions Do? [M]. New York: Basic Book, 1984.

于桂兰:《美国劳资关系模式下工会制度的微观成本与收益分析》,《广州大学学报(社会科学版)》2008年第 3 期。

项俊波:《结构经济学——从结构视角看中国经济》,中国人民大学出版社 2009 年版。

中国市场监测中心:《2008—2009 年中国信用卡发展研究报告》。

《2008 美国总统经济报告》,http://www. gpoaccess. gov/eop/download. html.

周立群、谢思泉:《中国经济改革 30 年/民营经济卷》,重庆大学出版社 2008 年版。

商务部综合司、研究院:《中国对外贸易形势报告(2007 年春季)》。

美国人口普查局网站(http://www. census. gov/hhes/www/income/histinc/h04. html)。

美国劳工统计局网站(www. bls. gov)。

团队精神、学术至上、与时俱进
——浅谈会长体会

宋顺锋

美国内华达大学商学院经济系教授

我任会长的 2003—2004 年是我终生难忘的。这一年，CES 在杭州市与浙江大学共同主办了"中国三农问题国际研讨会"，在美国亚特兰大与乔治亚理工大学共同主办了"科技、人力资本与经济发展国际研讨会"，在首尔与韩国东北亚经济学会和韩国国际经济政策研究院共同主办了"东北亚经济的全球化及区域主义国际研讨会"，在美国加州圣地亚哥美国社会科学联合会议（ASSA）上 CES 的聚会爆满，在美国费城 ASSA 上独办及合办了三个专题讨论会，选派了九位 CES 会员回国讲课，修改和通过了一些章程，等等。庆幸的是所有这些活动我们都办成办好了。

当 CES 会长的一个体会，是团队的重要性。做事情光靠一人不行，只有集思广益、群策群力，才能事半功倍。我衷心感谢我这一届理事会所有的同仁（李海峥、董晓媛、张晓波、甘犁、乔红、徐立新）。大家都说这一届的理事会很出色，我自己也感到很庆幸。应该说，我这一届的大部分事情都是副会长们分担着做的，我自己只不过协调催促而已。具体来说，CES 中国年会是董晓媛和张晓波帮着一起写会议提纲、邀请知名学者、筛选文章、安排会议日程、筹钱，等等。六位副会长全体参与了大会，为 CES 中国年会的圆满成功作出了重要贡献。李海峥负责 CES 美国的年会，统筹安排年会的大小事务，我的主要角色则是帮着筹钱，做他的后援。CES 美国的年会不仅请到了经济学诺奖得主海克曼教授、邹至庄教授、人大常委会委员郑功成教授做主题报告,而且成功地为 CES 吸引了许多新的会员,并第一次在 CES 年会颁发邹至庄最佳学生论文奖。董晓媛负责 CES 的两个讲学项目,选派了九位 CES 会员回国讲课。甘犁负责费城 ASSA 年会上 CES 的三个专题讨论会以及邹至庄最佳学生论文奖的挑选。乔红负责 CES 的会员网、CER 的订阅以及 CES 在圣地亚哥聚会的后援工作。徐立新帮着出版 CES 宣传册,并在 CES 的中国年会上成功组织了一个世行分会。再次感谢大家!

我的第二点体会是,CES 一定要认清自己是一个独立的学术团体,其学术地位和影响力主要取决于 CES 高水平的学术活动、会员们的学术贡献,以及与国内高校和学者的交流。在我任会长期间,无论是 CES 的美国年会和 ASSA 上的分会,还是 CES 的中国年会和韩国研讨会,我们都以学术水平为主导,以文取人,而不是以资取文。正因如此,2004 年的 CES 国际研讨会不仅保证了学术质量还吸引了众多新会员,尤其是学生会员。在与国内高校和学者的交流方面,我们也做了不少努力。第一,CES 在杭州市与浙江大学成功圆满地主办了“中国三农问题国际研讨会”,与会者众,反响深广。开会期间就有多所国内知名高校提出希望与 CES 合作,共同主办以后的国际研讨会。第二,2004 年 CES 的美国年会就是与国内三所大学合办的,包括华中科技大学、湖南大学、天津财经大学。第三,CES 选派了九位 CES 会员回国讲课,主要是内陆边远地区的大学。第四,CES 应邀组团参加华中科技大学经济学院 50 周年的院庆活动,团员们做了学术报告。第五,CES 的所有学术活动都鼓励国内学者参与,也都有国内学者参与。CES 的宗旨是致力于促进中国改革开放,扩大中国与世界其他国家的学术交流,加强关于中国经济的学术研究。在我任会长期间,CES 的活动在多方面贯彻执行了这一宗旨。

第三点体会是,CES 应该与时俱进,走在学术的前沿,及时为中国的经济与社会发展献计献策。至 2003 年,中国的改革开放已有 25 年,经济发展举世瞩目。然而,在经济的快速发展中,中国的“三农”问题依然严峻。中央对“三农”问题高度重视,将其列为重中之重。温家宝总理在 2004 年 6 月中旬接见 CES 代表时也着重谈到中国“三农”政策。处理和解决好中国的“三农”问题,已不仅仅是一个关系“三农”本身的问题,而是一个关系经济社会发展全局的关键性问题。中国“三农”的问题研究,任重而道远。正是在这样的理念驱使下,2003 年 CES 决定在中国举办一个以中国的“三农”问题为主题的国际研讨会。年会由 CES 和浙江大学共同主办,福特基金会、世界银行、国际食品政策研究中心、加拿大国际发展署、

《经济研究》杂志社、《中国农村经济》杂志社等单位协办。年会邀请到了多位著名经济学家做主题报告,包括经济学诺奖得主福格尔教授、林毅夫教授、杜润生先生、陈锡文主任。200 多位海内外的专家、学者汇聚在杭州,围绕新时期的中国"三农"问题,从理论、实践以及政策的角度,展开了热烈的交流和深入的研讨。同样本着与时俱进的精神,CES 与乔治亚理工大学共同主办了"科技、人力资本与经济发展国际研讨会",与韩国东北亚经济学会和韩国国际经济政策研究院共同主办了"东北亚经济的全球化及区域主义国际研讨会"。

我的第四点体会则是做 CES 会长感到的光荣。CES 自 1985 年成立以来,在历届会长和理事会的领导下,经过所有会员的努力,到我上任之时已经成为大陆学子在海外最大的经济学组织,在国内也具相当的影响。得益于 CES 的成长和壮大,得益于中国经济的发展与强盛,我任会长这一届的许多重要活动都得以顺利完成。在此,我感到光荣与自豪,也衷心感谢 CES 的历届会长和所有 CES 会员的共同努力,特别是 CES 前任会长陈爱民教授、林双林教授、文贯中教授,以及当时的 CES 候任会长刘国恩教授。一年的 CES 会长工作让我对所有的前任会长们更加尊敬,尊敬他们的开拓精神,尊敬他们的无私奉献,尊敬他们的任劳任怨。

作为中国留美经济学会会长,我在任期内做了很多、学到更多,相信没有辜负大家的期望。回想起来,我感到非常骄傲,为我们的学会骄傲,为我们学会的成长和壮大骄傲,为我们学会在促进学术交流和中国经济改革所作出的贡献骄傲。

最后,我想对今后的 CES 会长说声,做会长苦、累、难,但很值得。苦累难只是一年,所得的磨炼却能受用一生。祝愿 CES 更上一层楼!

转变经济发展方式靠什么？论两只看不见的手 *

刘国恩

北京大学国家发展研究院教授

今天这个讲座的主题是"转变经济发展方式靠什么？"我们知道，转变经济发展方式这个命题不是今年才提出的，谈经济发展方式的转型也有好多年了，算得上是"胡子"工程。但是在最近几年中，特别是今年，它被上升到了一个新的高度，因为今年（2011年）我们国家制订了第十二个五年规划。大家知道，"十二五"规划会至少决定我们国家未来五年发展的主旋律。不知道在座的各位是否认真学习过"十二五"规划，相信你们在不同场合，自己可能研读过，或跟别人讨论过，或者听别人讨论过。我在这里跟大家做一个非常简要的归纳，就是关于"十二五"规划的要点是什么？大家知道，国家发改委是负责"十二五"规划的牵头协调部门，我也曾有幸参与其医药卫生部分的研究。根据国家发改委主任张平的解读，这应该是很权威的，"十二五"规划可以提炼为三个要点。

第一点，"十二五"规划决定了中国未来五年的发展主题，即科学发展观。简单而言，贯彻科学发展观这个主题，就是用科学的方式、科学的思路，来确定我们未来的发展之路。至于如何理解科学发展观的内涵，我后边再阐述。

第二点，"十二五"规划要围绕一条主线来布局、实施、调整未来五年的发展路径，这个主线就是转变经济发展方式，这是我今天讲座的主题。

第三点，"十二五"规划要遵循一个基本原则：民生优先。为什么要确定一个

---

* 本文根据北京大学团委2011年6月12日在北大举办的《北大讲座》录音整理，有部分删节补充。

基本原则呢？从经济学的角度看，这是一个非常重要、务实的原则，因为我们实现任何目标任务都受约资源有限的条件。当遇到因资源有限而不能同时实现多个目标的情况时，应该怎么办呢？民生项目优先，其他项目让位，这就是我的理解。

这里我们重点就前两个方面逐一讨论，首先我讲关于科学发展观的问题。科学发展观，我想从一般意义上理解，应该是指用科学作为发展的指导或哲学思想。如果稍微严谨一点问，科学发展观的准确定义是什么？科学的具体内涵又是什么呢？这似乎就不是一个想当然就能简单作答的问题。自从本世纪初提出科学发展观的概念以来，当国家发展的理念越来越高度认同它的同时，我们对科学发展观的认知和共识似乎仍然停留在非常初级的意义上。

我想，这是一个非常重要的问题，大家确实应该认真严肃地思考这个命题。试想，如果大家彼此对科学本身都没有共识，又如何确保科学发展观不被张冠李戴、随意滥用呢？

如果我们查证一下人类关于科学的认知，基本上有两大关于科学的思想体系。第一种是英国哲学家培根的科学思想体系，指的是基于经验归纳的科学认知方式，就是在没有一个先入为主的理论指导、没有主观判断的前提下，通过试点、试验、实践，摸索、总结、提炼出关于事物规律的科学认知。这种培根意义上的科学思想，应该说与中国改革开放初期的发展理念是一脉相承的，小平同志讲的"摸着石头过河"应该就是这个道理。

第二种是法国大哲学家笛卡尔谈的理论演绎的科学体系。这种思想体系是基于一套比较完整的理论、假设和猜想，并以此进行逻辑推断、理论演绎分析，从而形成用于指导、解释和改变现实的行动决策。简单说，就是先有一个理论体系和价值判断，并用这个理论指导实践，当然这也不排除通过实践对其理论体系的不断完善。中国改革开放 30 年的巨大成就，不仅奠定了中国发展模式转型的基础，也提出了认真思考适应发展新阶段的科学思想体系的必要性。我们既然提出了中国要科学发展的理念，关于什么是科学发展的研究也就必须到位。

现在我着重谈谈关于转变经济发展方式这个主线问题。我们应该怎么去理解转变经济发展方式呢？如前所述，转变经济发展方式已经不是个新命题了，但"十二五"规划把它提升到前所未有的新高度：作为未来五年中国社会经济全面规划和发展的主线。既然如此重要，我们就必须要明确界定它是什么？更重要的是，如何实施它？靠什么？

　　我们先从基本定义开始,什么是经济发展方式?《现代经济辞典》上是这样定义的:经济发展方式是生产要素的分配、投入、组合和使用的方式。这是比较一般意义上的定义。在现实社会中,关于经济发展方式有着种类繁多的划分和说法,这里列举几种,比如:按投入要素划分,有资本密集型、劳动密集型、技术密集型等;按增长主体划分,有政府主导型和市场主导型;按市场供求因素划分,有内需驱动型和外需拉动型;按需求要素划分,有投资拉动型、消费推动型和出口带动型等等。分开来看,似乎都没什么问题,但又使人搞不清主次,哪个更核心和更关键。

　　为把问题说得更清楚,我以为必须回归到经济学最基本的概念上来,才可能真正理解转变经济发展方式究竟指的什么,并且要靠什么机制安排才能进行更好、更合理的转变。我们从经济学的三大问题谈起。第一个问题:生产什么? 这是经济学的第一大问题。经济学本质上是研究稀缺资源及其选择的科学。为什么? 因为人类几乎所有的资源基本上都是有限的。资源的有限性,决定了人类生产活动最本质的共同特征就是选择,而不同的选择从根本上又决定了选择主体的财富坐标,这至少包含了三个纬度:水平、质量、结构。

　　经济学提出了"生产什么"的问题,也给出了分析这个问题的经典手段:生产可能性曲线。我们举一个例子,把整个社会各种产品和服务以两种商品来代表,比如大炮和面包,需要用有限的资源来生产这两种商品的组合。如果把这是两个产品放在这个生产可能性曲线上来看,纵坐标表示大炮的产量,是军工方面的;横坐标表示面包的产量,是生活方面的。假定我们能够充分利用给定的有限资源,如果不生产大炮,把全部资源以最有效的方式生产面包,这时候的生产点就是横坐标与 PPC 的交点。反之,如果不生产面包,用全部的资源以最高效的办法生产大炮,这时候的生产曲线就是纵坐标与 PPC 的交点。把这两点连起来形成的抛物线,中间的所有点就是代表在给定资源的前提下,我们以最有效的方式能够生产的大炮面包所有组合的路径,即生产可能性曲线。虽然 PPC 上每一点都是可以选择的大炮和面包组合,但是不同的组合带给人们的生活品质是不一样的。比如 A 点和 B 点就不同了,A 点是一个把大部分的资源用于面包生产的状态,B 点是把大部分资源用于大炮生产的状态。这两个组合哪个带给人民的福利最大? 虽然这不是个从定量上可以简单回答的问题,它取决于如何度量社会福利以及千差万别的个人价值取向,但我们完全可以从定性上讨论不同经济发展方式如何决定生产什么的资源配置原则,以及随之而决定的人民福利。在这里,我们着重讨论市场经济与计划经济在选择生产什么问题上的机制区别。

我们先谈谈市场经济是以什么方式来决定生产什么。现代市场经济理论源于其鼻祖亚当·斯密的《国富论》,这部出版于 1776 年 4 月的开山之作堪称现代经济学的"圣经"。这部巨著讲的核心道理是,配置资源最有效的手段莫过于保证供需双方的自由交换,从而促进需求导向的市场供需均衡。事实上,无论人们如何度量资源配置效率,最起码的共同点一定是供需均衡,不应该出现要么过剩、要么短缺的经常现象! 因此需求导向、供需均衡一定是我们评判生产面包和大炮组合是否合理、有效的基本标准。

接下来,我们考察什么机制最有利于供需均衡呢? 斯密认为,天赋的自由交换体系能够把人类最复杂的市场分工和合作进行有效协调,使个人和社会利益相容,从而实现最有效率的资源配置。下面这段文字是斯密在《国富论》中的经典语录,解释了为什么通过自由交换得以统一看似冲突的个人利益和社会利益,完成供需双方激励相容和共同受益的交易过程:"我们所需的一日三餐,不是来自屠夫、酿酒师或面包师的施舍,而是来自他们为了自己利益的打算。他受着一只看不见的手的指导,去尽力达到一个并非他本意想达到的目的。但并不因为事非出于本意,就对社会有害。他追求自己的利益,往往使他能比在真正出于本意的情况下更有效地促进社会的利益。"(斯密,1776)

美国芝加哥学派的领军人物、货币经济学大师米尔顿·弗里德曼(Milton Friedman)为斯密关于自由交换的深刻洞见进行了几乎无懈可击的阐述,他在与其夫人共同合作的名著《自由选择》中这样写道:"如果交易是自愿的,那么除非双方都认为自己能够从交易中获益,否则交易便不会发生。可能是这个道理过于简单了,以至会对人们产生误导。

大多数经济学上的谬误都源自对这一简单洞见的忽视,即认为馅饼就是那么大,一人所得必是他人所失"(弗里德曼,1980)。

如果我们接受自由交换是实现资源配置效率的命题,接下来要搞清楚的问题是,自由交换是依靠什么机制来协调众多的市场个体行为,从而实现"主观为自己、客观为他人"的市场供需均衡呢? 弗里德曼的回答是市场价格机制,这包括了三大重要功能。

价格机制的第一个功能是传递市场信息,价格变化是反映产品供需缺口的关键风向标。根据市场经济理论,如果价格没有受到非市场力量的阻挠,充分反映了市场客观情况,那么通过供应曲线和需求曲线的交互作用分析,人们不难做出如下的判断:如果某产品价格上涨,说明该产品的市场供不应求。从自身利益出发,供方应该增加投入和提高供应;而需方则应相应减少对该产品的需求,并转而寻求其他替代物品。反之亦然,当市场供过于求时,价格下降,供需双方也是各自考虑其自身利益而行,减少供应,增加需求,从而缩小供需缺口。无论哪种情况,只要价格机制传递了客观的市场信息,交易双方的自利行动并不妨碍客观上正好有利于市场供需矛盾的解决,促进市场供需的长期均衡。

第二个功能是灵活的价格机制为人们提供了公平的财富机遇,使得人们有动力根据价格信息采取合理有效的行动。人们如果发现了价格变化信息,却没有动力和激励采取相应的行动,那么第一个功能就变得毫无价值。因此价格机制要发挥正常作用,相应的制度条件必须保证交换双方与交易结果的责权关联性。那么在什么情况下人们会有动力利用价格变化的信息呢?很明显,产权明晰是交易双方有动力发挥价格信息功能的最重要条件,因为明晰的产权决定了交易双方各自负责交易结果的好坏,因此人们会尽力利用市场价格信息,使之做出正确的决策。

明晰产权与交易结果的关联性,决定了价格机制的第三个功能:收入分配。在产权明晰的条件下,针对价格变化信息,做出正确反应的个体一定比没有做出反应或者反应不准确的个体收益更大。因此,市场经济必然要体现基于行动决策正确与否所形成的收入差距。如果收入分配与行动后果无关,人们就没有激励采取正确行动进行生产、交换,市场价格机制传递的信息也就变得毫无价值。对此,弗里德曼曾明确断言:"如果我们希望用价格体系来传递信息、提供激励,又不希望用它来影响收入分配,不论我们如何想望,这都是不可能的。"(弗里德曼,1980)

接下来我们对比分析政府主导配置资源的情形,这是计划经济的最本质特征。政府主导资源配置的最常见形式当然是政府干预,这一般发生两个层面上。一个是宏观层面,比如各国中央政府采取的财政政策、

货币政策,旨在校正宏观经济周期变化所引发的短期通胀或失业等问题。另一个是微观层面,比如政府直接干预市场经济活动,包括市场准入管制、生产要素的垄断买卖以及价格管制等等方面。

在计划体制下,行政部门是根据什么来确定"大炮"和"面包"的产品组合呢?首先可以肯定的是,产品组合一定不是根据需求来决定的。道理很简单:因为需

求千差万别，瞬息万变，它是动态的！无论多么强大的行政机构，都很难想象能够通过事前的计划配置，其产品供应正好随时随地满足市场的需求。以北京市每天早餐的豆浆油条供应为例，这个不能再平常的生活用品，每天早上经由千万个大街小巷的个人之手，在我们不经意当中就顺利完成了这个超级庞大的市场交易过程。但试想，如果我们把这个任务交由一个行政机构通过计划配置来完成，从面粉和各种原料的定购、运输、仓储、生产到及时配给到大街小巷不同的人群，结果会是怎样呢？最有可能出现的情景是，有些小区供不应求，人山人海排队等待；另一些小区则供过于求，人们头痛如何处置多余的豆浆油条。果真如此，这一定成为当天的头条新闻！

可以看出，无论行政部门的动机有多好，要通过行政手段进行事前的计划安排，其配置正好与北京上千万人的动态需求相当，应该是人类的智慧极限远所不能及的。正因为如此，在现实生活中，政府主导的资源配置一般都是基于供方系统的若干指标进行项目预算，比如政府对公立医院的资源配置基本上是基于医院的行政编制、级别大小、床位规模、服务类别等进行投入，无法根据市场的实际需求变化进行时时调节。综上所述，在行政配置资源的条件下，生产什么始于供方条件，而非需方因素，因此出现供需失衡的结果并非意外。换句话说，行政配置资源导致的供需均衡可能是偶然，而供需不均衡应该是必然。

下面大家看几个实证。北京大学中国经济研究中心主任周其仁教授在2006年的一个研究报告中指出，根据他的观察，某些产能过剩（供过于求）和某些产品的供应短缺（供不应求）常常相伴而行，而这些毛病恰恰都是发生在政府频频过度干预的地方。清华大学的白重恩教授及其同事在2007年《经济研究》的一篇论文指出，在很大程度上服务业反映了一个国家现代化的程度：国家越发达，服务业比重越高。特别要提的是，服务业劳动者的收入一般比其他行业高，这既利于扩大就业也利于国民收入的提高。这本是应做的好事，然而，在政府主导的中国产业结构中，服务业比重恰恰非常低，不仅低于大多数发达国家，也低于印度等发展中国家。事实上，这个事与愿违的结果并非特殊，他们通过更系统的计量经济分析进一步发现：从全球层面考察，一国政府直接支出和投资的规模越大，也即政府干预越强，一国的服务业比重就越低。在论及产能过剩问题时，国家行政学院的韩康教授一针见血地指出："中国的重工业很庞大，而且常常是严重的产能过剩，为什么？跟我们的政府主导经济有没有关系？"他写到："重化工业项目盘子大、投资大、产值大、税收大,在今天我们以 GDP 为核心经济指标的前提下,千方百计争上重化工业项目已经成为了各地方政府谋发展的优先之举。"最后,我再列举一篇和一位研究生的近期论文,旨在研究政府干预还是市场力量更有利于医疗费用的下降。社会一般流行的认识是:政府干预为民,市场力量逐利,因此民营力量的介入可能导致医疗成本增加。然而,我们研究的结果颠覆了这个假设,应用中国省级数据的统计分析结果显示:政府干预越多的省份,医疗费用越高;政府干预越少的省份,医疗费用反而更低(李林、刘国恩,2008)。

事实上,当我们真正理解了政府和市场配置资源各自所依赖的机制后,就不难理解为什么行政干预的结果往往与初衷相背。关于市场经济的精髓,北京大学光华管理学院张维迎教授曾给出了绝妙的表述:"市场经济就是自己说了不算,别人说了才算的制度安排。"(张维迎,2008)说白了,计划经济与市场经济二者的根本差别就在于前者是供方主导,后者是需方主导,这从本质上回答了我们提出的第一个经济学问题:如何决定大炮和面包的最优组合?市场机制的起始和落脚都根植于需求,因此生产的大炮和面包组合正常情况下应该最贴近需求,非常情况下可能偏离需求。而政府计划性的配置资源就很难说了,基本上是"自娱自乐"的供方主导机制何以满足动态多元的需求?对此,弗里德曼曾犀利地调侃道:"就像在市场一样,在政府领域,似乎也有一只看不见的手,但其作用方向与亚当斯密提出的那只手恰恰相反:一个人若想通过加强政府干预来促进公共利益,那么他便会受着一只看不见的手的指引来增进私人利益,而这确实并非他本意想要达到的目的。"(弗里德曼,1980)

以上讨论非常有助于我们正确理解当下要转变经济发展方式的实质。大家一定注意到,由于国内外经济大背景的变化(特别是 2008 年以来的后金融危机时代),学者也好、政要也罢,一谈到中国经济问题,都几乎在一致呼吁:扩大内需是当前中国经济增长转型的重点,也是促进中国经济乃至全球经济良性增长的重要条件。暂且假定大家认同这个命题,自然接下来的问题就是如何扩大呢?更具体一点,要多靠政府干预还是市场之手呢?上面的讨论给我们的启示再明白不过了:今天的中国经济越来越开放、全球化,内需的扩大不可能再是供方"一厢情愿"或强制垄断的结果,而是基于越来越开放、自由选择的结果,因此唯有根植需求、面向需求的市场机制才可能"水土相符",真正发挥作用,从而适应和有效促进内需增长,顺利实现中国经济增长转型的软着陆。

接下来我们讨论经济学的第二个问题：如何生产？这是转变经济发展方式的第二个重要方面。根据生产可能性曲线，任何大炮和面包的组合只要发生在 PPC 轨迹线上，都是当前生产技术条件下所能达到的最高效率边界。要想再提高生产效率，惟有突破现有生产力的束缚，提高整体生产效率和水平，这意味着 PPC 曲线向右面发生系统的位移。

根据经济学的生产函数理论，整体生产效率和水平的提高取决于投入要素数量和质量的增加，以及生产管理方式的优化。生产投入要素主要包括资本，人力，和技术三大类。由于货币资本的流动性优势，快速全球化发展的资本市场，使得货币资本相对其他生产要素的稀缺程度已不是最严重的了，这里不再赘述。我们集中讨论更稀缺的人力和技术要素。

关于人力资源问题，大家知道，中国经济在过去 30 年的强劲增长，在很大程度上得益于中国年轻充沛的人力资源，即人口红利，以及相应采取的劳动密集性生产方式，充分发挥了当期经济条件的比较优势。人口红利从何而来？这当然归功于战后婴儿潮的英雄妈妈们！五六十年代出生的小孩正好是改革开放时期的青壮年劳动力，这是中国人口红利的主力。然而，根据人口学家预测，2015 年中国的人口红利即将殆尽，即中国人力市场将越来越面临供不应求的危机挑战。究其原因，虽然人口老年化是一个全球性趋势，但一个不争的事实是，当前的中国人口结构和红利问题无论如何都与始于 80 年代政府的独生子女政策不无关系。

值得一提的是，支配独生子女政策的思想是控制人口增长，这在很大程度上受到 19 世纪初英国人口学家马尔萨斯"人口陷阱"（population trap）理论的影响：控制人口增长是提高人均资源和收入水平的关键途径。马尔萨斯的人口论在农业文明的条件下确实有一定的意义。然而，工业文明彻底终结了马尔萨斯的人口陷阱理论。根据著名英国经济史学家 Angus Maddison（2008）的权威数据，1820 年，全世界总人口才 10 亿，还没今天中国多，可绝大多数人仍然生活在极度贫困状态。然而，工业文明彻底改变了人类经济数万年停滞不前的轨迹：在短短的 200 多年间，工业文明支撑了高达 6 倍多的爆炸式人口增长，而其中大多数人的生活水平却是农业时代的祖先们根本无法想象的（这应该包括马尔萨斯本人吧）。这靠的是什么呢？当然是人类创造力促进的现代经济增长，而不是人口控制！其实，即使放到现今一个普通人的思考境界，只要不是特别消极、短视的人，可能都会发现这个思维的幼稚可笑。我们常说要"开源"和"节流"，估计任何常人都会懂得前者要比后者靠谱吧。只有锅里面多了,每个人碗里才可能多。致富一定得靠生产力,而不是节衣缩食,更不是靠少生孩子。

再退一步讲,即使我们的初衷仅是想通过少要孩子来达到优生之目的,那么"一刀切"的强迫政策无论从政治上看还是从效果上看也不该是首选之策,更好的办法有的是。道理很简单,生儿育女的决定(生不生,生多少,何时生)就如谈婚论嫁、穿衣吃饭一样,"优不优"应该只有当事人最明白,所以也只有当事人根据自家情况和判断最有可能做出"优选"决定,尽管个人"优选"结果在他人眼里或事后证明不一定是最优,但个人自主决定的损失在福利经济学理论中早被证明一定小于人们"被决定"的福利损失。事实上,根据我们所知的研究文献,对世界人口增长产生根本影响的真还不是计划生育等强制手段,而是教育等促进个人自由发展的条件,特别是对妇女的教育和解放(Becker, 1993; Sen, 1999)。在这个问题上,世界最佳案例莫过于印度在科拉拉邦的成功实践了。《自然》杂志前任主编、著名理论物理学家 Mark Buchanan(2007)在其新著中报告:"经济学家和社会研究者现在都认为,科拉拉邦对妇女的教育是一颗魔力弹,把人口增长这个大气球的空气吸附走了,那个气球曾经稳稳当当地被传承了数千年。那么,这是怎么做到的呢?节育计划、计划生育、甚至是强行绝育都失败了,然而教育却奏效了。"

在认识人口与经济的关系问题上,有很多人可能确实对世界人口增长与人类经济发展史了解甚少而犯糊涂。但真正令我吃惊的是,为何学术界包括那么多的政治名流和社会贤达在这个问题上也是如此的失语和沉闷,有些甚至还人云亦云呢?

当然,独生子女引发的相关问题还远不仅如此,性别失调问题,娇生惯养问题,自我中心问题等等都是关系到一代人的素质构成,也是更为复杂、长期和严重的问题。可以肯定,我们所提到的这些问题都还只是冰山一角,因此,实在需要学者们独立负责的研究其全面影响,也更希望这些研究能够真正引起我们政府决策部门英明领导和有识之士的高度关注,从而尽早完善和实施优良、健康、可持续的中国人力发展战略。

与此同时,中国人口红利优势的丧失,必然增加未来经济增长对提升人力素质的依赖程度,即对人力资本(Human Capital)的要求。根据经济学诺贝尔奖得主、人力资本之父加里·贝克(Gary Beker, 1993)的理论,人力资本构成的两大基石一个是教育,一个是健康。因此,作为中国转变经济发展方式的另一重要内容,就是如何改革、调整现行的资源配置机制和相关政策，使之更有利于促进和加强国民的教育和健康人力资本的投资与发展。欣慰的是，中国目前正在大举推进国家医疗卫生体制改革，希望这场前所未有的医改不仅能够改善国民看病就医的问题，同时也能促进国民的疾病预防和保健行为，共同提升国民的健康人力资本。当然，我们同时也期待相对滞后的教育体制能够尽快启动实质性的改革，以适应中国社会经济越来越开放、竞争、多元的发展对教育新体制的要求，为造就中国经济转型所需的教育人力资本提供保障。

提高人类生产力的另一个重要条件是技术进步。我们先回顾一下工业文明带来的世界大分流（Great Divergence）。根据 Angus Maddison（2008）的研究数据，在整个农业文明期间，世界各国的平均收入差距实际并不大。直到工业文明之初，最富裕的国家与最穷的国家人均收入差也就 4 倍左右。然而，在短短的一二百年期间，工业文明把这个差距放大了几十甚至上百倍，为什么？大多学者的研究共识是：技术创新所致。不过，更重要的问题是：为什么技术创新在不同国家中有如此大的差别？为什么穷国技术创新差？是认识问题，能力问题，激励问题，还是获得技术的障碍问题？美国加州大学戴维斯分校的经济史学家 Gregory Clark（2008）教授的结论是："自工业革命以来，穷国的主要特征是生产消费低。但是，他们的问题并不是因为他们不能够获得新技术，事实上可以买到新技术。那么，为什么他们技术使用那么落后呢？那是因为他们不能有效利用新技术。"这个判断对我们思考中国的技术创新很有启示：中国 GDP 目前已超过日本，位居全球第二，但明显的事实是，中国单位 GDP 的质量或技术创新含量远低于日本。曾然原因很多，但关键问题是什么呢？发明创造的潜能差异，还是激励技术创新的制度差异？

事实上，无论是根据亚当・斯密在《国富论》中的观察论述，还是根据现代生物学的基本认知，都认为"人与人之间的天赋才能的差别，事实上要比我们所感觉的要小得多"（斯密，1776）。因此，技术创新的差别很可能还主要缘于创新的激励机制。为了弄明白这一点，我查证了国家知识产权局 2010 年发布的《专利统计年报——2009》，其统计数据显示：在 1985—2009 年间，中国发明专利申请共 582 万件，其中获专利授权 308 万件。这是一个非常高的数字，远超过世界上大多数发达国家的同期专利数。虽然专利间自然有创新程度的差异，但不能否认中国科学家们的发明创造潜能。问题是，在这些数百万件专利发明中，有多少被中国企业投资转化成了生产过程的技术创新？相关报告显示,中国专利用于技术创新的比例远远低于发达国家的水平。

专利发明与技术创新能力如此不对称,确实令人沮丧,但在意料之中。科学家们搞科研发明,企业家们搞技术创新,这里没有问题。值得反思的问题是,为什么我们有能力发明创造很多,但没能力转化多少为创新生产力？其实,只要我们仔细观察身边很多常见的中国现象,应该不难悟出其中的一些制度问题。稍微和国企负责人打过交道的人应该不会陌生这样的对话:"最近忙啥呢?"答曰:"咳,还不是一直在跑财政或发改委那里要点资金呗!"仅在我与朋友的交道中,这已经不是偶尔的对话了,相信这在全国也绝非偶然的企业文化氛围。试想,如果你可以从政府"要到资金",虽然要多跑点路,甚至请客送礼,又何苦走创新之路呢？创新之路意味着要判断、要投资、要研发、要时间、还要市场,漫长而不确定。当然,创新有可能带来超越他人的核心竞争力,在市场胜出,但前提是没有其他非市场力量扰乱共同的市场游戏规则。

任何理性的经济人都应该是基于比较可选择方案的成本收益进行决策的,如果向政府"要到资金"的期望值越小,市场主体选择创新之路的动力、压力就越大,反之亦然。因此,要促进中国经济迈向创新之路,转变经济发展方式的一个重要方面就是政府减少直接向供方"喂奶"甚至"断奶",使所有的经济体都尊重公平竞争、需求主导的市场游戏规则。与此同时,国家当然可以加大对技术创新的资金投入和政策支持,但必须转向真正有利于创新的"补需方"、"比产出"的市场导向机制。正如弗里德曼(1980)所言:"市场的机制既提供了做出反应所需要的激励,也提供了这样做的方法。它告诉我们如何做,并且这么做对你是有利的;你不这么做你会比别人穷,你就不如别人。"这里我们得出第二个结论:促进技术创新的经济发展方式仍然要靠市场之手。

最后我们讨论经济学的第三个问题:如何分配？这是经济发展方式非常重要的方面,它决定了全体国民如何分享经济改革与发展的成果。那么,加强政府干预还是市场之手,哪个更有利于分配差距问题的解决？

收入差距较大已成为当前中国社会的一个热点问题。收入差距可以分成两个层次,第一个层次是个人与个人之间的收入差距。首先是城乡居民之间的收入差距问题。城乡收入差距目前是最大的,数据表明,1997 年中国城乡收入差距是2.6:1;到 2010 年,城市居民人均收入就成为农村居民人均收入的 3 倍,不公平的收入差距会导致人民内部矛盾，甚至引发社会危机与不稳定。那么中国城乡收入差距的致因是什么呢？当然是城乡二元经济体制。城乡二元经济体制是市场机制形成的吗？当然不是，正是50年代政府干预户籍制度的后果。户籍，本来仅用于提高社会人口的有序、有效管理，无可非议。但当它一旦和个人生存发展机会以及社会福利挂上钩，就演变成了中国特有的户口制度，一个事实上的社会等级制度。城市户口、农村户口，地区分割、城乡分割、人群分割，从制度上严重阻碍了人们的自由选择和社会流动。根据人类发展理论(Sen, 1999)，我实在无法想象还有什么比如此的户口制度更不利于个人的全面发展了。

事实上，如果说中国经济改革的伟大成就之一是使人类史上最大的农业人群脱离了贫困陷阱的话，那么其最根本的原因一定是赋予了人们更多的流动选择，这在很大程度上与逐步淡化的户口制度不无关系。上海财经大学的田国强教授曾尖锐地指出："从农村到城市的改革实践表明，哪里的政策一松动，哪里的自由度更大一些，哪里的经济效益就更高，由此带来居民收入水平的大幅度提升。"（田国强，2010）

第二个层次是国家财政和国民收入之间的差距问题。前面我们谈了社会人群之间的个人收入差距，现在我们调整一下角度，把国民作为一个整体，考察国民收入与政府财政之间的分配关系，看看有没有大的问题。根据政府官方的2010年国民经济和社会发展统计公报，从2006年到2010年，中国农村居民收入年增长率保持在5%—10%之间；城市居民收入的年增长率除2010年外，虽都一直高于农村居民，但也基本上保持在10%上下。从两条统计分布曲线观察，差距并不显著。然而，如果把城乡居民的收入增长率与第三条财政收入的增长率曲线相比，差距就大了，后者平均高达20%之上。这意味着，如果说居民间的收入增长差距是个问题的话，那么居民与财政收入之间的增长差距就是个重大问题了。这种大财政蕴含了两个方面的意义。

第一，大财政必然意味着居民在初次分配中的收入整体相对偏低。经济学里面有一个劳动分配率，即劳动者的工资占GDP的比重，用以衡量一个国家的分配关系和人力要素成本的投入产出关系。相关数据显示，在发达国家中，美国劳动分配率为58%，日本为54%，英国为54%，而中国只在40%左右（姜磊、王昭凤，2009）。很明显，中国当前居民的收入偏低，主要因素还是劳动者收入在初次分配中的比重过低、单位结余留存过高所致，这是一个不争的事实。说到底，还是计划经济思维方式惹的祸。因此,政府如要真正显著的改善居民收入状况,促进社会和谐稳定,最有效的办法莫过于减少政府对经济活动的不必要干预,扩大市场经济空间,开放的市场竞争必然更好地促进劳动生产要素的合理报酬,从而使劳动分配率的整体平均水平趋于国际水平。

第二,关于大财政的一种常见辩护是,政府财政可以用于二次分配,调节初次分配,增加社会福利,促进公平分配。对此,我作两个回应。首先,我们明确一下公平和效率的关系。公平必须以效率为物质基础,如果没有效率,公平从何谈起?其次,我们明确两个不同意义的公平:机会公平与结果公平。美国《独立宣言》中说:"造物主赋予人们若干不可剥夺的权利,其中包括生命权、自由权和追求幸福的权利",这里捍卫的是机会公平。每个人无法选择先天条件,但我们可以选择后天的机会平等。我选择教育,你选择从政,他选择创业,这是机会公平的例子。相对应的,有人强调要"结果公平",这听起来很好,但问题大了。首先,结果公平不现实。物质财富如何公平?高矮胖瘦如何公平?男女性别如何公平?比赛结果都拿金牌?其次,结果公平事实上是对努力、勤奋、聪明之才的不公平。人人都想上北大,名额有限,只能抽签,这公平了懒汉,不公平了勤人吧。因此,我很难想象政府如何通过二次分配的干预,更能合理地体现收入再分配中的机会公平。弗里德曼(1980)对此曾一针见血地指出:"一个社会若是把结果公平置于自由选择之上,要强调结果公平,那么最终的结果是既没有平等也没有自由。相反,一个社会若是把自由置于平等之上,那么最终不仅会增进自由,也会增进平等,后者可谓无心插柳之作。"

事实上,我们还可以更具体的观察一些实证数据,进一步考察政府的经济干预究竟是否有助于缩小居民收入的分配差距。在经济学分析中,大家常用基尼系数恒量人群间的收入差距水平,基尼系数在 0—1 之间,值越大表示人们收入差距越大。张维迎(2008)根据中国社会科学院樊纲和北师大李实等学者提供的数据,综合绘制了一幅非常有意思的省级散点图:横坐标代表市场化指数,纵坐标代表收入基尼系数。散点图像呈现了一条由左上向右下延伸的趋势轨迹:"平均而言,市场化程度越高的地区,收入差距反倒越小,而不是越大。"他的研究还进一步显示:各省收入基尼系数的减小也与人均收入提高、民营部门就业比重,以及 GDP 中的政府开支比重等呈一致的正相关关系。综上所述,我们基本上可以否定一个貌似合理的流行说法:近 30 年来,居民收入差距扩大了,是因为同期市场导向的经济改革与转型。然而，通过以上省际间的收入差距分析，结论恰恰相反：改善收入分配，减小收入差距，明智之举应该加强市场取向的经济发展方式。

现在我们再论一个大家一定关心的问题：根据上述分析结论，如果加强市场经济更有利于解决经济学的三大问题，那么政府该做什么、能做什么呢？针对当前转变经济发展方式的主线，政府应该"无为而治"还是"大有作为"呢？关于市场经济与政府的复杂关系，可能是人们谈论最多也是最难厘清的经典话题了。但当我们认真研读时，你会发现亚当·斯密早在200多年前的《国富论》中，就已经给出了精辟至极和令人折服的论述了。他谈了三点关于政府与市场应该是相辅相成、并非对立的作用关系：

第一，"君主的第一职责，就是保护本国社会的安全，使其不受其他独立社会的攻击和不公正的伤害。"难以想象，在一个缺乏独立自主、和平安全的主权国家，敌我矛盾重重，市场经济何以安身立命？伊拉克、利比亚的战乱都是有力例证。

第二，"君主的第二职责，在于尽可能保护社会的每一个成员免于社会中其他任何人的不公正和压迫行为的伤害，换句话说，就是建立一个严正的司法行政机构。"同样不能想象的是，一个独立的主权国家，如果缺乏完整、独立、公正、有效的司法制度，内部矛盾泛滥，强者欺负弱者，何以保障市场经济的核心机制——自由交换？

第三，"君主或国家的第三也是最后一种职责就是建立并维持某些公共机关和公共工程。对于一个大社会来说，这类机关和工程，当然是大有益处的，但从性质上来说，如由个人或少数人来承办，那所得利润绝不能补偿其所花的费用。所以这种事业，不能期望个人或少数人来创办和维持，政府要建立并维持。"这是很关键、也是人们误解最深的要点。无论你赞成市场经济还是政府主导，基本都会认同一定的政府干预是必要的，分歧出在政府该何处、何时干预呢？斯密给出了两个既不费解、又易操作的判别条件：首先它是社会成员所需的，其次是市场经济人难以提供的，这包括了两大类产品：公共产品，这容易理解；另一类是市场规模不足的产品。

以北京医疗市场为例，市区内的三甲大医院，门庭若市，供不应求；而很多分布在边远的乡村，人口密度稀少，人们也需要医疗，但其市场规模可能连一个小诊所都支撑不了。根据斯密的上述思想，政府应该选择的公立医院改革路径就清晰可见了：在市场强劲的市区大医院政府尽量让位；集中力量补位市场薄弱的基层医疗服务。从公共政策角度看，这既可能节省公共财政总开支，又能保障边远落后的医疗,还为社会力量让出了更好的市场。怎么看,这都是更省钱、省力、进步、还能办事的做法,何乐而不为呢? 当前,国家正在奋力推进全国医改,其中公立医院改革步履艰辛,关键问题正是出在关于政府干预的模糊认识上,希望本段讨论对大家有所启示。

最后,我作两点结论,作为今天讲座的结语。第一,关于转变经济发展方式的内涵和手段,我们根据经济学三大基本问题的框架进行了分析,即生产什么,如何生产,如何分配。我们的一致结论是:转变经济发展方式的主线应该建立在强化市场之手配置资源的基础上,这将有助于中国经济增长向促进内需、技术创新、合理收入分配的模式转型。第二,政府如何定位并充分发挥在中国经济转型中的作用呢? 简单说就是政府之手为市场之手保驾护航,相辅相成。这主要体现在三大不可取代的政府作为上:国防,司法,市场补位。关于如何进行市场补位的问题,关键在于政府职能的两个转变,即从与民争利到公共服务;从全能政府到有限政府(田国强,2010)。

参考文献

[1] Gary S Becker, 1993, *Human Capital*, The University of Chicago Press.

[2] Mark Buchanan, 2007, *The Social Atom*, The Garamond Agency, Inc.

[3] Milton Friedman, Ruth Friedman, 1980, *Free to Choose*, Harcourt.

[4] Angus Maddison, 2008, "Shares of the Rich and the Rest in the World Economy: Income Divergence Between Nations," *Asian Economic Policy Review*, 3(1):67—82.

[5] Gregory Clark, et al. , 2008, "Made in America? The New World, the Old, and the Industrial Revolution. " *American Economic Review*, 98(2):523—528.

[6] Amartya Sen, 1999, *Development as Freedom*, Alfred Knopf.

[7] 姜磊、王昭凤:《中国现代部门劳动分配比例的变动趋势与影响因素》,《财贸研究》,2009。

[8] 李林、刘国恩:《我国营利性医院发展与医疗费用研究:基于省级数据的实证分析》,《管理世界》,2008,10:53—63。

[9] 刘树成:《现代经济辞典》,凤凰出版社,2005。

[10] 汪德华、张再金、白重恩:《政府规模、法治水平与服务业发展》,《经济研究》,2007,6:51—64。

[11] 亚当·斯密:《国富论,国民财富的性质和原因的研究》,商务印书馆,1974。

[12] 张维迎:《中国改革 30 年》,上海人民出版社,2008。

[13] 周其仁:《希望不是微观调控》,《经济观察报》,2006 年 5 月 1 日。

[14] 田国强:《破除中国模式迷思,坚持市场导向改革》,《上海思想界》,2010 年 10 月 2 日。

和留美经济学会一起走过的日子 *

李海峥

美国佐治亚理工大学经济学院教授，中央财经大学中国人力资本与劳动经济研究中心教授

　　留美经济学会(CES)，对我自身的成长及事业发展的重要性不言而喻。自加入学会以来，我参加了众多的留美经济学会活动，接触到了许多杰出学者前辈和新秀，从中学习领悟到了很多，历经了从一名青涩的学生到独立的研究者的转变，我成长过程中几个重要阶段都和留美经济学会息息相关。我一直感恩学会提供的平台和各种各样的机遇，故特写此文纪念和留美经济学会一起走过的日子。

初识学会

　　与留美经济学会的初次接触可追溯到1992年刚赴美国 Colorado-Boulder 大学念书时。当时在美国学经济的中国留学生很少，系里120—130名博士生中仅有两名中国学生，信息比较闭塞，完全不同于现在，很容易就能接触到中国学生群体。一个偶然机会我在系里的邮箱里收到了一些留美经济学会的材料，材料介绍了学会情况和当时学会中一些已为美国教授的成功学者，如田国强教授等。抱着仰慕的心情，我开始关注并填表申请，正式成为了学会的一分子。

　　第一次参加留美经济学年会的活动是1994年在加拿大西安大略大学举行的

* 本文主要由我的现任助理刘沁怡和前任助理王华根据我的录音口述及相关资料整理而成，本人深表感谢。同时以此文感谢留美经济学会的师长、同仁和朋友给我的所有支持、鼓励和帮助，特别是那些与我一起为学会辛勤工作过的人。

学术会议。抱着感受学会氛围的想法，我与当时的女朋友，现在的夫人杨淼一起报名参加了此次会议，会议地点是加拿大的 London，我们也顺便游览了附近壮观的尼亚加拉大瀑布。当时开会的人并不多，仅四五十人。会议由徐滇庆教授主持，徐教授很幽默，嘱咐我们"开好会，吃好，玩好"，并安排了在当地很好的中餐馆吃龙虾。在会后寄会议通讯时徐教授还附上了自己的诗作，我们才发现他的中文功底也相当好。会上也进行了学会会长和理事的选举，由此我初次接触到了很多资深的留美经济学会学者成员，如当时向我们拉竞选选票的陈爱民教授。

第一次参加留美经济学会的活动给我留下了深刻印象，从此我开始特别关注学会信息，参加学会各项活动，我在学会认识接触的人也越来越多。

学术生涯的起点

如果说在加拿大的会议是初次接触学会，那么 1995 年在旧金山举行的美国经济学会年会的学术演讲是我在留美经济学会的第一次学术尝试。

留美经济学会作为研究中国经济的学者组成的纯学术性组织，早期以留学生为主体，并吸纳了杰出学者。后来学会获得美国经济学年会及社会科学联盟会（Allied Social Science Association，ASSA）的认可，在 ASSA 年度会议上主持 3 场分会。美国经济学会的认可无疑促进了学会的快速成长。随着中国赴美留学的青年学者的增多，留美经济学会越来越发展壮大。

在 1995 年我进入博士生第四年，向年会投了一篇文章。听到文章被录取，并且很多知名教授，如钱颖一教授、Gary Jefferson 教授，也将参加我所在的同一个分会并宣讲论文时，喜悦与紧张之情同时交织于心。开心的是第一次我的文章被正式的学术会议录取，将有机会与众多学术大家进行学术交流；忐忑的是这将是我第一次正式的学术演讲。当时为了不超出 15—20 分钟的演讲时间要求，我在完成幻灯片后反复卡表计时，练习了很多次。

当时洪永森教授是我的论文的评论人，到会后，洪教授主动联系我，和我事先讨论文章。我们在一起进行了深入的讨论，还有争论，原以为 20 分钟的谈话，我们谈了将近 1 个小时。此次谈话让我受益匪浅，其中让我感受很深的是洪教授在学术上严谨的治学态度，他认真地阅读了我的论文，并耐心、平等地与我共同探讨论文存在的问题；他让我感受到一种相互尊重的治学精神。

那次的学术报告很成功,更重要的是我通过留美经济学会会议,逐步对科研和学术交流有了更深的理解,心态从纯粹念书的学生开始转变为对研究有了真实的感觉。这种体验使得我在之后一年如期完成博士论文,求职时选择去不同大学访问并在之后作学术报告时更加自如。总而言之,留美经济学会是我学术生涯的起点。

与学会一起成长

1997 年我博士毕业后进入佐治亚理工大学任教,之后每年 AEA 会议和留美经济学年会我都有参加。记得留美经济学会与中国社科院合办的第一次会议在北京召开,会长为尹尊声教授,主题为社会保障。当时会上对于中国社会保障制度有不少争论,国务院发展中心很多工作人员也参与了圆桌讨论,讨论过程中各种观点论述都很激烈。这正是留美经济学会组织会议的一大特色:其既有国际化的分会,也有专题圆桌讨论会议。在这些圆桌会议上参会者交流想法和观点,学术界与政策界思想交流,这对于学术研究是一种有益的补充,有利于产生新的思想。

除了参加国内外留美经济学会的各种学术会议外,我印象更深的一次学会组织活动就是访问台湾。1999 年从大陆去访问台湾的还特别少,我记得当时我们从美国去中国台湾需要办入境许可证,证件审核特别严格,但台湾不在大陆护照上直接盖章,只传真了一份入境证件。当时我坐在飞机上还在担心凭这样一份传真件能否入境,还好,飞机刚降落,台湾方面就安排了专人在飞机出口转交给我正式入境许可证。

下飞机后上了车,快半夜了才住进了台北的宾馆,然后一个人出来在台北街头走走,晚上下着淅沥小雨,我挺有感触,不禁想起了孟庭苇的那首《冬季到台北来看雨》。无论是坐在出租车里还是走在路上,大家都不敢相信我们是从大陆来的。这次近距离的接触令我感受很深的是台湾当地对中国传统文化的保存比大陆更为完善。

2003 年,我在科研、教学等方面工作已具备一定基础,达到了在佐治亚理工大学申报终身教授的条件,感觉时间上宽裕和自由多了。同时,随着参加学会的各种活动,我对于留美经济学会的熟悉程度不断增加,并深入地了解了学会运作管理,包括其内部结构、机制、学术活动,理事会及会员联络等,这也为我进入学会领导层铺垫了良好的基础。

当时宋顺峰教授即将担任学会会长,他与我联系并希望我可以与他一起为学会工作,于是我欣然应允,参加竞选并顺利进入 2003—2004 届的理事会,成为了理事会副会长。

从亚特兰大到斯洛文尼亚

进入理事会后,我主要负责在亚特兰大主办的留美经济学会北美年会,于是我开始全力投入亚特兰大年会的筹备和组织。

当时我联系了国内几所高校,邀请他们参加我们的美国年会,在这个过程中我认识了几位后来一直合作的朋友。由于家乡的原因,我给当时是湖南大学经贸学院院长的赖明勇教授发了封邮件,询问他是否有兴趣参加并共同合作组织我们的北美年会。他很快地回复了我,并表示了浓厚的兴趣。于是,2003 年底,我到湖南大学访问,访问中我与湖南大学校和经贸学院领导相谈甚欢,很快就亚特兰大会议达成共识,湖南大学成为会议组织单位之一并提供赞助,并派专人参加了亚特兰大会议。天津财大也参与并赞助亚特兰大会议,我很荣幸地认识了天津财大副校长张维教授,至今我们还在合作共事。另外还有我本科毕业学校华中理工大学的经济学院也参加并共同主办会议。当时从国内来美国参加学术会议并不容易,留美经济学会会议为国内外学者提供了很好的国际化的学术交流平台。

亚特兰大会议邀请了诺贝尔学奖得主 James Heckman 教授、邹至庄教授、乔治亚州众议员及当时国内最年轻的人大常委,社会保障领域的专家郑功成教授作为大会主题发言人。休斯敦领馆的总领事,教育参赞也受邀出席,佐治亚理工大学的常务副校长参加了全会并发表讲话,佐治亚理工大学伊万·阿伦学院人文科学部部长设午宴宴请了所有参会来宾。

两天的会议进行得很成功,既有特色又很紧凑,晚宴上 Belton Fleisher 教授特意挑选了亚特兰大一支很有特色的乡村音乐乐队助兴演出,优美的南方蓝草音乐使所有参会人员及特邀嘉宾兴致盎然,Heckman 教授的夫人禁不住起身翩翩起舞,还主动到各桌前邀请大家一起跳,于是整个餐厅热闹欢腾,其乐融融。

会长宋顺峰教授和其他理事会成员,佐治亚理工大学经济学院院长 Patrick McCarthy 为这次会议提供了全方位的支持和帮助,不可忽视的是在这次会议筹备中我在佐治亚理工大学经济学院的研究生的辛勤工作,保障了整个会议的顺利进行。

2004 年 8 月我获得了终身教授教职,随着亚特兰大会议成功的召开,学会内部很多人希望我出来竞选会长。于是在众多同仁的信任与支持下,2006 年我竞选了 CES 主席,并顺利当选 2006—2007 届留美经济学会会长。

成为会长后,我首先考虑怎样建立一个思路明晰、办事高效的理事会。我希望理事会成员国籍多样化,便建议曾经合作过的新朋老友来参加理事会工作,其中包括俄亥俄州立大学的 Belton Fleisher 教授,摩斯大学的 Penny Prime 教授,夏威夷大学的王小军教授,纽约州立大学布法罗分校的刘智强教授,还有上海交通大学的秦向东教授,芝加哥大学 Lucas 教授的博士生李冰。大家各司其职,合作相当愉快。

我们理事会首先主办了留美经济学的首次欧洲会议—斯洛文尼亚年会,以往学会在中国之外的学术会议大都在北美举行,而此次我们选择在斯洛文尼亚的玫瑰港(Portoroz)举办。玫瑰港有着美丽的海滨、宜人的地中海式气候和独特的热带植被。说起来很有意思,当时 Belton Fleisher 教授与夫人去斯洛文尼亚旅行,在骑单车游览时意外发现既靠山又临海的,很有特色的一家小型度假酒店 Hotel Marko,它建于 1886 年,可观赏到美丽非凡的亚得里亚海海景。他的夫人说如果选在这开会应该挺不错,而这不经意的一句话让我们把它确定为了最终会议地点。会议与斯洛文尼亚的 University of Primorska 联合举办,他们的经管学院院长 Egon Zizmond 非常友好,性格开朗,对会议大力支持。

这次会议邀请了伯克利分校的 Gerard Roland 教授,耶鲁大学的 Paul Schultz 教授等为会议的主题发言人,也同时邀请了很多的国内学校,其中包括共同合作国内会议的湖南大学参加会议。会议持续了 3 天,分为 10 个专题会场进行,学者们就相关问题进行了深入探讨。

斯洛文尼亚是一个去的机会不多的地方,我们之前对这个国家了解甚少。这次会议使我们不仅了解了那里的风土人情,还对其经济状况有了一定的了解。我们参观了葡萄酒庄园,葡萄酒是他们的重要产业之一,还参观了那里著名的火腿生产企业。特别令人难忘的是参观世界著名的马种 Lipizzaner 的养马场。

汇聚星城长沙

一年一度的中国年会是留美经济学每届理事会最重要的工作,当时国内正探讨中部崛起的问题,尤其是中西部地区经济发展中所面临的一些重要问题,这些问题很有学术价值和现实意义。于是我选择了我的家乡——地处中南部的湖南,以及美丽的星城长沙作为会议地点,并且选择已经建立了愉快合作关系的千年学府——湖南大学共同组办此次盛会。千年学府之名来自著名的岳麓书院,岳麓书院位于湖南大学的校园内,并属于湖南大学管理,因此,会议安排的活动之一就是参观岳麓书院。

这次会议主题定为"经济转型、区域增长与可持续发展"。为期三天的会议包括 5 场主题演讲,2 场圆桌论坛,41 场专题分会,400 多名来自世界各地,研究中国经济问题的学者们畅所欲言,就中国经济发展中的重点问题进行了热烈的讨论。此次会议邀请了 2 位诺贝尔经济学奖得主,Kenneth Arrow 教授和 James Mirreels 教授,他们都全程参加了会议。主要发言人还包括邹至庄教授,Paul Schultz 教授等在会议期间也全程待在长沙。会议取得了巨大成功,得到了与会者的一致好评。

会议的成功举行首先要归功于作为会议承办方的湖南大学,从学校书记、校长到学生,在两年的时间里,不断为会议出谋划策并提供全方位支持。当时湖南大学赵跃宇副校长与经贸学院赖明勇院长引荐我认识刘克利书记,在我简单谈了会议情况和计划后,书记便爽快地答应支持,并明确出资 100 万资助会议。令我感动的是,在具体资金到位出现困难时,赵跃宇副校长首先从自己的经费中拨出 10 万元供我启动使用。主管财务的张强副校长等校领导都给予了会议财务的便利和资金划拨的支持。

我在湖大带的 16—18 个硕士和博士研究生成为了这次会议的主干力量。他们被分成 7—8 个组,帮助处理会议的各项关键事宜。当时由于印刷组负责的会议议程需要根据文章和人员参会的情况最后才能定下来,学生们最后几天整天都在和印刷社改编排版,晚上三点钟还在与我通电话确定细节修改,材料一直到会议当天凌晨才最终确定下来。此外我们还招聘了 90 名志愿者,招聘培训事宜都是完全由助理和学生们自己组织完成,志愿者们分组处理各项会务,包括从机场车站接车,注册,到会议材料分装送到房间。

学会理事们及其他筹备组成员都尽心尽力地进行会议准备工作,可谓废寝忘食。Belton Fleisher 教授负责所有 VIP 的邀请,在他的努力下,两位诺贝尔奖得主以及其他著名经济学家们同时现身长沙,参与了此次学术盛宴。作为筹备组成员的湖南大学李斌教授帮助学会理事会联系政府部门,为两者的沟通联系提供了便利。

会议的注册环节很重要,由于大部分的参会人员在集中的时间到达宾馆,这个环节如果处理不好就会造成登记入住缓慢,长时间排队,会引起参会者抱怨,从而影响到整个会议的流畅进行。徐振挥教授是注册组的负责人,他们安排了很多套配套方案,一旦出现争议情况,立即转往特殊专用桌进行处理,从而减少注册者的等待时间,使得一个下午三四百人入住进行得有条不紊,快速井然。刘智强教授负责会议论文征集和筛选,做了大量的工作。湖南大学祝树金教授协助负责中文论文的筛选,当时有大量中英文论文投稿,他们组成专门的中英文论文筛选委员会。

宾馆及后勤工作极为繁杂,王小军教授承担了全部后勤工作,负责安排整个宾馆、会场事宜。当时为了选择宾馆,我们组织代表团提前半年来长沙考察了长沙几家五星级酒店,包括神龙、通程、华天酒店。因为华天配套硬件及服务质量很好,我们最终选择了华天。华天对于会议配合程度也相当高,对客房、前台、销售、餐饮部等所有部门经理下达任务,要求他们完全按照留美经济学年会的要求照办。当时我们对无烟房按国际标准要求极高,为了达到我们的要求,华天在会议前将无烟房间全部换新。我们按照国际会议标准,要求餐饮决不浪费奢侈,因此我们餐饮价位远低于酒店正常要求的最低消费,但他们照单接受。

记得到会议前天晚上看会场,会场喷漆大背景全部准备妥当,很漂亮,但把主席台及鲜花一摆,意想不到的状况出现了,桌台把位于喷漆大背景下方的湖南大学四个字挡住了,这样第二天媒体电视就会拍不到湖南大学的名字。湖大对此次会议投入了大量的人力财力支持,因此我觉得一定要改,但当时已是晚上10点多,而第二天8点会议就要正式开始,时间相当紧迫。华天工作人员见我着急压力大,便立即决定重新喷漆处理,并马上通知美工连夜赶来,学生宣传组和华天的工作人员一直加班忙到了晚上3点。他们的辛劳换来了会议筹备中完美的最后一笔。为了表达对于华天优质服务的衷心感谢,会后我代表学会给华天写了一封专门感谢信。

特别需要提及的是作为会议全盘助理的王华。王华本来是我在湖南大学的985项目助理,当时商量是否需要另外招聘一名会议助理时,她提议自己试试,不用再另外招聘了,因此会议筹备相当她一个人承担两份工作。在会议筹备的全部时间她是最忙的,需要随时接受和落实我直接分配的任务,协助学会、校方、政府及学生志愿者的大量计划、安排、接待、协调等无数琐碎而又重要的工作。她是我的左右手,为会议立下了汗马功劳。

这次会议也成为湖南省很少有的一次省长书记都参加的会议,当时湖南省委书记张春贤和省长周强都分别和与会的著名经济学者进行了座谈,他们就促进区域发展,转移农村富余劳动力、消除贫困、卫生、教育等方面的问题与经济学家们进行了探讨,并在会后宴请大家。尤其是当时省主管教育的副省长郭开朗更是亲自组织省政府各相关部门和湖南大学召开会议筹备协调会,强调各单位一定要协力办好这次国际学术会议。会议快开始前,我们还面临 30 万元资金缺口,我非常为难,在不得已的情况下,我第一次向郭副省长提出了困难。郭副省长几乎是立即行动,马上联系了湖南有色金属集团,说明了此会议对湖南很重要,希望他们资助我们,于是问题很快得到解决。最终会议得到湖南有色有限公司,乔治亚理工大学经济学院,中国自然科学基金委员等国内外机构的慷慨赞助。

会议得到了国内外媒体的广泛关注,华尔街日报、中国广播网、湖南卫视、湖南日报、湖南红网等几十家媒体对会议盛况进行了报道,使中国留美经济学会 2007 中国年会成为七月舆论的焦点之一。

长沙会议终于不孚众望,取得巨大成功,我自己对长沙会议的结果非常满意。但会议的成功凝聚了众多人的辛勤努力,篇幅所限,这里无法一一尽举,尽管时光流逝,心存的感激如旧。记得我在会议闭幕晚宴致谢时,想到办会两年来,同事、朋友、尤其是助理和学生们日夜的辛苦工作,感动得一时语塞,说不出话来,默立台上,而台下许多人都流了泪。

学会内部改革

从 1994 年加入留美经济学会,2004 年进入理事会,再到 2006 年担任留美经济学会主席,这期间一方面我对学会内部运行状况有进一步了解,同时也看到学会在运行和发展中存在一些问题。这些问题属于内部组织和机构问题,这也就是我担任主席之后想要改变的地方。在我看来,留美经济学当时有三个很重要的问题:

首先是关于留美经济学会的属性。随着越来越多的学会成员回国并全职在国内工作，一些关于留美经济学会如何运作的新论题浮现出来，如是否需要在国内设立办公室？未来会长和董事会组成是否以北美为主？学会成员是否以北美学生、学者为主体？这些问题对学会未来的发展很重要。

对于留美经济学会是否要保持这样的北美地域属性，我的想法一直很明确：留美经济学会第一要以北美为基础，因为它是留美经济学会多年来发展起来的根据地。事实上，其他国家或大洲如欧洲、英国、澳洲等也在建立类似的当地经济学会，但一直都没有留美经济学会这样的发展；第二，国内也建立了中国经济学会，但两者性质相异。因此，从起源发展来说，我认为保持这样的北美特性对于留美经济学会的发展是很重要的。

第二是关于留美经济学会的职业道德保持与发扬。这是基于我对于国内学术界存在的一些问题的忧虑，例如如何免受官方压力和利益等的影响，如何保持学术的独立性及严谨性，如何保持诚实正直的学术道德等。如果留美经济学会本土化，则可能会很难抵挡这些因素的影响，比如 China Economic Review 杂志的文章发表，在国内各大高校的学术评估上很受重视，本土化使得杂志很难排除上述因素的负面影响。而如果我们的杂志不能呈独立形态运作，那么它的价值和学术信誉就可能很快会丧失。

总的来说，保持留美经济学会的北美特性，降低留美经济学会的本土化程度，保持它真正作为学术机构的独立性，需独立于政府，需独立于经济利益。学会的学术发展这是非常重要的。

那么，如何保持北美特性、避免过于中国大陆本土化、并能够长期可持续发展？我觉得应该从以下几个方面着手：首先是学会的组织结构。学会早期规定较含糊，对会员、理事、会长资格的规定并不清晰，为此需要对宪章进行修改。这是涉及全体会员的，需经过一个合理的正式程序。其次是学会的运行机制。由于每届理事会工作周期为一年，学会工作量大，理事会连任的动机小，这可能会造成短期行为。而涉及影响跨越年度的决策，我们可以成立跨越年度和超越日常运作的机构委员会，即相当于董事会，来负责决策。董事会不参与、不干涉学会的具体日常运作，但决定跨越理事会年度范畴的事情，以保障留美经济学会长期发展。

第三是 China Economic Review 杂志。我们要保持它作为留美经济学会的主力刊物的影响并不断提升其品质。这些牵涉到以下问题：编辑的选拔，与出版者的关系。这些都超越理事会范畴，同时其牵涉的专业性，连续性，不是理事会这样一个在方向上决策的机构能把握的。学会可以将 Academic Publication Council 重新梳理清楚，以便其能够独立领导 China Economic Review 及其他出版物的发展。Academic Publication Council 不参与具体的编辑和文章选拔的本身，但须把握好大的方向。

另外就是学会与出版商 Elsevier 的关系。由于历史原因，China Economic Review 的所有权并不属于留美经济学会，而是归 Elsevier 所有，有会员对于学会与 Elsevier 之间关于杂志的经济利益分配不是很认同。我认为，最重要的事是 China Economic Review 的声誉和质量，而外界事实上都将 China Economic Review 作为留美经济学会的官方期刊，因此我认为与世界最大的学术出版商 Elsevier 保持友好合作，并逐步实现学术和经济利益的互惠双赢，对于学会及 China Economic Review 都是最有利的。

还有，很多呼声希望建立另一个新杂志，我对此持保守态度，因为现有的China Economic Review 呈现很好的发展势态，所以开新刊物需要首先弄清楚两者之间的关系，以便两者实现相互补而非竞争，否则有可能会造成 China Economic Review 受到影响，而新的刊物声誉又得不到提升，难以达成双赢。所以，在以上问题还不确定的情况下，对于开始新的期刊需要特别谨慎。另外，学会创办新期刊的问题并非理事会能决定，需全体会员参与讨论，并通过决议。

对于学会期刊和出版的问题，特别是 China Economic Review，我上任后就与前任会长宋顺峰教授等进行了多次讨论，对已有的 Academic Publication Council 的章程、组织及其运作提出了详细的修改意见，特别是对 China Economic Review 编辑的选拔过程，创办新学术期刊的程序等问题，进行了详细的界定。例如，创办新学术期刊的提议需经过 Academic Publication Council 三分之二以上人数的赞成，然后交给全体会员进行讨论，投票，最终经过三分之二投票同意才能启动等等。这项关于 Academic Publication Council 的修改意见及相应的修改补充条款经过全体会员投票批准，已成为正式的文件。

而针对之前提到的另外两个问题，即留美经济学会属性问题，和理事会可能的短期行为，我在任期内专门成立了 Ad Hoc 委员会，由当时的下一任当选主席 Jack Hou 主持，专门研究一系列留美经济学会长期发展问题。Jack Hou 领导的委员会对此进行了深入研究，开展了认真细致的工作。

在学会长沙会议的最后一天，所有的 Ad Hoc 委员会成员开了整整一个下午的会讨论。大家都对如何解决以上问题持一致的观点,例如保持留美经济学会的北美地域特征,避免完全的本土化;会员组成以北美学者和学生为主;同时会长的主要工作须在北美进行;理事会成员超过三分之二须在北美工作;办公室须设在美国,等等。第二,为了明确长期发展策略和理事会职责,我们建议正式成立学会董事会,负责长期的超越一届理事会所能处理的事情的决策,对留美经济学会长期发展负责任,并讨论决定了董事会的组织及运作章程。

Ad Hoc 委员会的会议很有成效,我们在认真严肃的氛围中讨论宪章的修改补充条款,并决议由后任的会长 Jack Hou 上任后主持全体会员正式的投票程序。Jack 按照此次会议的决定举行了全体会员的投票,通过了以上决议,并正式成立了学会董事会。

这样,通过与学会内部各专门委员会及新老会长们的合作和大力支持,我这届理事会在任期内进一步推进了学会内部组织机构的建设和改革,对学会内部的运行机制和章程进行了修改和完善,希望能使学会在制度章程的规范下更专业化地运作,可持续地发展。通过保持留美经济学会的北美地域性,通过成立负责长期发展的学会董事会,通过改善 Academic Publication Council 的运作,我们希望进一步完善使学会的内部系统。经过改革,留美经济学会在内部管理上有了董事会、理事会,办公室,Academic Publication Council,财务委员会,形成了一个比较完整、系统、有持续性的组织机构。

感激和祝愿

回顾我和留美经济学会一起走过的日子,总是深有感触。我在学会中参加和组织各种活动,认识了一大批优秀的学者和学生,进行各方面的广泛交流,结交了很多良师益友,使自己的人生受益匪浅,留美经济学会已成为我职业生涯的重要平台。

在学会我感受到了一种民主的、独立于政治的机构运行机制,感受到了民主机制和个人责任感紧密结合,感受到了奉献的精神和严于律己的责任心,也感受到了一种职业道德和专业精神。大家在处理学会内部事务时,超脱个人利益,处事建立在职业道德的原则上,进行各种透明的讨论,并达成最终共识。这些理念和精神是我终生学习和追求的目标。

学会在处理事务时崇尚法治、民主精神和职业道德的处事原则,这些理念通过与国内的广泛合作也在不断传达渗透,真正国际化思维和行事方式将对国内产生潜移默化的影响。

学会的众多会员在开创学会与促进学会发展时都怀着远大的志向,他们立志为中国经济发展作贡献,对转型经济提出新的理论和研究方法,对中国的改革和进步提出很多有益的创新思想和观点,即使一些观点在当时还是相当激进的。他们敢说敢言,怀着对国家民族的强烈责任感,在学会的各种会议上进行广泛而有深度的交流、讨论,甚至争论,为学会注入了活力和生机。会员们的活跃思想在学会的运作中得到凝聚和升华,并向外扩展传播,从而形成留美经济学会特有的影响力,这些思想在学术界,政府及社会上都发挥着深远的作用。作为学会一员,我为此深感自豪。

去年在南开大学召开的25周年会长论坛时很多人都提出学会该往何处去的问题,我想略谈下我对于留美经济学会未来发展的一点思考。

学会目前每年做的事情主要是:第一,组织学术会议,特别是在中国大陆的会议;第二,邹至庄基金资助学者短期回国教学;第三,组织学者参观访问,和各地政府合作,提供政策参考与思路。随着中国不断开放,国内外学者交流正得到不断加强。而国内目前以各种方式吸引海外学者回国,比如千人计划,长江学者,高校建立国外学者回国工作的特殊平台,全职招聘国外优秀人才,其中既包括取得国外学位的博士生,也有已获得在国外高校终身教职的高级教授。

国内与国际直接交流的渠道的增多使得留美经济学会的桥梁作用不断下降,作为国内外学术交流平台它的作用在不断减小。学会下一步究竟应该如何发展,如何进一步提升其影响,继续发挥对中国经济研究的旗舰作用,这是学会目前面临的一个很严峻的问题,值得每一位会员深思,需要在学会进行广泛深入的讨论,以凝聚共识,找到新的发展点,从而调整方向,继续前行。

我担任会长的那两年,是忙碌、纷繁、而又充实的时光。我很高兴能像前任会长们一样,为学会做一些力所能及的工作。同时我也感激学会为我提供了这样一个大舞台,使自己在这样的一个学术大家庭中学习,成长,成熟,也为我今后的事业发展提供了更多的条件。

记得在长沙会议结束后的第二天晚上,理事会成员王小军教授特地带了一瓶红酒和我共饮。经过几天的热闹繁忙后,参会人员已全部离去,此时的宾馆显得格外安静,我和小军相对而饮,回顾两年来共同奔波忙碌,现在终于告一段落。我们也完成使命,即将卸任。品味此刻的宁静,我们甚感轻松,也不无惆怅。紧接着第二天,我立即去广西,与学会理事刘智强教授带领留美经济学会代表团应邀考察广西。当时的广西处于西部大开发的前沿,到处是风生水起,一片蓬勃发展的气势,当地政府对和学会的广泛合作寄满期望。我与智强漫步北海沙滩,对广西的热情和期待颇感压力,因为我们此时已经感到有些疲惫了。然而我们感到欣慰的是,新的一届会长和理事会即将上任,他们将会推动学会继续发展。我认为会长及理事任期一年是学会组织结构的精华所在,通过学会的领导层年度换届,新任的会长和新一届理事会将更有激情,有更新的想法,从而使得学会时时都充满生机和朝气。

正因为拥有了层出不穷的人才,与时俱进的思想,民主的机制与正直严谨的学术精神,留美经济学会才有了蓬勃发展的 25 年,而且也会有更加兴盛的未来;而学会的会员,理事,会长们也先后在学会这一平台努力奋斗、不断进步;这样真正实现了学会和会员相辅相助,共同进取,可谓"天行健,君子自强不息"。

受恩泽、思回报、得造就、图发展
——和留美经济学会一起成长

王 红

美国普渡大学农业经济系教授

    我 1997 年开始在华盛顿州立大学任教,当年即加入了留美经济学会,参加了学会组织的 1998 年的北京年会,1999 年的台湾地区考察,2002 年的韩国考察,2003 年福特教学项目,和 2002 年以后的几乎历届年会和中国以外地区的研讨会。十多年前,作为一个初出茅庐的助理教授,自己的研究方向只是沿袭博士期间给导师作助理研究员时的论文题目,全部是美国的经济课题。学会给我提供了接触中国经济问题,融入研究中国经济问题学术圈的机会。从中还结识了一批才能卓越、品德正直、乐于奉献的学会新老骨干和社会贤达,能和他们结成朋友也是我人生的大收获。

    最早接触的几位会长如尹尊声、文贯中、徐滇庆等,是"文革"后留学的第一代,我对他们尊重有加。当我看到新世纪的会长是师兄级人物李稻葵等时,意识到学会实际上是一个非常年轻的机构,自己应该为这个我喜欢的团体作些贡献,于是就担任了 2001—2002 届的理事。不过我从来没有想过要作会长。这不仅是因为对前几任会长的敬重、自己认为资历不够,而且因为会长的主要工作是筹办年会,而我之前从未有过筹大款、请大腕、面对大众等与组织大型年会的经验,还没有机会把这类管理工作纳入自己的学术职业轨道。当 2007 年接到当时学会选举委员会主席张晓波的邀请,我毫无准备。我的信心是随着在美国学术社圈组织的其他一些中小型学术会议的经验而增加,也受到了近几任会长的鼓励,也就欣然接受了。真到自己动手做起，才知道这项工作原来有如此多的风浪，如此多的天人相助，如此意外的惊喜。

天有不测—人需对策

学会正常运作二十多年，虽说是有规则可循有前例可鉴，然而每一年都会出现意想不到的困难。大的要算 2003 年的"非典"，到中国的一切旅行都尽量避免，导致筹备了一年的年会无法举行。学会的管理者虽然是学者，但工作却更像企业家管理企业，必须面对各种不确定性，准备应急计划，得灵活善变，最终可能还不得不接受"谋事在人成事在天"的结果。

2008 年末出现前所未有的世界金融风暴，美国机构和国内靠出口美国的企业陷入经济困境，这给我们这届理事会筹款带来了巨大挑战。本来国际组织对学会的资助已经在缩减，这下我们的筹款努力更是趋于夭折，无数电话、邮件都如石沉大海。在没有助手的条件下，这些筹款的努力和时间大都得靠会长自己奉献。例如，传统上一直支持学会的福特基金会，当年对我们直接资助为零，爱斯维尔出版社对我们的资助则比前一年降低了 84%。而筹款工作似乎是考验每任会长的一张试卷。我们学会依常规非但不能寅吃卯粮，每任会长还得在财务上对学会长期发展基金有所贡献。这自然给每一任会长带来很大的压力。

幸亏由于国内经济若干年连续发展的成果，国内单位资金充盈，成了学会新的支持来源。学会多年来健康发展所建立起的品牌，国内院校愿意资助我们的合作，学会的行业盟友对我们慷慨支持，一些私人朋友对我的厚爱，令我非常感谢。

每年学会都会邀请诺贝尔经济学奖得主作为年会主讲嘉宾的做法，到今天学会内部还是有争议。这些世界顶级的学术泰斗，日程万分繁忙，年纪往往较大，安排他们长途旅行的成本因此超高，有人担心这成了留美经济学会费重金搞的面子工程。但另一方面，国内主办大学甚至当地政府——往往是主要出资人，都希望诺奖得主出面来体现会议的水平，并且这往往也是他们和地方院校师生零距离接触大师的难得机会。这关系到学会年会的名声，乃至以后若干年的国内承办单位的积极性，也即资金来源。我本人还认为，让有影响力的世界经济大师们接触中国各级地方政府官员和学术机构、更了解中国，与我们学会合作提高学会在世界学术界的认知度，给学会会员机会与大师对话，等等，都有其价值。

2009 年,我们接触了几位诺奖得主。其中的一位,在我们答应了他的高额费用要求,联系好两家院校巡回讲座共同资助时,但最终还是没能成行。另一位是詹姆斯·莫里斯教授,时任澳门大学的客座教授,欣然接受我们广西南宁会议的邀请。当会议的筹办工作有条不紊地进入倒计时的第四天,负责联系的学会理事关锋突然打来电话,莫里斯教授不慎摔断右臂,出席会议将有困难。我当即表明,只要他能来,学会负责一位生活助手的全部旅行开销。因为要在三天之内找个替补演讲者是完全不可行的。我们几位提前来到南宁筹备会议的理事们,手头正常的工作都很密集,在接下来的几个十小时我们如坐针毡。

两天后,当我在酒店门口迎候,见到由关锋从澳门全程陪同而来的莫里斯教授时,心中真有许多感慨。满头银丝的老学者,石膏模里的右臂用吊带挎在肩上,硬是没带任何助手按时赶到。第二天一早,当老人家衣冠齐整地出现在会场,精神饱满地完成演讲时,我知道他一定付出了额外努力,里面也有不少关锋的功劳。虽说是工作,但我的感激和感动却长存至今。也许这也是当会长的回报,职业旅途中拾到的难忘的宝贝。

入夏美国忽然发现"猪流感"病例,航空入境和大众集会增加不少手续,给年会带来额外的困难。最戏剧性的是,大会重头戏人物之一,开幕式两位主讲嘉宾之一中国社科院王洛林教授,在北京机场登机前体温测量,高出标准,被阻止登机,无法来到南宁会场。遗憾的同时,我真庆幸,幸亏莫里斯教授带伤履约,否则没有主讲嘉宾的开幕式会该有多尴尬。

学者型官员—我们的朋友

研究经济离不开政策,在中国政策制定、解释和执行人在政府官员。中国政府官员的年轻化、知识化步伐很快,而且各行业各层次都有越来越多的能力很强的领导人。与他们交往是一个顺利而愉悦的过程。

2008 年担任候任会长期间,曾协助时任会长侯维中组织天津年会的农业论坛。2008 年初,国际粮价在低迷了十来年后突然攀升,国内粮食安全问题吸引了政府、民众、媒体的关注。我们荣幸地请到了中国农业部政策法规司司长张红宇博士,一位敢说话、敢说真话的学者型官员,作为论坛嘉宾之一。他的发言围绕中国粮食供需的问题,正视粮价上升的趋势,论点明确、事实充分、数据翔实,吸引了所有与会的学者、学生、记者，引发很多提问和讨论，虽然使同为论坛讲员的我们另外几位显得平淡，却让我感到鼓舞。

学会近几年的年会都能请到副省（直辖市）长莅临致开幕词，这说明国内领导对经济、对学术的重视，和对我们学会的认可。在广西的年会自然要邀请广西壮族自治区政府领导。这本来由国内主办大学联系，但不知为什么，这件事很久没能落实。我四月到南宁时，和广西大学领导一起希望会见省领导，然而电话打过去，秘书责备事先没有按程序申请见领导，可能立即安排不了。无巧不成书，主管科技的自治区副主席陈章良刚刚从中国农业大学校长位置上调任广西不久，他本人也是留美海归博士，当过教授，人称学者型官员，当然他对我们这类组织和人员比较重视。更巧的是接任他做中国农业大学校长的柯炳生教授，也是海归农业经济学博士，和我是同行并且有多年的交往。我来广西前，柯校长向陈主席介绍过我，并给了我他的直接联系方法。虽然我并不愿意越级办事，这时也只能靠这层关系了。陈主席直接安排了当天下午的见面，由广西壮族自治区人事厅副厅长和广西大学领导陪同。见面以后听他谈起我才知道，我受到的待遇还得益于另一层关系。他任农大校长期间，与时任加州大学尔湾分校校长的科尔多娃女士建立良好关系，她正好也升迁，现任我校校长。他让我给她带好，邀请她来广西访问。

陈章良主席思维敏锐，逻辑清晰，博学多才，并且有亲和力。听他一讲半个小时，信息量很大，而且很生动风趣。我不知道与这个级别的领导官员见面"会谈"是不是只宜多听不宜多说，不过做到这点并不难，就陈章良的语速和内容，想插话并不容易。介绍了学会以后，我知道我们的目的达到了，陈主席代表了自治区政府支持我们在广西大学办会。

他是一位出色的公众演说家。陈章良的致辞，给他半小时，填补部分由于王洛林讲话取消余出的时间。他只是上讲台前浏览了事先写的讲稿，讲话时没有带上去，完全是对会众直接讲述，没有任何重复拖沓，故事完整，所有的数字都精确地说出，并且时间控制得相当好。

会前会后，陈章良主席多次与我们学会理事们等进行小型会谈，并宴请。谈话多是英文，他一样滔滔不绝，口才全没有因非母语而打一点折扣。我想莫里斯教授和学会非华人理事等一定很折服。午宴上他得知中科院的黄季焜研究员参会，立即请他来参宴。黄季焜是一位很年轻的农业经济专家，如果不是本行可能不会知道他的实力。他在《自然》、《科学》这样的杂志上论文不断，在海外农业经济界,如果历数国内学者,他将是不争的第一。在前来参会众多的国内外著名经济学家中,陈章良单单点名要他参宴可见他对国内外学术和学者的了解程度。在饭桌上,要找一位普通参会者立即到面前,如何找? 后悔没有把所有参会人的手机印在会议材料上。所幸,他的手机号正在我的手机里,他对我们会议有慷慨赞助。这是题外话。

虽然我不了解上述两位的政绩,但他们共同的学者风度,包括尊重学者、支持学术活动和善于言表,尤其是英文表达能力,无疑拉近了他们和我们的关系,使我们对国家政府官员更加信任和尊敬。

多少信任—多少防范

学会每年年会以后除了出版一些期刊专刊外,还会出版书籍。前者一般为英文期刊,运作同国际接轨,每一个资深学者都不生疏;而后者是国内出版中文书,有国内出版社和出版资金两个环节。而我们在两个环节上都遇到故事。

从计划、约稿、成稿,到编辑、修改、再校阅的过程长达一年多。我和我的团队2009 年开始联系出版社和资助人,本来联系好经济出版社也说定了价格,时隔一年后,当时的联系人离开了该出版社,而没有把这个工作妥善移交,我们书稿行将完成,却突然没了出版社,急! 好在学会以往出版物水平很好建立了名誉,对我们青睐的出版社并不难找。一个偶然的机会,我在学会的一个活动上结识了格致出版社社长,他立刻答应了出版。正规的合同、规程一一落实,很快,书籍得到了顺利出版。

如果说第一个意外我们团队的责任在于没有签订正式合同,下一个故事告诉我们合同也可能是一纸空文。2009 年年会期间,当地一个组织通过官方介绍和我们接触期望建立合作关系,主动送上一份盖着红章的合同,长期资助学会出版中文书。我和当时学会负责长期事物的董事会主席侯维中一起签署了合同。由于这是一个半官方半民间机构,他们还给了我们其法人执照等其他文件。我当时就担心这个事项的可靠程度,慎重起见,临离开南宁时,特别电话核实此事,得到十分肯定的答复。

到了该用钱的时候,我的预感变成了现实。对方并没有否认合同,但总是拖时间要研究,数月之后,我知道再这样拖下去没有任何意义。几万元人民币对于学会每一年的预算来讲并不是一个小的数目,虽然我事先有预感有准备,留了机动经费,但面对盖着红章的合同,和印象中打过多次交道的面孔,一时很堵!

书籍最终发行,四个期刊专刊顺利出版。些许小插曲并没给学会造成损失,经历此过程的团队积累了经验,得到了造就。

学会的发展—个人的发展

在最近几年会长工作会议上,大家都提出一个问题,学会下一步发展目标是什么,尚未有统一的答案。早期,国内经济学术研究教学都不规范,学会给研究中国问题的学者提供了学术交流的渠道。而且学会还通过出版、会议等方式让国外经济研究的结论传到国内,影响着经济体制改革政策。然而,今天随着越来越多的海归学者和日益频繁的国际交流,国内的科研和教学水平都以很快的脚步追上来,学会的优势在相对缩小。前途何在?

许多学会前骨干都回到国内,在学术界和政府关键经济职能部门担任着重要的职务。学会是否应该变成给国内输送高层人才的机构?所以它应该尽量面向国内的需要,把工作重点转移到国内?学会目前面临的挑战已经包括北美年轻学者参与不足,近几年每年选举委员会推荐会长候选人的工作都不容易。许多在北美学术、领导力都过硬的华人学者不愿意担当学会领导。

机会总有,等人发现。今天,中国经济在海外比以往都更有影响。不仅国人关注,世界都在关注,因为其有影响世界经济的举足轻重地位。立足于北美的留美经济学会,可以打造我们对中国经济研究的旗舰地位,把国际上研究中国经济的学者团结到我们的麾下,以从国内不同的视角研究中国,与国内的类似学会互补。这需要我们包容更多的非华裔学者,成为会员,也可能成为骨干和领导成员。

在美国就读经济的中国留学生数目与日俱增,他们中许多会留在北美院校。这些年轻学者,可以通过学会建立与国内的关系,即便不全职海归,研究中国问题,也可合作收集田野数据,提高科研产出率。这样做客观上能帮助不能出国的国内学者提高科研水平。他们可以通过在学会服务,锻炼组织领导能力,这也是华人经济学者在北美学术圈里难得的机会。

留美经济学会应该是一个连接海外和中国的桥梁,既然是美国注册的学会,还应该努力发展北美会员,提供会员们需要的服务,同时发挥我们和国内无间的交流合作优势,兼顾国内的需求。例如,近几年,国内派大批公费访问学生和学者,苦于找不到同意指导他们的教授。学会有大批在北美的教授会员,可以支持这个项目。不仅是近期的合作论文的发表,还有长期的人脉,常能得到互惠的结果。

　　总之,在中国经济持续发展的大环境里,海内外研究学习中国经济的热情还在升温的情况下,留美经济学会可以发挥作用的空间还很大。希望更多有抱负乐于奉献的学者加入我们的行列里来,把学会的传统持续传下去。

"CES 会长论坛"侧记

王艳灵

卡尔顿大学国际关系学院，河南大学经济学院

引言

2010 年是 CES 成立 25 周年。2010 年 12 月 10—11 号，CES 在南开大学成功举办了"CES 会长论坛"来庆祝这一重要里程碑。作为"会长论坛"的直接策划者，我现把筹备这一事件的前前后后写成文章，一来让大家共享，二来也说说我与 CES 共同成长的亲历故事。

2009 年 6 月，我当选 CES 2010—2011 届会长，任期是从 2010 年 9 月 1 号到 2011 年 8 月 31 号。2009 年暑假期间，我就开始为我任内需要具体操作的常规事件作一个时间表，并编写 CES 的有关宣传材料。在做这些工作时，我猛然意识到 2010 年是 CES 成立 25 周年。25 年是四分之一世纪，25 年有 25 任会长。我于是就想，一定要做些活动让 CES 成立 25 周年这一重要里程碑有更深远的纪念意义。

但我当时并不清楚采用什么样的庆祝活动。但不管是什么样的形式，我认为一定要邀请 CES 成立以来各任会长和一些创始会员参加。他们都是各领域的专家，也应该让他们利用这个机会对中国经济和世界经济发展中出现的问题发表看法。我于是就想，何不把这个庆祝活动定为"CES 会长论坛"呢？以庆祝 CES 成立25 周年来邀请所有的会长们参加论坛将会是 CES 历史上里程碑式的一个活动。

CES 的成长过程本身也说明了这 25 周年的里程碑意义。1985 年，几十位年轻的留学博士生在纽约中国领事馆的支持下创办了 CES，目的是推动中国市场经济改革，促进中国学者与国际学者交流，以及用经济学的系统方法研究中国经济问题。CES 在 1992 年成为美国社会科学联合会（Allied Social Science Associations，ASSA）的机构会员，而且每年都在 ASSA 年会上独立组织论文征集和宣讲活动。从 1993 年开始，CES 每年都在中国举办年会。年会不仅为研究中国问题的专家学者提供学术交流平台，还组织专题讨论，有针对性地对该时期出现的热点经济问题进行研讨。从 1994 年开始，CES 每年选派并资助 6 名海外会员到国内大学讲授经济学课程。CES 会员就中国经济问题写出了几十本专著。同时，CES 还与其他国家和地区的姐妹组织合作，先后组织了一系列考察和交流活动：比如 CES 先后几次到韩国，俄罗斯和中国台湾地区等。CES 的一系列学术活动充分体现了以下几点：CES 在推动世界范围内中国经济问题研究方面，是一只领头羊；在促进中国本土经济学研究、教育和与世界接轨方面，是一座桥梁；在中国的改革开放政策制订中，是一个参谋、顾问。今天，CES 有 2 400 多名会员，遍布全球；CES 已经成为研究中国经济问题的一个核心组织；CES 的英文学术期刊，China Economic Review，已经成为研究中国经济问题的一个高规格期刊。CES 赢得了同行的尊重，而且其影响力在不断提升。

CES 的发展壮大与影响力的不断提升，在得益于各界支持的同时，与 CES 历任会长和理事们的卓越领导才能和辛勤工作密不可分。这个过程本身也是值得纪念的历程。正如我后来在"CES 会长论坛"开幕式上所讲的那样，CES 作为一个海外学术组织，客观地分析中国经济问题，写出研究报告和书籍，这么多年来确实为中国经济发展和中国经济学科建设作出了积极的贡献。在很大程度上说，"CES 会长论坛"给历任会长和资深会员提供了一个平台，就全球经济和中国经济中的一些重大问题展开广泛、深入的研讨。"会长论坛"也是 CES 回馈社会的一种极好方式。

准备工作和征求意见

在确定了要开展这一活动之后，我就开始着想怎样组织。25 任会长聚集在一起，怎样安排好论坛需要好好考虑。我的第一步得是把 25 任会长的名字，联系方式和会长服务时间记录下来,并在经济学网站上搜索每个人发表的文章来归纳他们的研究兴趣,列出表格。这项工作也带给了我一个意外收获:总有几个会长有相近的研究兴趣。我于是就形成了这样一个初步想法:"CES会长论坛"的上午是开幕式,下午是各个分论坛。开幕式上请有影响的经济学家作主题发言,分论坛由有相似研究兴趣的会长们组成。这样,25任会长就分成5个分论坛,涉及农业、社保、贸易、金融和市场机制等。

有了这样一个比较明确的方案,我就先和尹尊声老师和侯维忠(Jack)老师各打了电话,告知我的想法和我所设计的方案,征求他们的看法。Jack认为是个好主意。尹老师也认为是个好主意,但他也意识到召集到所有人的难度,因为历届会长现分散在中国、美国、加拿大各地,特别是在中国的CES会长们,基本上还都有行政职务在身,时间上难度更大。尹老师让我与文贯中老师聊聊,征求他的看法。尹老师是CES的元老,创始人之一,1997—1998届会长,现在是CES财务委员会主任。尹老师是CES大事的历史见证人,经历了CES历史上的每一件大事,而且极其敬业和热情,和历任会长都比较熟悉。他的意见我基本全部采纳。贯中的看法和尹老师的意见基本相似。我于是就想,既然大家都认为是个好主意,虽然难度很大,那就着手做吧。所以我很快写出了比较具体的"CES会长论坛"草案。我把写好的"会长论坛"草案又发给了他们,这次也包括宋顺锋会长。尹老师和顺锋对会长论坛给予极大支持和鼓励,对草案又给了些修正意见。他们的大力支持和首肯,虽然不能代表所有的会长们的意见,在很大程度上意味着"CES会长论坛"这件事的正面意义。

我把他们的反馈意见吸纳到草案中。这时,我也认为是向所有前会长征求意见的时候了。所以,在2009年10月份,我给所有前会长发了一个电子邮件,在感谢他们为CES所做贡献的同时,也把召开"CES会长论坛"以庆祝25周年的想法告诉了他们,并将草案发给他们,征求意见。一些前会长们也认为,以"CES会长论坛"形式纪念25周年是非常好的一件事。它既是CES历史上的一个大聚会,也是一次思想火花的碰触,对这个形式非常支持,也愿意参加。从与各任会长联系的情况来看,不仅每一任会长都对CES有着特殊的感情,早期的会长们也是CES成立的直接策划者、创始人。会长们由于很忙,彼此也很久没有见过面。基本看来,所有给我回信的会长们对此都非常支持。

到了2009年年底,经过反复联系,我得到了几乎所有会长们的反馈。大家都认为举办"CES会长论坛"是个好主意。有了大家的鼓励和支持,我也就下决心把这事做好。这也意味着"CES会长论坛"由酝酿阶段而进入正式操作阶段。因此,在随后的 2010 年 1 月份 CES 在 ASSA 会议期间举办的招待会上,我作为候任会长向 CES 会员们正式通报了我任期内要做的几件大事,其中就包括在 2010 年举办"CES会长论坛"以纪念 CES 成立 25 周年。

承办单位、时间和主题发言人选

一旦确定要做,具体操作起来还有三件大事需要解决:一是找承办单位,二是确定举办的具体时间,三是请谁作主题发言人(方案上有两位主题发言人:一位从 CES 外部请,一位从 CES 会长中请)。我在寻找承办单位时花的时间最小。我首先就想到了南开大学。南开大学经济学院在 2008 年成功承办了 CES 2008 年会。作为当年的理事之一,我有幸与南开的部分老师和学生们接触,包括李坤望老师,参与筹备那次年会。我为南开出色的工作所折服。我就在 2010 年 1 月份与南开经济学院的李坤望老师接触,表述了上述想法。正如我所料,南开经济学院立即表示愿意承办,佟家栋副校长和当时的马君璐院长倾力支持。南开的学术实力、社会影响、组织水平将再一次展示在 CES 各位代表面前。南开也愿意出面联系出版社和负责有关出版会长论坛论文集的费用。诚意尽显。

就举办时间而言,应该是在上任的上半年,也就是 2010 年 12 月底前。由于绝大部分会长们都在高校工作,9 月份大家都刚开学,新生到校,日程都会很满,不太可能。10 月份学期中间,北美的人员有相当难度。11 月份在北美倒是有个感恩节,但那时又接近期末考试,走开说不定会影响教学计划。于是最佳时间就是12 月——这也是我征求反馈意见时一些前会长们的意愿。比较好的就是 12 月11 日的那个周末,或者 12 月 18 日的那个周末。但南开大学 12 月 17—19 日承办香港经济学年会,所以最佳也很清楚。由于规模不大,我于是就提议在 12 月 10号召开,12 月 9 日报到。我的提议得到所有回复我的会长们的赞同,除了张春老师,他已经排了那两天上课。我于是就和张春老师商量看他能不能和同事调一下课,张春老师也答应试一试调课的可能性。就这样,承办单位、时间和地点就决定了。

关于请谁做外部主题发言人和谁做 CES 会长代表发言人,我吸纳了尹老师的意见,那就是让所有会长们推选。关于外部主题发言人,大家推选林毅夫和吴敬琏老师;就 CES 会长代表,给我回复的推荐易纲老师的居多。推选易纲的原因是双重的:一是他当会长那年,CES 第一次开始在中国举办年会;二是从易纲任会长那年,CES 开始派海外会员到国内大学讲授西方经济学课程——这也是今天的"邹至庄短期讲学项目"的前身。由于易纲非常忙,我又没有和他沟通的渠道,我就请易纲在北大时的同班同学,也是 CES 前会长的林双林老师帮忙把所有有关"CES 会长论坛"的信息传达给他。林毅夫那两天由于已经有了安排,不能前来。我就请徐滇庆前会长与吴敬琏老师联系。让我们非常高兴的是,吴敬琏老师欣然答应。

就这样,经过前后几个月的时间,"CES 会长论坛"由想法而变成了大家具体日程上的一件事。

论坛前筹备工作

2010 年 6 月份我回国参加 CES 在厦门的年会之前,和我的副会长黄少敏老师在北京一同去拜访了几家单位,寻求他们对 CES"会长论坛"和 2011 年年会的支持。由于年底就要开"CES 会长论坛",我自然地与少敏聊起来"会长论坛"的各方面。就"CES 会长论坛"而言,我也想给大家设计一个很有意义的纪念品。我就征求少敏的意见。少敏是个才子,作为 CES 的很元老的一员,非常热情,极其热心。他也是应我之邀加入我的团队,从各方面帮助我。少敏随即说设计一枚纪念币,刻上每人的名字,成本低,但有很好的保存价值。我当即认为这是个好主意。我带着这个主意去厦门开年会,与参会的尹老师和 Jack 在对"会长论坛"议程进行最后斟酌时,我和他们说起少敏关于纪念品的提议来。他们也是和我一样对这个主意非常赞成。所以,在"会长论坛"议程各方面定下来的同时,纪念品也就这样基本定型了。

CES 年会结束后,我从厦门直接飞到了天津,去了南开大学与佟家栋、马君璐和李坤望老师见了面,并谈到"会长论坛"的方方面面。南开方面早已经把"会长论坛"纳入计划,一切都非常有序。我在 2010 年 6 月底回到加拿大后,就正式成立了会长论坛"筹备委员会"。筹备委员会委员就由尹尊声、侯维忠、黄少敏、李坤望和我担任。少敏负责联系制作纪念品的公司。我就着手设计纪念品上的内容。

我设计出基本内容后,征求了少敏、Jack 和尹老师的意见。我和尹老师反反复复几次修改,最终形成了最后的设计。纪念币的正面:上弧形雕刻"Chinese Economists Society",中间是每个会长的中英文名字和会长服务时间,下弧形是"Founded in 1985",即 CES 成立时间。纪念币的背面:上弧形是"中国留美经济学会",即 CES 的中文名字,中间是 CES logo 和"CES 25 周年",下弧形是"2010",即纪念币制作时间。非常简洁的一个设计,但包含所有相关信息。

关于会长论坛议程,我和尹老师也最后确定了一些细节上的问题。上午的开幕式上,我想还请一位对 CES 影响较大的人讲一些感言。关于每个分论坛的主持人,我们就邀请一些对 CES 有较大贡献的会员。为了全方位纪念 CES 成立 25 周年,我向尹老师提议能不能选一些对 CES 有突出贡献的,在会长论坛开幕式上对他们的贡献公开表彰。尹老师很赞同这个主意。他同时也提议,也可以选一些对 CES 的成长有很大帮助的会员,请他们参会并对他们的贡献给予一定形式的表彰。我认为那是个很好的主意。于是在给每位 CES 会长定制纪念银币的同时,我们又增设了"CES 特殊贡献者"和"CES 杰出会员"两项,给他们也制作了纪念币。我于是就邀请尹老师来征求别的老会长意见来确定"CES 特殊贡献者"和"CES 杰出会员"人选。我负责给他们设计纪念币上的内容和模式,少敏负责与公司联系并把设计好的图样制作成成品。尹老师在广泛征求了意见后,确定了三名"CES 杰出贡献者"和 15 名"CES 杰出会员"。这三名 CES 特殊贡献者是:普林斯顿大学的邹至庄教授,哈佛大学的 Dwight Perkins 教授和吴敬琏老师。这 15 名"CES 杰出会员"分别是:杨小凯(已故),周小川(中国人民银行行长),林毅夫(世界银行首席经济学家兼副行长),迟福林(中国(海南)改革发展研究院院长),汤敏(中国发展研究基金会副秘书长),茅于轼(北京天则经济研究所所长),朱民(国际货币基金组织总裁特别顾问),左学金(上海社会科学院常务副院长兼研究员),单伟建(太盟投资集团董事长兼首席执行官),黄少敏(Lewis-Clark State College 教授),鲍曙明(密歇根大学中国数据中心主任和 CES 常务主任),俞卫(上海财经大学公共经济与管理学院教授),Bruce Reynolds(弗吉尼亚大学教授),Young-rok Choeng(郑永禄)(Yusei University 教授)和 Keith Maskus(卡拉多拉大学教授)。

我也正式邀请了 CES 特殊贡献者和杰出会员来参加"CES 会长论坛"。邹至庄老师由于课还没有结束,不能前来;吴敬琏老师是我们邀请的主题发言人,Perkins 教授欣然接受了邀请。这 15 位杰出会员有 6 位接受了邀请,并担任各个分论坛的主持。南开大学也选好了嘉宾入住的宾馆和论坛地点,并选派了一批能干的同学做自愿者,从各方面确保会长论坛的成功。上面各项工作就绪后,我就在10月份把正式邀请函发给了每一位会长和特邀嘉宾。

另外值得记录的是,2010年不仅是CES成立25周年,同时也是CES与国家外国专家局合作的第一年。这个合作自从我2009年3月在渥太华见到中国国家外国专家局教科文卫司赵立宪司长一行就开始运作。我当时给赵司长介绍了CES和CES在中国开展的一系列活动,包括CES年会和CES支持的"邹至庄短期讲学计划"等。赵司长对CES在中国的学术活动很感兴趣,而且CES在中国的学术活动也和教科文卫司支持的项目一致。他于是就邀请我和他们司具体接触,看看他们能怎样帮CES更好地在中国开展学术交流活动。我也应邀在2009年6月和2010年6月两次与CES有关人员去拜访了教科文卫司,并且就教科文卫司对CES的支持达成了一些共识。教科文卫司也高兴地接受了我的邀请参加"CES会长论坛",并通过南开大学对"CES会长论坛"给予了资金支持,而且也安排了刘延国副局长与CES会长们在12月11号晚上在北京的座谈和晚宴。

会长论坛在小插曲中成功举行

我在12月6日晚上就到了天津,以便和南开一起做"会长论坛"的最后准备工作。7号一早到了李坤望副院长的办公室,我们很快就开会之前的方方面面又碰了一遍。一切井然有序。我和李院长知道易纲老师需要处理的事情特别多,7号上午10点半左右,我就给易纲发了个短信询问看南开大学能做什么以更方便他的行程。接近中午时,易纲的秘书打给我电话,告诉我说,易纲要在12月10号参加中央经济工作会议,不能来参加"CES会长论坛"了。我是可以理解的,但我的难题来了:易纲不能到,意味着我必须找到另一位前会长来作为会长代表,而且,无论是谁,都只有两天的时间来准备主题发言。我一下子就有些着急。当时已经是中午12点。美国时间是6号晚上11点。我也知道尹老师订的是第二天从纽约飞北京的机票。我立即上网给尹老师发了个电子邮件,邀请他来代表CES所有会长做主题发言,毕竟他是CES历史的见证人,或者他推荐一位。我当时就是抱着一份侥幸,但绝对不敢保证那么晚他还能看到这个信息。还不到10分钟,尹老师从美国回了我的邮件,并推荐田国强老师。田国强老师我倒是不止一次听说,也和他就会长论坛的事前前后后有过几次邮件往来,也是应他、贯中和尹老师的要求,"会长论坛"由原来的一天延长到了一天半,以便在在 12 月 11 日上午增加一个"中国模式"的讨论,由所有对这个问题感兴趣的会长们自由报名参加。尹老师对田国强老师的评价是"才子加精力旺盛"。我没有田老师的电话号码,想着他应该已经可能从美国回到上海财大。我于是就想不管怎样,最好的办法就是找到财大经济学院办公室人员,让他们给出田老师的联系电话,或者请他们帮着联系,传达信息。我立即上网查财大的联系方式,找到了一个座机电话,以为是经济学院办公室的,按照号码就拨了过去。正是午饭时间,找不到人就留言吧。电话那头有人接,于是我就自我介绍说是中国留美经济学会会长王艳灵,现因会长论坛一事急需和田国强老师联系,能不能找一下田老师。电话那头说我就是田国强。我悬着的心掉下来一半,因为找到人后下面的就好说了。我于是就一五一十地说了事情的前前后后。田老师可是个大忙人,时间表总是排得满满的。他说他当天下午就要到北京办事,但还是爽快答应了我,愿意作为 CES 会长代表做主题发言。我的一颗悬着的心就此又平稳地落在了它原来的位置上。所有的一切准备活动又回到有序的状态中。

9 号凌晨 4 点半左右,我起来工作,想把所有要交付印刷的材料再阅读最后一遍。打开电子信箱,就看到了田老师发过来的主题发言稿。从我打电话约请到发言稿写成,前后才一天多时间。我也就迫不及待地读了起来。主题发言的标题是"中国经济改革与 CES 的历史使命"。文章中不仅详细分析了中国在传统计划经济体制向现代市场经济体制转轨中创造出持续高速经济增长的根本原因,也分析了在转轨过程中,不可避免地由内外部阻力和摩擦产生的改革的负面效应,并据此阐述了许多理论和现实中诸多深层次的混淆、误区和错误的观点。文章中还详细罗列了 CES 历年年会的主题以说明 CES 在研究中国问题上的引领性和前瞻性。他最后希望 CES 的成员应当随时保持一种使命感,一种独立性以及一种责任心,以更积极的姿态参与中国经济改革进程。一天半的时间就写出了一流的,极其有深度的发言,这正是"才子"和"精力旺盛"的完美结合。

9 号下午 4 点以后,会长们和特邀嘉宾陆续来到宾馆。从 9 号晚上 6 点开始的欢迎晚宴,到 11 号中午的欢送午餐,学术活动如预想的一样完美。但由于在 10 号凌晨的一个突如其来的命令,导致了新闻报道上的一些问题。正如 CES 一贯坚持的,学术活动就是学术活动,报道不报道不影响论坛的质量。南开大学出版社在 2012 年出版了《会长论坛论文集》,我这里就不再多说。总之,这一天半的论坛,大家非常开心,也格外有收获。特别是 9 号晚上的欢迎晚宴,对特邀嘉宾和我个人来说,都是件十分欢喜的事。看到 CES 这么多老会员和老会长开开心心地聊天,叙旧,我是打心眼里高兴。长时间的筹备工作和与之相随的精力算是有了很好的回应。从另一层面讲,我也是第一次见到田国强和孙涤前会长以及很多特邀嘉宾。大家都对这次聚会非常珍惜,也十分愉快。晚饭之后,我按计划召开了 CES 内部会议,因为能把所有会长和杰出会员聚集起来也是件不容易的事,刚好我们也可以好好畅谈一下 CES 未来发展的方向和规划。也正是在那个内部会议上,孙涤老师提议大家各写一篇自己与 CES 成长的故事,他做编辑,把这些故事出一本书,让 CES 未来的会员们更好地了解 CES 的过去。这也是这篇文章诞生的直接原因。

11 号下午两点钟,外国专家局教科文卫司的雷风云副司长,在全程参加了 CES 会长论坛的各项活动之后,和我们 10 多位 CES 会长一起坐车从天津到北京外国专家大厦参加定好的 6 点钟与刘延国副局长的座谈。座谈会和晚宴在非常友好和和谐的气氛中进行,大家讨论了一些共同关心的话题,以及如何进一步加强合作。参加座谈会的会长和杰出会员们不仅和刘副局长进行了愉快的交谈,也同时向他表达了一些他们自己的想法。晚宴在晚上 8 点半左右友好结束。就这样,"CES 会长论坛"在天津按计划开始,在北京圆满结束。

感言

从 2009 年夏季有"CES 会长论坛"的想法到 2010 年 12 月 9—11 日"CES 会长论坛"的成功举行,共经历了一年半时间。25 位 CES 会长中,有 20 位参加了会长论坛,并就各个专题的分论坛发言、评论。三个"CES 杰出贡献者"有两个到会并讲了话。15 位 CES 杰出会员有 6 位参会,并主持各个分论坛。这次庆祝活动无论从哪个层面讲都非常成功,不仅会长们和特邀嘉宾的讲话发人深省,听众也得益匪浅。论坛的专题涉及现阶段中国经济改革中的很多方面,包括"三农"问题与城市化,国际贸易与全球化,劳动、社保与公共财政,金融体制改革,中国经济体制和市场机制,以及"中国模式"的谈论等六大专题。对这些专题的深入研讨无疑对政府制订政策有借鉴意义,同时也能启发学界对这些问题的多角度思考。对"中国模式"的讨论更是体现了 CES 在中国经济问题研究所起的前瞻性和引领性作用。

　　"CES 会长论坛"的成功召开不仅是 CES 发展历史上的一次集体力量的显示，也会对未来会员有很大的激励作用。通过筹划"CES 会长论坛"来庆祝 CES 成立 25 周年这一重要里程碑，我深深认识到，CES 的发展壮大与影响力的不断提升就是这样在各个会长和理事们的努力下一步一步实现的。各任会长对 CES 的热爱通过参与"会长论坛"而再次显示出来。通过成功筹备和举办"会长论坛"，我也深深认识到每一届 CES 会长和其理事们肩负的重任，对 CES 理事们的默默奉献也更加由衷地佩服。我再次感谢 CES 所有的会长，杰出贡献者和杰出会员给 CES 打下了这么好的基础，这给我的工作提供了极大的支持。我当然非常感谢我的理事们，特别是黄少敏老师和李坤望老师，以及南开大学经济学院的师生，我极大地得益于他们的智慧和帮助。大家的一致努力直接导致了"会长论坛"各方面的成功，也给大家留下了很好的回忆和友谊。

破浪前进的龙舟：学会会标的设计理念

陆　丁

加拿大菲莎河谷大学经济学终身教授，上海财经大学高等研究院特聘教授

第一次听说留美经济学会，是 1986 年秋冬之际。那年我刚到美国，开始在位于芝加哥北郊小城爱文斯屯（Evanston）西北大学攻读经济学博士学位课程。那时候虽然已经有因特网和电子邮件，但万维网尚未出现，更不用说上网搜索引擎。所以"留美同学经济学会"（当时的名称）虽然已在 1985 年成立，刚开始知道它的人并不多。

好在我复旦大学读书时期的学长文贯中在较早时已经进入芝加哥大学攻读经济学博士，他是学会成立之初最早的会员之一。我初到异国求学，自然会常向学长请教各种信息，得到了他诸多的指点帮助。也就是在他那里，我看到了一本油印的《会员通讯》，从而知道了有这样一个以中国留学生为主的经济学专业团体。兴奋之余，马上写信去申请加入，交了会费填了表，不久就定期收到《会员通讯》了。

1987 年春，从《会员通讯》上得知这年的年会将在密歇根州立大学举行，离芝加哥并不太远，就报名参加。六月的密歇根大学安阿博（An Ahbor）校园绿意盎然，约两百位来自全美各地的华夏学子聚集一堂，讨论交流。在众多与会者中，再次见到曾在国内聆听过讲学的邹至庄教授，还有几位复旦的校友，倍感亲切；也结识了多位久仰的同行学人，深受教益。特别令我开眼界的是，会上举行了下届会长和理事的竞选，各路候选人作竞选演说，台上台下拉选票，经过激烈角逐，选出了以陈平为会长的下届理事会。这还是我平生第一次参与自由选举呢。

从那以后，我的学术生涯就和学会结下了不解之缘。完成博士学业后，我在1992 年受聘任教新加坡国立大学。那年春天邓小平南方谈话，推动中国经济改革开放进入了一个新时期，留美经济学会也从 1993 年开始每年在中国举行年会，更加积极地投入参与中国的经济改革事业。从此，我更频繁地参与了学会的学术活动。

90 年代初，学会致力于向国内学术界和广大读者介绍现代经济学，做了几件很有意义、影响深远的事情。第一件是组织会员撰写并出版了十四卷的《市场经济学普及丛书》和十二卷的《现代工商管理丛书》，还陆续出版了三部《现代经济学前沿专题》，较为系统地向国内学者介绍解释经济学研究的主要研究方向、分析方法和重大成果。学会还先后在福特基金和邹至庄基金的赞助下组织海外会员回国给各地高校作短期讲学。在那个时候，学会所介绍的现代经济学理论和观念，对于国内学术界出版界和教育界，可以说都是开了先河的。

我有幸都参与了其中的几件大事：我写作出版的第一本中文书，就是田国强、易纲主编的《市场经济学普及丛书》之一的《看得见的手——市场经济中的政府职能》；我也在汤敏、茅于轼主编的《现代经济学前沿专题》中，撰写了"寻租理论"一章；我还通过多次参与学会的短期回国讲学项目，和国内的若干高校建立了重要的学术联系。

回顾起来，尽管我这些年来在国际学术期刊上发表过不少学术论文，也写作出版了多本英文的学术著作，但真正有影响力的，还是当年由学会组织出版的那本《丛书》之一，以及收入《前沿专题》的那篇文章。多年后，我参加国内的学术会议，有时候还会碰到一些中青年学者握着我的手感谢我们的工作，说当年他们是从我们的《丛书》和《前沿专题》，才第一次了解到像"寻租"、"市场失灵"、"政府失灵"这样的概念和有关理论的。

当然，我能够有幸参与并受益于这些有影响力的活动，首先得感谢那些辛苦组织编辑联系出版的学会会长和理事们。所以，一旦有机会回馈报答学会对自己在学术上的提携帮助，我仍有一种义不容辞的义务感。

到了 1999 年，已在纽约任教的文贯中当选为下届候任会长，正为 1999—2000年的理事会"组阁"，来信询问我是否愿意出来为学会服务，接受他的提名出来竞选理事。回馈学会的机会终于来了，于是我欣然答应出来竞选，在那年 6 月初荣幸地当选为学会"跨世纪"理事会的一员。同时当选的理事还有马俊、王一江、魏尚进、赵耀辉和周惠中。当选后，会长让我负责编辑《会员通讯》和改善网站设计和内容。我做的主要改进是取消邮寄纸印的《通讯》给会员，将《通讯》以图文并茂的方式上网并以电子邮件寄送给会员。

学会的网站是 1996—1997 年方星海担任会长期间，由宋顺风和甘犁两人建立起来的。我那年在前任的基础上对网站内容设计做了不少改进，使其更方便浏览使用。在改善网站页面设计的过程中，贯中会长和我都不约而同地想到应该做一个醒目的学会会标。经过和贯中的数次讨论，我们初步形成这样的设想：会标应该有一定的艺术性，线条简洁，能体现学会的英文名称；会标应当反映学会积极创新、奋勇进取的精神；同时应当隐喻中国经济在新世纪发展的辉煌前景。怎样才能体现上述设计理念呢？我为此考虑了好几天。那些天正是新加坡的华人庆祝农历端午节的日子。端午节的一个传统节目是在新加坡河口举行龙舟大赛，各民间团体和学校的龙舟队在咚呛咚呛的锣鼓声中奋力划桨，破浪前进，百舸争流，激烈竞争。龙舟赛胜负，取决于船员的齐心协力，击鼓者的机智策略。这个热闹景象给我带来了灵感：在风浪中奋勇挺进的龙舟，不正是我们所需要的形象吗？

根据这个设想，我很快用电脑软件绘制了几个草图，传送给会长和理事们征求意见，根据反馈又作了仔细的修改。最后确定的会标，由学会名称的英文缩写 CES 三个金色字母，组成一个扬帆航行的龙舟形象，乍看也像一个振翅欲飞的金凤凰，线条简洁，充分体现了我们的设计思路。不久以后，我就把会标装饰在网站和《会员通讯》上，得到

了会员的普遍欢迎和认可。2000 年 7 月 5 日，留美经济学会在新世纪的第一次年会，以《走经济全球化的发展之路：中国在新世纪的机遇和挑战》为主题，在上海浦东隆重召开。我们的会标第一次出现在世人面前，成为学会进入新世纪的形象标志。

新世纪的第一个十年一晃就过去了，在几位老会长的推荐鼓励下，我 2011 年也得到了会员们的信任和推选，接过了学会会长的重担。再一次有机会服务会员和回馈学会，既觉得荣幸，也深感责任重大。

留美经济学会向来是在北美留学工作的经济学者和中国国内经济学界互动交流的重要桥梁。经过多年来历届会长和理事们的辛勤耕耘，会员们的协力支持,学会的运作机制逐渐成熟健全,多项学术活动的组织也更有效率了。然而,随着国内各个高校经济教学课程和体制的改革,中国许多高校经济学教学内容已经渐渐和国际接轨,由中国学术机构主办的经济课题的国际学术会议越来越多,介绍经济学知识的各种书籍琳琅满目,一些海外通用的教材也在国内出版使用;不少高校已经走出国门,面向全球,广揽招聘人才。在中国和国际学术界教育界交流渠道增多、交流更加频繁的新形势下,留美经济学会如何继续发挥其独特的优势,继续发挥中美学术交流桥梁的作用,保持发扬其对中国经济研究的影响力,保持并增加对年轻留美经济学人的吸引力,而能更上层楼,确实有了新的挑战性。

执笔此文之日,也是我一年会长任期开始之时。这届的理事班子的首要任务当然是继续做好学会已有的年度学术活动,包括办好每年的年会、组织好短期回国讲学项目、协助好国内学术机构在全美经济学年会上的招聘活动,等等。在承续中,必须有所创新:例如,在年会的选址上,2012 年年会选择在中部城市古都开封,联合主办机构是百年老校河南大学,反映了学会对中西部经济和内陆二线大学的扶助支持。在选题上,以"跨越中等收入陷阱——发展转型中的中国"为主题,继续发挥学会研究的前瞻性优势。我们也计划开拓新的学术活动,例如筹备出版年轻会员的优秀博士论文集系列,启动一本以中国经济政策研究为主的学会期刊,等等。

在大家的齐心协力下,我满怀希望,留美经济学会能像一艘破浪前进的龙舟,继续积极创新,与时俱进,扬帆远航。

执笔此文初稿之日,也是我 2011—2012 年会长任期开始之时。这届任期的理事班子由吴仰儒、宋丙涛、何洁、胡光宙、倪金兰、李慧等组成。2012 年的年会在中部城市古都开封召开,联合主办机构是百年老校河南大学,反映了学会对中西部经济和内陆二线大学的热忱支持。年会以"跨越中等收入陷阱——发展转型中的中国"为主题,吸引了数百位中外学者参加。主讲嘉宾包括诺贝尔经济学奖得主 James Heckman 和 Dale Mortensen。除了继续做好学会已有的年度学术活动,包括办好每年的年会、组织好邹至庄基金的短期回国讲学项目、协助好国内学术机构在全美经济学年会上的招聘活动等等,这届理事会还在 2011 年底于上海召开的第 11 届中国经济学年会上首次举办了留美经济学会的会长论坛,并在 2012 年的美国经济学年会和加拿大经济学年会上组织了有关中国经济的专题论坛,以及在开封年会上开办了由国际知名学者指导青年学者研究方法的培训讲座。这一系列活动能成功举办，归功于广大会员们和历届老会长的大力支持，也得力于河南大学、上海财经大学以及中、美、加三国经济学会的襄助协作，也是理事班子成员齐心协力的成果。

　　回顾过去，展望未来，我满怀信心和希望，留美经济学会必将像一艘破浪前进的龙舟，继续积极创新，与时俱进，扬帆远航。

历届理事会名单

	姓　名	英文名	所属单位*
1985—1986			
会长	于大海	Dahai Yu	普林斯顿大学学生
理事	海　闻	Wen Hai	加州大学戴维斯分校学生
	钱颖一	Yingyi Qian	哈佛大学学生
	王辉进	Huijin Wang	密歇根大学学生
	杨小凯	Xiaokai Yang	普林斯顿大学学生
1986—1987			
会长	钱颖一	Yingyi Qian	哈佛大学学生
理事	张　欣	Gene H. Chang	密歇根大学安娜堡分校学生
	陈　平	Ping Chen	得克萨斯大学奥斯汀分校学生
	刘莉莉	Lili Liu	密歇根大学安娜堡分校学生
	汪康懋	Kangmao Wang	纽约大学学生
	杨小凯	Xiaokai Yang	普林斯顿大学学生
	于大海	Dahai Yu	普林斯顿大学学生
	尹尊声	Zunsheng Yin	纽约大学学生
1987—1988			
会长	陈　平	Ping Chen	得克萨斯大学奥斯汀分校
理事	张　欣	Gene H. Chang	密歇根大学安娜堡分校学生
	韩晓悦	Xiaoyue Han	得克萨斯大学奥斯汀分校学生
	刘莉莉	Lili Liu	密歇根大学安娜堡分校学生
	汤　敏	Min Tang	伊利诺伊大学香槟分校学生

	徐滇庆	Dianqing Xu	匹茨堡大学学生
	许小年	Xiaonian Xu	加州大学戴维斯分校学生
	龚小冰	Xiaobing Gong	纽约市立大学学生

1988—1989

会长	孙 涤	Dee Sun	缅因大学
理事	海 闻	Wen Hai	加州大学戴维斯分校学生
	单伟建	Weijian Shan	世界银行
	徐滇庆	Dianqing Xu	匹茨堡大学学生
	许小年	Xiaonian Xu	加州大学戴维斯分校学生
	杨昌波	Changbo Yang	世界银行
	左小蕾	Xiaolei Zuo	伊利诺伊大学香槟分校学生

1989—1990

会长	张 欣	Gene H. Chang	托列多大学
理事	海 闻	Wen Hai	加州大学戴维斯分校学生
	史正富	Zhengfu Shi	马里兰大学学生
	孙 涤	Dee Sun	缅因大学
	汪康懋	Kangmao Wang	瑞银普惠
	谢继荣	Jirong Xie	托列多大学学生
	左学金	Xuejin Zuo	普林斯顿大学

1991—1992

会长	田国强	Guoqiang Tian	得克萨斯 A&M 大学
理事	陈 平	Ping Chen	得克萨斯大学奥斯汀分校
	卢 菁	Jing Lu	西安大略大学学生（加拿大）
	阎 焱	Yan Yan	美国哈德逊研究所
	易 纲	Gang Yi	印第安纳大学
	张 帆	Fan Zhang	韦恩州立大学学生
	赵海英	Haiying Zhao	马里兰大学学生
	李 兵	Bing Li	匹兹堡大学学生
	王超杰	Chaojie Wang	托列多大学学生

1992—1993

会长	易 纲	Gang Yi	印第安纳大学
理事	方星海	Xinghai Fang	斯坦福大学学生
	卢 静	Jing Lu	西安大略大学学生（加拿大）
	穆新明	Xinming Mu	得克萨斯大学奥斯汀分校学生
	王超杰	Chaojie Wang	托列多大学学生
	王 直	Zhi Wang	明尼苏达大学学生
	温科红	Kehong Wen	得克萨斯大学奥斯汀分校学生

1993—1994

会长	海 闻	Wen Hai	北京大学
理事	方星海	Xinghai Fang	斯坦福大学学生
	戈泽宁	Zening Ge	芝加哥大学学生
	马 骏	Jun Ma	国际货币基金组织
	杨秋梅	Qiumei Yang	国际货币基金组织
	张 春	Chun Chang	明尼苏达大学
	邓胜梁	Shengliang Deng	美国波士顿大学
		Bruce Reynolds	康奈尔大学
	郑德程	Decheng Zheng	世界银行

1994—1995

会长	徐滇庆	Dianqing Xu	西安大略大学(加拿大)
理事	陈晓红	Xiaohong Chen	芝加哥大学
	黄 河	He Huang	芝加哥大学学生
	李稻葵	David D. Li	密歇根大学安娜堡分校
	赵海英	Haiying Zhao	布鲁金斯学会
	邓胜梁	Shengliang Deng	萨省大学(加拿大)
	文贯中	James G. Wen	纽约州立大学
	张光平	Peter G. Zhang	南美以美大学学生

1995—1996

会长	张 春	Chun Chang	明尼苏达大学
理事	陈爱民	Aimin Chen	印第安纳州立大学
	王一江	Yijiang Wang	明尼苏达大学
	徐滇庆	Dianqing Xu	西安大略大学(加拿大)
	张 迅	Pomponio Zhang Xun	
	尹尊声	Jason Zunsheng Yin	西东大学
	郑德程	Decheng Zheng	中山大学

1996—1997

会长	方星海	Xinghai Fang	世界银行
理事	陈百助	Baizhu Chen	南加州大学
	倪莹雏	Yingchu Ni	西安大略大学学生(加拿大)
	宋顺锋	Shunfeng Song	内华达大学雷诺分校
	陈爱民	Aimin Chen	印第安纳州立大学
	孙 涤	Dee Sun	加州州立大学
	郑德程	Decheng Zheng	中山大学

1997—1998

会长	尹尊声	Jason Z. Yin	西东大学

理事	梁　能	Neng Liang	罗耀拉大学
	林双林	Shuanglin Lin	内布拉斯加州立大学
	倪莹雏	Yingchu Ni	西安大略大学（加拿大）
	宋顺锋	Shunfeng Song	内华达大学雷诺分校
	孙晓云	Xiaoyun Sun	南加利福尼亚大学学生
	徐滇庆	Dianqing Xu	西安大略大学（加拿大）

1998—1999

会长	陈百助	Baizhu Chen	南加利福尼亚大学
理事	陈爱民	Aimin Chen	印第安纳州立大学
	马　骏	Jun Ma	国际货币基金组织
	孙晓云	Xiaoyun Sun	南加利福尼亚大学学生
	徐　成	Cheng Xu	花旗银行
	姚　洋	Yang Yao	北京大学

1999—2000

会长	文贯中	Guanzhong Wen	三一学院
理事	陆　丁	Ding Lu	新加坡国立大学
	马　骏	Jun Ma	世界银行
	王一江	Yijiang Wang	明尼苏达大学
	魏尚进	Shangjin Wei	哈佛大学
	赵耀辉	Yaohui Zhao	北京大学
	周惠中	Huizhong Zhou	西密歇根大学

2000—2001

会长	陈爱民	Aimin Chen	印第安纳州立大学
理事	艾德荣	Ronald A. Edwards	台湾"中央研究院"
	刘国恩	Gordon Guoen Liu	北卡罗来纳大学
	胡永泰	Wing Thye Woo	加州大学戴维斯分校
	杨淼	Lynn G. Yang	安达信环球
	冯　毅	Feng Yi	克莱蒙研究大学
	张宏霖	Kevin Honglin Zhang	伊利诺伊州立大学

2001—2002

会长	李稻葵	Daokui Li	香港科技大学
理事	白重恩	Chong-en Bai	香港大学
	艾德荣	Ronald A. Edwards	台湾"中央研究院"
	陶志刚	Zhigan Tao	香港大学
	王　红	Holly Wang	华盛顿州立大学
	武常岐	Changqi Wu	香港科技大学
	杨家文	Jiawen Yang	乔治华盛顿大学

2002—2003

会长	林双林	Shuanglin Lin	内布拉斯加州立大学
理事	白重恩	Chong-en Bai	香港大学
	鲍曙明	Shuming Bao	密歇根大学中国信息中心
	樊敏	Min Fan	斯坦福大学
	胡永泰	Wing Thye Woo	加州大学戴维斯分校
	张宏霖	Kevin Honglin Zhang	伊利诺伊州立大学
	朱晓冬	Xiaodong Zhu	加拿大多伦多大学

2003—2004

会长	宋顺锋	ShunFeng Song	内华达大学
理事	董晓媛	Xiaoyuan Dong	温尼伯大学（加拿大）
	甘犁	Gan Li	得克萨斯大学奥斯汀分校
	李海峥	Haizheng Li	佐治亚理工大学
	乔虹	Hong Qiao	斯坦福大学
	徐立新	LiXin Xu	世界银行
	张晓波	Xiaobo Zhang	国际粮食政策研究所

2004—2005

会长	刘国恩	Gordon Guoen Liu	北卡罗来纳大学
理事	侯维中	Jack Hou	加州州立大学
	侯晓辉	Xiaohui Hou	加州大学伯克利分校
	孙宝红	Baohong Sun	卡内基梅隆大学
	王屹泽	Richard Wang	阿斯利康医药公司
	冯毅	Feng Yi	克莱蒙研究大学
	赵忠	Zhong Zhao	北京大学

2005—2006

会长	张晓波	Xiaobo Zhang	国际粮食政策研究所
理事	董晓媛	Xiaoyuan Dong	温尼伯大学（加拿大）
	洪永淼	Yongmiao Hong	康奈尔大学
	侯维中	Jack Hou	加州州立大学
		Scott Rozelle	加州大学戴维斯分校
	张术芳	Shufang Zhang	哈佛大学

2006—2007

会长	李海峥	Haizheng Li	佐治亚理工大学
理事		Belton Fleisher	俄亥俄州立大学
	李彬	Bin Li	芝加哥大学
	刘智强	Zhiqiang Liu	纽约州立大学巴法罗分校
		Penny Prime	肯尼索州立大学

		秦向东	Xiangdong Qin	上海交通大学
		王小军	Xiaojun Wang	夏威夷大学
2007—2008				
	会长	侯维中	Jack Hou	加州州立大学
	理事	陈 茁	Zhuo Adam Chen	疾病防控中心(美国)
		方 涛	Tony Fang	约克大学(加拿大)
			Lizheng Shi	杜兰大学
		王艳灵	Yanling Wang	卡尔顿大学(加拿大)
			Marion E. Jones	里贾纳大学(加拿大)
		乔宝云	Baoyun Qiao	中央财经大学
2008—2009				
	会长	王 红	Holly Wang	普渡大学
	理事	黄少敏	Shaomin Huang	路易斯-克拉克州立大学
		关锋	Fung Kwan	澳门大学
		蔡蕙安	Diana HweiAn TSAI	中山大学(中国台北)
		叶 茂	Mao Ye	康奈尔大学
		费博恩	Philip Brown	柯比学院
		肖 耿	Geng Xiao	布鲁金斯学会
2009—2010				
	会长	洪永淼	Yongmiao Hong	康奈尔大学
	理事	洪 瀚	Han Hong	斯坦福大学
		李宏彬	Hongbin Li	清华大学
		吴乐明	Lemin Wu	加州大学伯克利分校
		熊 伟	Wei Xiong	普林斯顿大学
		陈智琦	Zhiqi Chen	卡尔顿大学(加拿大)
			Bruce Reynolds	弗吉尼亚大学
2010—2011				
	会长	王艳灵	Yanling Wang	卡尔顿大学(加拿大)
	理事	董晓媛	Xiaoyuan Dong	温尼伯大学(加拿大)
		顾清扬	Qingyang Gu	新加坡国立大学
		林松华	Songhua Lin	丹尼森大学
			Keith Maskus	科罗拉多大学
		黄少敏	Shaomin Huang	路易斯-克拉克州立大学
		李坤望	Kunwang Li	南开大学
2011—2012				
	会长	陆 丁	Ding Lu	菲莎河谷大学(加拿大)
	理事	胡光宙	Guangzhou Albert Hu	新加坡国立大学

	李 慧	Hui Li	东伊利诺伊大学
	何 诘	Jie He	舍布鲁克大学(加拿大)
	倪金兰	Jinlan Ni	内布拉斯加州立大学
	吴仰儒	Yangru Wu	罗格斯大学
	宋丙涛	Bingtao Song	河南大学

2012—2013

会长	方 涛	Tony Fang	约克大学(加拿大)
理事	陈 苗	Zhuo Chen	疾病防控中心(美国)
	托马斯	Thomas Reardon	密歇根州立大学
	王 乐	Le Wang	新罕布什尔大学
	张俊富	Junfu Zhang	克拉克大学
	李 涵	Han Li	西南财经大学
		Orn B. Bodvarsson	圣克劳德州立大学

2013—2014

会长	倪金兰	Jinlan Ni	内布拉斯加大学奥马哈分校
理事	马 俊	Jun Ma	阿拉巴马大学
	白 艳	Yan Bai	罗切斯特大学
	何 洁	Jie He	舍布鲁克大学(加拿大)
	宋丙涛	Bingtao Song	河南大学
	陈安平	Anping Chen	暨南大学
		Orn B. Bodvarsson	圣克劳德州立大学

* 所属单位,原则上按当时所在的 association 为准;分三类:学生(指当时所读的学校,不再细分科系);学习(访问学者或暂时客座的所在地);以及工作单位(不再细分系和学院,也不列明级别职称)。

CES 于 1985 年 5 月 25 日成立，中国驻纽约总领馆

初创会员（部分）

会员通讯   News Letter

经济学讨论会文集

出版物

图书在版编目(CIP)数据

善始善成：中国留美经济学会 25 周年纪念文集 / 孙
涤主编. —上海：格致出版社：上海人民出版社，
2013
　ISBN 978 - 7 - 5432 - 2315 - 8

　Ⅰ. ①善…　Ⅱ. ①孙…　Ⅲ. ①回忆录-作品集-中国-
当代②经济学-文集　Ⅳ. ①I251②F0 - 53

　中国版本图书馆 CIP 数据核字(2013)第 258364 号

　责任编辑　钱　敏
　装帧设计　路　静

善始善成——中国留美经济学会25周年纪念文集

孙涤　主编

出　版	世纪出版股份有限公司　格致出版社 世纪出版集团　上海人民出版社 (200001　上海福建中路 193 号　www. ewen. cc)	印　刷	苏州望电印刷有限公司	
		开　本	720×1000　1/16	
		印　张	15.75	
		插　页	1	
	编辑部热线　021-63914988 市场部热线　021-63914081 www. hibooks. cn	字　数	250,000	
		版　次	2014 年 2 月第 1 版	
发　行	上海世纪出版股份有限公司发行中心	印　次	2014 年 2 月第 1 次印刷	

ISBN 978 - 7 - 5432 - 2315 - 8/F • 687　　　　　　　　　　　　　　定价：38.00 元